囚われの男装令嬢

文月 蓮

REN FUMIZUKI

ノーチェ文庫

登場人物紹介
アントーニオ（トニオ）
フェデーレ公国の第二公子。
武勇に秀でており、
黒将軍と呼ばれている。
フランチェスカに執着を
見せるが……
フランチェスカ（フラン）
オルランド王国の女侯爵。
騎士としても有能で、
一目置かれている。
責任感が強い。

ロザリンダ
アントーニオの妹。
フランのことをよく思っていない
ようだが……
カミーラ
アントーニオの元婚約者。
泣き黒子が印象的な美人。
キアーラ
マウロの母親。
責任感の強いフランの
ことを、心配している。
マウリシオ（マウロ）
フランの甥。
侯爵位を継ぐべく、
努力中。
メルクリオ（クリオ）
フランの幼馴染。
「薔薇の騎士」と呼ばれ、
宮廷でも人気が高い。

目次

囚われの男装令嬢

序　柔らかな檻《おり》

深い森の奥に建つ、堅牢《けんろう》な城。その中のほの暗い一室では、荒い息遣《いきづか》いと肌がぶつかる音、そして女の声が響いていた。

「……っく、や、やめっ！」

「ふ……、気持ちはいいはずだが？」

短く整えられた黒髪の男が、女の抗議をせせら笑う。

男に組《く》み敷《し》かれている女の名はフランチェスカ・モレッティ。オルランド王国のモレッティ侯爵家当主である。

彼女の髪は炎のように赤く、腰まで伸びている。そしてやわらかくうねり、フランチェスカ――フランの白くすべらかな裸身《らしん》を覆《おお》っていた。

フランは琥珀色《こはくいろ》の瞳で、男をにらみつけた。彼女の瞳には強い憤《いきどお》りが宿《やど》っている。

男は彼女を見つめ返し、嬉しそうに笑《え》みを浮かべた。フランを貫《つらぬ》く熱い楔《くさび》をぎりぎりまで引き抜くと、勢いよく突き上げる。

フランは両腕を男につかまれ、逃げることができない。

「あぁぁっ！」

フランはたまらず、艶《つや》やかな声を漏《も》らした。

彼女の様子を満足げに見下ろし、男はふっと笑う。

「冷たいあなたの態度とは裏腹に、中はとても熱い」

男はフランの耳元に顔を寄せ、低い声で彼女に囁《ささや》いた。その声がフランの耳を犯し、彼女の意思を奪《うば》おうとする。

「んっ……言うなっ！　フェデーレ！」

フランは男によって引き起こされた快感を打ち消そうと、目をきつくつぶり、叫んだ。

「私の名はアントーニオだ。いい加減、素直に呼べばよい」

「誰がっ！　……っく」

憎《にく》まれ口をたたこうとしたが、ふたたび男――アントーニオ・フェデーレに強く突き上げられ、言葉を失った。

アントーニオは、はげしくフランに腰を打ちつける。

「ひゃあぁっ」

フランはたまらず声を上げた。荒くなったふたりの息に、繋《つな》がり合った場所から発せられる情事《じょうじ》の音がまじる。

「フランチェスカ、私の……かわいい子猫」

アントーニオは切なげに目を細めてフランの顔を見つめ、腰を突き動かす。

「あ、あぁ……、いやぁ……ッ」

迫りくる快楽の波から逃げるように、フランは首を振った。けれど押し寄せる波は止《と》まるところを知らず、フランを呑みこんでいく。

「……っひ、あ……、あぁッ！」

フランは全身をびくびくと震《ふる》わせ、快楽の頂点に達した。上擦《うわず》りかすれた声が、のけぞった白い喉《のど》からこぼれる。

アントーニオはフランが極めたことを確信すると、己《おのれ》の欲望に身を任せ、思うままに彼女を突き上げた。節《ふし》くれだった手でフランの腰を掴み、大きく腰をグラインドさせながらその速度を増していく。

達したばかりで感覚が鋭敏《えいびん》になっていたフランは、アントーニオの抽挿《ちゅうそう》に新たな快楽の波を引き起こされた。

「……っひ、う、あ、もうっ」

「フランチェスカ……ッ」

アントーニオは目をつぶり、いっそう強く腰を打ちつけると、高まった欲望をフランに注《そそ》ぎこんだ。どくり、どくりと楔《くさび》が脈打ちながら、欲望の放出を続ける。

やがて大きく息を吐いて呼吸を整えると、彼はフランと体の位置を入れかえ、彼女を自分の腰の上に座らせた。

フランの意識は悦楽《えつらく》の淵《ふち》をさまよっている。時折、びくりと体を震わせつつも、フランはアントーニオにぐったりともたれかかった。

アントーニオは腕の中の存在を確かめるように、彼女の長い髪を何度も撫《な》でた。先ほどまで欲望に染まっていた彼の青い瞳には、慈《いつく》しみの光が宿《やど》っている。

「……んんっ」

しばらくすると、フランがうめき声をあげた。意識がはっきりとしたのか、アントーニオの顔を見たとたんに、体をこわばらせる。

彼女の反応に、アントーニオの目から優しげな光が消えた。代わりに荒々しい欲望が浮かび上がる。

「……フェデーレッ！」

己の内側でいまだ存在を主張する雄々《おお》しい剛直に気づいたフランは、抗議の声を上げた。

「もうっ、やめ……、あっ！」

「私は、まだ満足していない」

アントーニオはフランの上半身を起こさせ、騎乗位《きじょうい》の体勢になる。フランはふたたび腰をつかまれ、強く突き上げられた。

「っひ、……あ、……ッ」

押し寄せる強い快感に、フランはわけもわからず耐えることしかできない。

「……フランチェスカ、早くっ……私を愛せ」

アントーニオが小さくつぶやいた声は、フランの耳には届かなかった。

一　帰郷

その日フランは、王宮での数年にわたる騎士の勤めを終え、久しぶりに故郷の地を踏みしめていた。モレッティ城の周りには青々とした木々が広がり、森となって多くの命をはぐくんでいる。季節は夏を迎えたばかり。やがて秋になれば、果実や木の実などの恵みをもたらしてくれるだろう。

モレッティの領主に受け継がれてきた城は、石造りの丸い塔を四隅に配している。高い城壁の周りには堀があり、侵入者への備《そな》えは万全。城の正面で小さなアーチを描《えが》く楼《ろう》門《もん》は、戦時には鉄の格子《こうし》が下ろされる仕組みとなっている。

しかしいま、城主の帰還《きかん》のために門は大きく開け放《はな》たれ、堀には木で作られた跳《は》ね橋《ばし》がかけられていた。

「フラン、お帰りなさい！」

元気な少年の声が、フランを呼ぶ。

「マウロ！　元気だったか？」

銀色の甲冑《かっちゅう》に身を包《つつ》んだフランを門前で出迎えたのは、次のモレッティ侯爵となることが決まっている甥《おい》のマウリシオ・モレッティだった。

フランは脇に抱《かか》えていた兜《ヘルム》を家令に手渡すと、近づいてきたマウリシオ――マウロを抱き上げた。

ひょいっと体を持ち上げられたマウロがあわてる。

「やだ、フランっ！」

「はは！　だいぶ重くなったなぁ」

フランは嫌がる甥《おい》に笑いかけてから、地面に下ろす。今年で十歳の少年の体は、見かけよりも重量があった。フランは騎士として鍛錬《たんれん》しているから彼を持ち上げることができるが、あと数年でそれも叶わなくなるだろう。

マウロは解放されたとたん、ぱっとフランの手の届かないところに飛び退《の》いた。

「もう、やめてよ。俺だってもう十歳だよ？」

フランを見上げるマウロの頬は、憤《いきどお》りでぷくりと膨《ふく》れている。

「俺ではない。私と言いなさい。言葉遣《ことばづか》いにも気を配るように」

「うー……、はい。私も十歳になるのですから、このようなことはおやめください。……これでいい？」

しぶしぶながら、貴族としてふさわしい言葉遣いに直したマウロ。だが、言い終わると唇をとがらせてそっぽを向いた。

どうやら完全に機嫌を損ねてしまったようだ、とフランは苦笑する。

「マウロ、ちゃんとご挨拶《あいさつ》はできたの？」

マウロのうしろでふたりのやり取りを見守っていた小柄な女性が、見かねて割って入った。フランの亡き兄の妻であり、マウロの母であるキアーラだ。

彼女は後《おく》れ毛《げ》ひとつなく結《ゆ》い上げた長い金髪を揺《ゆ》らし、マウロの顔を覗《のぞ》きこむ。

マウロはさっとフランの背後に隠れた。

どうやら立腹しているらしい義姉《あね》に、フランは声をかける。

「ただいま戻りました。義姉上」

「お勤めお疲れさまでした。お帰りなさいませ、領主様」

義理の姉妹はにこやかに挨拶をかわした。

が、すぐにキアーラは、フランのうしろにいる息子に厳しい視線を送る。

「マウロ、私の言いたいことはわかっているわね？」

「……はい。母上」

マウロは気の進まない様子でフランに向き直ると、改めて挨拶した。

「領主様。お勤めお疲れさまです。お帰りなさいませ」

「ああ、ただいま戻りました」

フランはマウロににこりと笑いかける。そして、よくできたとほめるように、自分によく似た赤毛の頭をわしゃわしゃと撫《な》でまわした。

マウロは恥ずかしそうに叔母《おば》の愛情表現を受け入れた。

――フランは大きく深呼吸し、久しぶりの故郷の空気を味わった。

ここオルランド王国では、爵位を継ぐ前に、騎士としてのしきたりを学ぶことが慣例

になっている。しかしフランは、前侯爵である兄が急になくなったため、騎士としての叙任《じょにん》と爵位の継承が同時になった。当然騎士のしきたりなど知らなかったため、数年間、王のもとで騎士として働きながらさまざまなことを学ぶことになったのだ。

それを終えたいま、基本的にフランが王宮へ行く必要はなくなった。紛争などの事態が起こらなければ、しばらく呼び出されることはないだろう。

「王宮はどうでした？」

キアーラがフランに話しかけながら、城内に向かう。フランはガチャガチャと甲冑《かっちゅう》の音を立てつつ、義姉《あね》の隣に並んだ。そのうしろにはマウロが続く。

「まあ、いつもの通りだ」

フランは王宮での自分の立ち位置を思い、苦笑を漏《も》らした。

オルランド王国において、王からあずかった所領と爵位を継ぐのは、多くが男性である。貴族の女性にとって最も重要な務《つと》めは、跡継ぎを残すことだ。

なのに、フランは女性でありながら騎士となり、侯爵位を継いでいる。ゆえに、王宮では変わり者とされていた。今更なにをしようが、それが変わることはない。

奇異の目で見られる日々。それがつらくないと言ったら、嘘《うそ》になる。

しかし、フランはいまは亡き兄に誓ったのだ。マウロが成人を迎えるまで、モレッティ侯爵となり、この家を守ると。そのときフランは二十歳で、ちょうど結婚適齢期《てきれいき》の最中《さなか》だった。王は誓いを認め、フランはモレッティ侯爵位を継いだ。

それから五年、彼女のもとには数多《あまた》の縁談が舞《ま》いこんできたが、フランはすべて断っている。

自分が結婚し子どもが生まれれば、要らぬ火種を生みかねないからだ。マウロが成人し、爵位をゆずるまでは、結婚するわけにはいかない。

マウロが成人と認められるまで、あと六年。

たとえ結婚適齢期を過ぎようと、そのときまで独身を貫《つらぬ》く覚悟を決めていた。

「領主様。……つらくはありませんか?」

隣を歩くキアーラが、心配そうにフランを見つめていた。そんな義姉《あね》の心配を吹き飛ばすように、フランは笑ってみせる。

「義姉上、心配は無用です。私は騎士の務めが好きだし、領主の仕事はやりがいがあります。アレックス兄上も、私がこんな風だから侯爵家を任《まか》せようと思われたのですよ」

病に倒れた兄アレックスは、侯爵家の行く末を案じた。嫡子《ちゃくし》であるマウロは若すぎるし、親族の中に後見を任せるのにふさわしい者もいない。悩んだアレックスは、フランを中継ぎとすることを思いつく。

フランの人望を考えれば、領内や親族から異議が上がることはないだろう。それに、フランならマウロが成人したときの爵位の継承もスムーズに行われるに違いない。

アレックスは、フランに侯爵家を継いでほしいと懇願《こんがん》した。

そして、フランは兄の願いにうなずいた。

武芸に熱心な父の教えを受け、幼い頃より兄とともに訓練を積んだフラン。特に弓の腕は、そこらの騎士には負けない自信がある。女性としての姿を捨て、騎士として戦いに赴《おもむ》くことも、当主を務めることも、フランには苦ではなかった。

だが、キアーラは普通に育った女性だ。女の身で剣を振り回し、馬に乗って戦場を駆《か》け回ることなど、想像すらできないだろう。だからこそ、こうしてフランを気遣ってくれる。

「でも……」

「私の願いは、マウロが立派に私の跡を継いでくれることですよ」

フランはうしろにいるマウロを振り返る。母と叔母《おば》の視線を受けたマウロは、母ゆずりの緑の目を大きく開き、輝かせた。

「もちろんだよ。任《まか》せておいて！」

マウロは誇らしげにそう言ったが、すぐに恥ずかしくなったのか頬をわずかに染める。

「頼もしい返事だ。しかし、マウロが騎士見習い《スクワイア》になると、この家を離れてしまうのだな……」

本来、騎士になるためには、騎士見習いとして数年勤めなくてはならない。あと二年もすれば、マウロもどこかの騎士に仕《つか》えることになるだろう。

フランが爵位を継いで五年。幼かったマウロもこうして大きくなった。その成長が嬉しくもあり、寂《さみ》しくもある。フランは大きく息を吐いた。

（あと六年して成人する頃には、マウロは立派な青年になっているに違いない。そうすれば、私の役目は終わる。そのとき、私はなにを目標にして生きればいいんだろうな？）

フランは無意識に儚《はかな》い笑《え》みを浮かべていた。

その横顔を見たキアーラは、年下の義妹《いもうと》を哀《あわ》れに思う。フランは本来であれば、とうに嫁《とつ》ぎ、子を授かっていてもおかしくない年齢だ。アレックスが早世しなければ、彼女は今ごろ女性としての幸せを得ていただろう。

それぞれの思いに耽《ふけ》っているうちに、フランの部屋に着いた。

「お手伝いします」

鎧《よろい》を脱《ぬ》ごうとすると、マウロがすかさず手伝いを申し出た。フランは喜んで受ける。

フランが剣帯をはずして棚の上に置き、マウロが手甲をはずす。そしてそのまま、手《て》際《ぎわ》よく甲冑《かっちゅう》を脱いでいく。フランが胴甲《どうこう》、ひざ当て、すね当てと順にはずし鉄靴《てっか》を脱いだところで、マウロは甲冑を持ってフランの部屋を出た。手入れのためだろう。いずれ騎士見習いとなるマウロは、すでにそのあたりのことを学んでいるようだ。

甲冑の下に着ていたダブレットを、今度はキアーラが脱がせる。

そうしてようやく、フランはシャツとズボン一枚になった。

重い甲冑を脱いで軽くなった手足をぐるぐる回し、こりをほぐす。

「あー、疲れた」

「本当にお疲れさまでした」

キアーラは義妹に声をかけると、汗を流す準備をさせるために部屋を出ていった。

フランは部屋にある姿見に自分の姿を映す。鍛《きた》え抜いた体は、余分な肉ひとつない。

騎士としては素晴《すば》らしいことだが、女性としての魅力《みりょく》は欠けているように見える。

フランはそのことに悔《く》いも恥も感じていないが、ほんのすこし残念にも思う。

(男にも、女にもなりきれない私は、本当に中途半端だな……)

フランはそれ以上自分の姿を見たくなくて、姿見に布をかぶせた。

本人は気づいていないものの、中性的なフランの容貌《ようぼう》は彼女独特の魅力を宿《やど》していた。

女性と男性、どちらともつかない美しさは、人目を惹《ひ》きつけてやまない。特に貴族の婦人方からの人気は絶大なものだった。フラン自身は、己《おのれ》の容貌《ようぼう》が周囲に与える影響をまったく理解していないが――

そのとき、部屋の扉をたたく音がした。フランが入室を許可すると、侍女が湯を張ったバケツを持って入ってきた。

フランは服を脱《ぬ》ぎ、たらいの中で一糸《いっし》まとわぬ姿になる。

髪をひと括《くく》りにしていた紐《ひも》をほどくと、腰まである長い赤髪が広がった。侍女はフランにバケツの湯をそろそろとかけていく。

汗を流し終えたフランがまとうのは、ドレスではない。

騎士が着る、簡素な上着とズボン。腰にベルトを巻いて短剣を差しこみ、太ももまである革のブーツを身につける。

侍女が髪を結《ゆ》い上げ終えると、フランは立ち上がった。

王宮での勤めを終え、久しぶりに領地へ戻った領主を囲んで、今夜は宴《うたげ》が開かれることになっている。フランは皆が待つ大広間に急いだ。

大広間には、長いテーブルにいくつもの大皿が並べられていた。中央には豪勢なことに丸焼きにされた雉《きじ》が置かれている。

フランは自分の席に着くと、テーブルをぐるりと見渡す。城に勤める者たちが、皆集まっていた。ひとりひとりの顔を見て息災であることを確認し、フランは満足の息をつく。

フランの前に用意された杯《さかずき》に葡萄酒《ぶどうしゅ》が注《つ》がれ、準備がととのう。フランは杯を高く掲《かか》げた。

呼応した皆が杯を掲げる。酒をたしなむ者には葡萄酒が、たしなまない者には井戸から汲《く》んだ清水が入っている。

乾杯が終わるとフランは立ち上がり、主人としての役目に取りかかった。雉の丸焼きを切り分け、皆の皿にいきわたるように取り分けていく。

主人の役目を果《は》たしたフランは、キアーラとマウロの間に用意された自分の席へ戻った。フランのもとには、次々と城で働く者たちが挨拶《あいさつ》に押しかける。

「お帰りなさいませ、領主様。今夜の雉はなかなか大物でしょう？」

「ああ、素晴《すば》らしいな。捕《つか》まえるのに苦労しただろう」

赤ら顔をした料理番の男は、杯を手に上機嫌で笑った。

「領主様が戻られると聞いて、皆、張りきって狩《か》りに出たんですよ」

城の下働きの女たちをまとめる料理番の妻が、料理番の肩をたたく。誇らしげなふたりに、フランは笑いかける。

「そうか、ありがとう」

フランは久しぶりに会った義姉《あね》や甥《おい》と話す間もなく、挨拶《あいさつ》に訪れる者たちに答えた。ようやくひとの波が落ち着いてきた頃には、宴《うたげ》は終わろうとしていた。城に詰めている守備隊の騎士たちも、交代で食事を取っている。

フランが料理を腹におさめていると、召使いがやってきた。

「お客様がお見えです」

召使いはフランの耳元に顔を寄せ、小さな声で用件を告げる。

「こんな時間に誰だ？」

「ベッティネッリ侯爵様です」

フランはその名前に目を瞠《みは》った。思わず口元がゆるむ。

ベッティネッリ侯爵領はモレッティ侯爵領と隣り合っており、両家は仲がいい。

フランは食事を中断して、ベッティネッリ侯爵が待つという楼門《ろうもん》へ向かった。

戦時には、最初に攻撃の標的となる城の楼門。そこは平時でも厳重な警備を敷《し》き、常に見張りの兵を配置している。その見張りの兵が、近づいてくるたいまつの灯《あか》りを見つけ、フランに伝えに来てくれたようだ。お陰《かげ》で、フランはそれほど待たせずに客人を迎えることができた。

城を出て、楼門にたどり着く。門のすぐ内側では、ベッティネッリ侯爵がフランを待っていた。

「クリオ！」

彼の姿を見つけ、フランは思わず声高く呼ぶ。

「フラン！」

答えたクリオも嬉しそうだ。

幼馴染《おさななじみ》であり、騎士としても共に過ごしてきた、メルクリオ・ベッティネッリ。彼は、フランにとって親友とも言うべき存在だ。はちみつ色の髪に水色の瞳を持つ優しい容貌《ようぼう》のクリオは、『薔薇《ばら》の騎士』と呼ばれ、宮廷でも人気が高い。

「久しぶりだ。お前が王宮から帰ってきたと聞いて、会いに来た」

フランがクリオに近づくと、肩を抱き寄せられた。

クリオから香る汗の匂《にお》いに、フランの胸はどきりと大きく跳《は》ねる。

「元気だったか？」

クリオは優しい目でフランを覗《のぞ》きこんで聞く。うなずいて、フランは答える。

「ああ。大事ない。しばらくはこちらでのんびりするさ」

「そうか……」

そう言って爽《さわ》やかな笑《え》みを浮かべるクリオの姿に、フランは胸が締《し》めつけられた。

肩に添えられていたクリオの手が、すっと離れる。

（あ……もうすこしこのまま……いや、だめだ！）

ずっとクリオに触《ふ》れていてほしいという気持ちに、フランは無理やり蓋《ふた》をする。

クリオは、フランの初恋のひとだ。その気持ちは、長くフランの中で燻《くすぶ》っている。

だが、フランが侯爵位を継いだとき、想いを断ち切らねばならなくなった。

フランは上着の下につけたブローチを、服の上からなぞる。

それはクリオが騎士として王に叙任《じょにん》された際、彼がフランにプレゼントしたものだ。

クリオが亡き母からもらったというブローチを、フランは喜んで受け取った。クリオは言葉にはしなかったけれど、フランはその意味を知っていた。騎士が母の形見を女性に渡すのは、いずれ自分のもとに嫁《とつ》いでほしいという意思表示だ。

フランはブローチを受け取ったときから、「いつか」の訪れを心待ちにしていた。

けれども、運命は残酷《ざんこく》だ。兄のアレックスが亡くなり、フランが侯爵位を継ぐことになったとき、フランは初めての恋を諦《あきら》めた。

そして、ブローチをクリオに返そうとしたのだ――

§

幼い頃より貴族の跡取りとして似た境遇《きょうぐう》にあったことで、仲がよかったアレックスとクリオ。ふたりは武術や剣術などに励《はげ》み、互《たが》いに競い合っていた。そんな彼らに、フランはいつもついて回っていた。

野山を駆《か》けまわり、ときには剣をまじえて、共に過ごした。それはフランにとって、宝物のような思い出だ。

やがて、年長のアレックスが騎士見習いをするために領地を離れると、クリオとフランの関係はすこしずつ変化していった。

それまでは、フランにとってクリオは兄の友人という認識でしかなかった。しかし、ふたりで過ごす時間が増えるにつれ、フランの中で彼の存在がどんどん大きくなっていく。

同じ頃、成長期を迎えたクリオは身長が伸び、声も低く男らしくなった。フランは男っぽくなっていく彼を目にするたび、胸がどきどきしていた。

気持ちに変化があったのは、クリオも同じだった。男の子のようだったフランの体は丸みを帯《お》びて、すこしずつ女性らしくなる。そんなフランを見ているうちに、気の置けない幼馴染《おさななじみ》としてではなく、一人の女性として守ってやりたいという気持ちになったのだろう。

そしていつしか、ふたりの間に生まれたものは恋愛感情なのだと、互いに自覚するようになった。

やがてクリオも騎士見習いとして勤めるため、故郷を離れた。数年後、クリオは一人前と認められ、騎士として叙任《じょにん》された。

ふたりは、昔からよく遊んだ森で顔を合わせた。

「叙任、おめでとうございます。クリオもついに騎士様ですね」

フランは騎士服を着たクリオをまぶしそうに見上げ、祝福の言葉を述《の》べる。クリオはほほえんで答えた。

「……ありがとう。アレックスに比べたら、まだまだ頼りないかもしれないが」

アレックスは数年前にすでに叙任を受け、騎士として王宮に勤めている。騎士となったばかりのクリオが、アレックスに実力で劣《おと》るのは仕方がない。

それでも、年齢に似合わぬ落ち着いた雰囲気をまとい、優雅な物腰のクリオは、将来の活躍を予感させた。

「いいえ、そんなことないですよ。クリオほどの腕前なら、きっとすぐに戦場でも活躍することでしょう。そして……きっと、多くの貴族のご婦人たちから想いを寄せられるのでしょうね」

フランは一抹《いちまつ》の寂《さみ》しさをこらえ、クリオを励まそうと言葉を重ねる。

「俺は、フランに……」

何事か言いかけ、クリオは顔を真っ赤にして口ごもった。そのまま黙《だま》りこんでしまった彼は、思い出したように懐《ふところ》からなにかを取りだした。

「やる」

目の前に手を突き出され、思わずフランは手を差し出す。そして手のひらに落とされたものを見て、目を瞠《みは》った。

それは、キラキラと輝きを放《はな》つ、大きな水色の宝石が埋めこまれた金色のブローチだった。ひと目で、かなり価値のあるものだとわかる。

「これは？」

「母上からいただいた」

「えっ！」

驚きのあまり手の中のブローチを取り落としそうになり、あわてて持ち直す。

「そんな大事なものを……」

男性が母親から受け継いだ装身具を女性に贈るのは、求婚と同じ意味を持つ。

「……いいんですか？　私なんかがいただいても？」

クリオは顔を真っ赤にしたまま、うなずく。

彼はなにも言わなかったけれど、肯定の仕草と赤く染まった顔から、フランは彼の気持ちを悟《さと》った。

フランの胸に、嬉しさとともに気恥ずかしさがこみ上げてくる。それでもなんとかクリオに笑いかけた。

「……ありがとうございます」

そうして、ブローチはフランのものになった。

§

アレックスが二十五歳の若さで急逝《きゅうせい》したとき、爵位を託《たく》されたフランはひとつの結論に達した。

そのとき、兄を亡くして気を落としているフランを励《はげ》まそうと、クリオが城を訪ねてきた。彼に向かって、フランはずっと大切にしてきたブローチを差し出した。

「これは、……お返しします」

「どうして？」

クリオはフランの手にあるブローチをじっと見つめた。

「私が爵位を継ぐことになりました」

衝撃《しょうげき》を受けたのか、クリオがぐらりとよろめく。

「どうしてっ……？　なぜお前が爵位を、アレックスの跡を継がなければならない？　マウロがいるだろう？」

クリオは納得できない様子でフランに詰め寄る。彼女は首を横に振った。

「マウロはまだ五歳です。あんな小さな子に、侯爵が務まるわけがないでしょう」

「だからって、なにもフランが責務を負わなくても……」

クリオもまた、いずれ侯爵位を継ぐ身だ。その地位の重さはよく知っている。

「すでに王には、マウロが成人するまでの代理として爵位を継ぐ許しを得ました。ですから……、これは……お返しします」

白くなるほど噛《か》みしめられたフランの唇が、このことは彼女の本意ではないとクリオに告げていた。

「くそっ、どうして……っ。アレックスを失った上に、俺はお前まで失うのか……っ」

クリオはブローチを受け取ろうとせず、苛立《いらだ》ちをこめて拳《こぶし》を壁にぶつけた。石造りの壁はクリオの拳《こぶし》を受けたところでびくともしない。にぶい音だけが部屋に響いた。

「私は、いなくなるわけではありません。王との約束を守り、必要とあらば戦場に立つだけ」

「そんなことは、わかっている！　だが、お前が人生を犠牲《ぎせい》にするのかと思うとっ……」

普段は落ち着いていて、優雅な印象を崩《くず》さないクリオが激昂《げっこう》するのを、フランは初めて目にした。柔和《にゅうわ》な仮面の下に、彼はこんな激情を秘《ひ》めていたのだ。

彼の新たな一面を見ることができて、フランは喜びを覚えずにはいられなかった。

（たとえ彼と結ばれなくとも、彼は私のことを思ってくれている）

フランが爵位を継がず、ただの貴族の令嬢《れいじょう》として生きることができるのならば、クリオのもとに嫁《とつ》いでいただろう。

しかし、侯爵としての責務がある状況で、彼と結ばれることは許されない。

もしクリオが、フランがマウロに侯爵位をゆずるまで待つと言ってくれても、それまでには十年を超える歳月がある。ただのフランに戻ったときには、年齢的な問題が出てくるだろう。

ベッティネッリ家の人たちから反対されるのは、目に見えていた。

領主の妻の一番の役目は、跡継ぎをもうけること。

それを理解していたフランは、クリオへの想いを封じこめた。そして、ただの幼馴染《おさななじみ》、友人としてそばにいることを選んだ。

「これからは、仲間として共に戦うことになります。私はあなたの伴侶《はんりょ》にはなれません。だから……、私にはもう、これを持っている資格がないのです」

「これは、フランに贈ったものだ。たとえ、お前を娶《めと》ることができなくなったとしても、俺の気持ちは変わらない」

クリオはブローチを受け取ろうとしない。

「クリオ……」

「……フランの気持ちはわかる。だけど、この気持ちに整理がつくまで、もうちょっと時間がかかるだろう。すこしの間でいいんだ。俺が返してほしいと言うまで、これはお前に持っていてほしい」

切なげに目を細めたクリオの言葉を、フランは拒否できなかった。

「……はい」

フランはもうしばらくの間、手元に置くことになったブローチを、強く握《にぎ》りしめる。

（もうすこしだけ……）

ブローチが手元にあったら、クリオへの想いを断ち切ることはできないだろう。にもかかわらず、フランはクリオが変わらず想ってくれていることが、嬉しい。

どこか安堵《あんど》している自分に苦笑しつつ、フランはブローチを大切にしまった。


それから、フランの生活は一変した。

女性らしいドレスを脱《ぬ》ぎ捨て、騎士が身につける上着とズボンを身にまとう。言葉遣《ことばづか》いも、やわらかい口調をやめ、男性らしくはっきりと話す。長い髪も肩までの長さに切ろうとしたのだが、キアーラに反対され、背中で束ねることで落ち着いた。

もともとアレックスとともに武芸をたしなんでいたフランは、女性にしては力が強い。騎士としての資格はすぐ得られた。

叙任式《じょにんしき》でのフランの姿は、緊張にこわばってはいたものの、儚《はかな》くも美しかった。見物に訪れた貴族たちの目はくぎづけになった。

叙任式を経《へ》て、フランはモレッティ侯爵位を正式に継いだ。

侯爵位に就《つ》いたフランは忙しく、領主の職務に追われた。オルランド王国において、各領主は王家の騎士団に所属することが義務づけられている。

さらにフランは騎士見習いとして働いた経験さえもほとんどないため、数年の間、王宮に勤務して騎士のしきたりなどを覚えることになった。

昼間は城下の治安維持に駆《か》り出され、夜は王宮の自室で、領地からの陳情《ちんじょう》に目を通し、家令に対する指示を書き連ねた。

いつか兄の助けになれればと思い、学んでいた兵法論や、領地の経営に関する知識を、領主として役立てる日が来るとは思ってもいなかった。

フランは、かつて兄が所属していた薔薇隊《ばらたい》に配属された。

王の騎士たちは、四つの部隊に割り振られる。

その部隊にはそれぞれ、黒鷲《くろわし》、獅子《しし》、白鳥《はくちょう》、薔薇のシンボルがあり、それらを模《も》したブローチを胸につけ、所属を示すのだ。

クリオもまた薔薇隊に所属していた。彼の優しげな風貌《ふうぼう》と、副隊長を務《つと》めるほどの剣の腕から、『薔薇の騎士』と呼ばれている。

フランが入隊した頃、クリオは父親の具合がすぐれないからと、領地に戻った。ベッティネッリ侯爵の容態がいよいよよくないという噂《うわさ》が真実ならば、クリオは間もなく侯爵位を継ぐだろう。

クリオが爵位を継げば、跡継ぎをもうけるためにすぐにでも結婚しなければならない。

その事実はフランを動揺《どうよう》させた。

（もう、この気持ちは諦《あきら》めなければならない。……だけど、もうすこしだけ。想うこと

だけは許して）

フランは祈るように心の中でつぶやいた。

§

やがて、フランは初陣《ういじん》を迎えた。オルランド王国の北に位置するバローネ領に、北の巨人と呼ばれる部族が攻め入ってきたのだ。手漕ぎの小舟を操り、荒れやすい海を越えてきた彼らは、バローネ領の村を次々と襲った。

領地から戻ったクリオと共に戦闘に参加したフランは、必死に剣を振るった。血まみれになりながらも、それを気にする余裕《よゆう》もない。なんとかバローネから北の巨人を追い出すことに成功し、フランは生還《せいかん》することができた。

王都に戻ると、クリオは病床についたベッティネッリ侯爵の信書を王へ手渡した。

それはベッティネッリ侯爵が、爵位を息子にゆずることを求めるものだった。申し出は認められ、晴れてクリオは爵位を継いだ。

フランの胸は、ぎしりと音をたてる。

しかし、フランの気持ちを阻《はば》むのは、もはや爵位だけではない。

人間を屠《ほふ》り、血にまみれたこの身は、クリオの花嫁としてふさわしくない。

そう言い聞かせ、己《おのれ》の心を殺した。

フランはもう、剣を振るうことへのためらいはなくなっていた。

その後、フランは出陣のたびに確実に戦果を上げた。武において男性の力に及ばないフランは、すばやさと知略をもって部隊に貢献《こうけん》する。

クリオはフランの作戦を、圧倒的な剣の腕で成《な》し遂《と》げる。クリオとフランは互《たが》いの欠点を補うかのように、実力を発揮していた。

やがて、フランは騎士団で一目置かれるようになっていった。しかし、女のフランが騎士としても貴族としても認められるようになったのは、クリオの助けがあったからだ。

クリオは今からふた月ほど前、父親の他界を受け、さまざまな手続きのために領地に戻っていた。

これでまた、クリオは身を固めなければならない理由ができた。

フランはクリオの力になれない己を呪わずにはいられなかった。

もちろん、自分の義務を忘れたことはない。

それでも時折、無性に衝動《しょうどう》のままに振《ふ》る舞《ま》いたくなるときがある。なにもかも捨て、クリオのもとへ行けたらどれほどいいだろうか……と。

考えても、どうにもならないことだ。

そう知りつつも、フランは夢想せずにはいられない。

そんなとき、フランは騎士となって以来五年ぶりに、領地へ戻ることを許されたのだった。

二　前兆

「フラン、どうした?」

物思いに沈んでいたフランを、クリオの声が現実に引き戻す。

「あ、いや、なんでもない。それより、領地は落ち着いたのか?」

フランは我に返り、父を亡くしたばかりのクリオを気遣《きづか》った。

「ああ、うちにはもともと有能な家令がいるからな。問題はない。ただ、もうしばらくは、喪《も》に服さねばな……」

フランは弔意《ちょうい》を表す黒衣を着るクリオの姿を、改めて見つめた。ふた月前に比べ、幾分かやつれたような気がする。

「そうか……。私は勤めを終えて、王都から帰ってきたところだ。何もなければ、このままモレッティで過ごすことができる」

「お疲れさま。宮廷は相変わらずか？」

「まあ、そうだな。こんなところで立ち話もなんだし、部屋へ行こう。夕食は済ませてきたのか？」

宮廷を気にする様子のクリオを、フランは城の中に誘った。クリオは嬉しそうに答える。

「ああ。だが、晩酌《ばんしゃく》なら付き合うぞ」

「いいな、飲もう。もう夜も遅い。泊まっていくのだろう？」

クリオがうなずくのを見て、フランはクリオの泊まる部屋の準備を従者に言いつけた。他の者には、大広間から酒の肴《さかな》になりそうな料理を見繕《みつくろ》って部屋へ届けてくれるように頼む。

ふたりは応接用の部屋に入ると、向かい合って座った。

「それで、どんな様子だ？」

改めて聞くクリオに、フランは事もなげに言う。

「宮廷はいつもと変わらないさ。……あぁ、南のほうですこしきな臭い噂《うわさ》があるくらいか……」

フランの顔にさした陰《かげ》りを、クリオは見逃さなかった。心配そうに問いを重ねる。

「南のほうといえば、フェデーレ公国か？」

「ああ……。あの国との国境付近には、良質な金属が取れる鉱山があるからな」

オルランド王国とフェデーレ公国は、国境付近にある鉱山をめぐって、長く争いを続けていた。

フランが騎士となってからは、その争いに駆《か》り出されたことはない。

しかし、国境に配された黒鷲隊《くろわしたい》に所属する騎士から、話は聞いていた。

オルランド王国に比べれば、フェデーレ公国の領土は小さい。だが、その代わりに、質の高い金属加工技術で各国に武器を輸出し、利益を上げていた。そして、金に物を言わせて集めた傭兵《ようへい》を用い、年々、領土を拡大している。

今のところ、オルランド王国はフェデーレ公国の侵略対象ではないようだが、小競《こぜ》り合いが絶《た》えることはなかった。

そんな両国の関係の中でも、時折、武器商人がフェデーレ製の新しい武器を王宮に売りこみに来ることがあった。

たまたま居合わせたことのあるフランは、彼《か》の国の武器には一目置いている。

いまは小競り合いで済んでいるものの、両国の争いが激化したらと想像し、フランは小さく身震いした。

「あの国が本気になったら、恐ろしい」

フランの言葉に、クリオはうなずく。普段は柔和《にゅうわ》な顔が厳しくしかめられている。

「ああ、できれば良好な関係を築《きず》きたいものだが……。黒将軍の噂《うわさ》が本当ならば、難しいだろうな」

「黒将軍？」

聞きなれない言葉に、フランは首をかしげた。

「いつも黒ずくめの服装をしているから、そう呼ばれているらしい。なんでも、彼の通ったあとは血と死の臭いが漂《ただよ》っているとか。敵の兵をひとりで百人も倒したという話も聞いた……」

「黒将軍か……」

黒ずくめの服装と聞いて、ふいにフランはひとりの男の姿を思い出した。

二年ほど前に宮廷で見かけたフェデーレの商人。彼も黒ずくめの服装だった。弓の得意なその男は、商人というよりも兵士だと言われたほうがしっくりくるような、立派な体格をしていた。

武器の商《あきな》いのために宮廷を訪れた彼は、王の御前《ごぜん》で改良されたばかりだという石弓《クロスボウ》を、自慢気に披露《ひろう》していた。フェデーレ人に多い黒髪に、深い青色の目をした商人は、ひどく整った顔つきだった。年の頃はクリオと変わらないか、すこし上ぐらいだろうか。吟遊詩人《トルバドゥール》も務まりそうな容貌《ようぼう》で、王の周りにいた女性たちは色めき立っていた。

長弓の名手として名を知られたフランは、その場で王に呼ばれ、御前にひざをついた。

「フランチェスカ、腕前を披露してやってくれ」

そう言われれば、フランに断る術《すべ》はない。商人から石弓を受け取った。

特殊な細工がほどこされており、普通の弓よりも矢の装着に時間がかかる。しかし、しなりがよく、さほど弓の腕がなくとも効果が上げられそうだ。

的にねらいを定め、フランは矢を放《はな》った。

短い矢は、的の中心をすこしはずれて刺さった。

矢を放つ際の反動が長弓よりも大きい石弓は、男性に力で劣《おと》るフランには不向きだ。

それでも、中心を射抜けなかったことを恥じ、フランは王に謝罪した。

「醜態《しゅうたい》をお見せして、申し訳ありません」

フランは王の前に石弓を置くと、深く頭を下げる。

「――私が試させていただいても、よろしいか？」

突然、商人が申し出た。フランが男を見上げると、王は鷹揚《おうよう》にうなずいた。

商人は王の前に置かれた石弓を取り上げ、流れるような手つきで矢を装着した。すっと、的に向かって矢を放つ。

的に目をやれば、矢は見事に的の中心を射抜いていた。

（騎士ではない一商人があのように射るなんて、本当に驚いた。……まさか、フェデーレの者は、みなあのように武に秀《ひい》でているのだろうか？）

「黒将軍はフェデーレ大公の次男だそうだ」

当時を思い出していたフランは、クリオの声ではっとした。

「……なるほど。とにかく、しばらくフェデーレには注意が必要だということだな」

フランは先のことを思うと、ため息をつかずにはいられなかった。

「領主様、お酒をお持ちしました」

ドアの外から従者の声が聞こえ、フランがドアを開ける。そこには、酒肴《しゅこう》の載ったトレイと林檎酒《りんごしゅ》の入った壷《つぼ》を手にした従者が立っていた。

フランはそれらを受け取り、礼を言うと、テーブルにトレイを置く。

クリオに杯《さかずき》を手渡し、林檎酒を注《つ》いだ。

クリオは林檎酒の香りをほめ、上機嫌で杯を重ねる。そんなクリオの姿を見ているだけで、フランの胸にはじんわりと温かいものがこみ上げてきた。

（ずっと、こうしていられたらいいのに……）

久しぶりの会話に花を咲かせ、フランは楽しいひとときを過ごした。

§

それからクリオは三日間、城に滞在して、自領へ戻っていった。

フランはたまっていた領主としての執務をおこなったが、それも数日で大方片付いた。

結局、暇《ひま》を持て余し、鍛錬《たんれん》に精を出すことにする。

そうしてマウロに剣術を指南《しなん》していたフランのもとに、従者があわてた様子でやってきた。

「領主様！　王宮から伝令の方がいらしています！」

城の中庭で、剣と盾《たて》を手にマウロと向かい合っていたフランは、訓練を中断し、すぐに伝令の兵士を連れてくるよう、従者に告げる。

しばらくして、従者に先導されて兵士がやってきた。早馬を走らせてきた彼は、汗だくでフランの前にひざをつく。

「薔薇《ばら》隊《たい》隊長からの書状です」

兵士はひざをついたまま、フランに封筒を差し出した。

フランは確かに薔薇隊に所属しているが、王との約束の期間は終えている。すでに名ばかりとなっているフランに知らせとは、よほどのことがあったのだろう。

フランは受け取った書状を見て、目を見開いた。

その封筒には、赤い封蝋《ふうろう》が使われていた。

通常使われる封蝋の色は、クリーム色。しかし、火急《かきゅう》の知らせの場合は、赤い蝋を使うのだ。

「……ご苦労だった。すこし休んでいくといい」

「ありがたきお言葉です。しかし、ベッティネッリ領にも参らなければなりませんので、失礼いたします」

ひどく急いでいる様子に、フランは顔をこわばらせる。

「そうか。ならば、せめて水と食料を持っていきなさい」

「ありがとうございます。ご配慮に感謝いたします」

従者から水と食料の入った袋を受け取ると、兵士はあっという間にその場を去った。

フランはますます事態は深刻だと感じた。

「マウロ。すまないが、今日の訓練はここまでだ。剣さばきはなかなかよくなった。ただ、もうすこし足腰を鍛《きた》えたほうがいいな」

それまでフランの背後で兵士とのやりとりを静かに眺《なが》めていたマウロに、振り向いた。

マウロは健気《けなげ》にうなずく。

「はい。ご教示、ありがとうございました」

マウロはぺこりと頭を下げ、訓練で使った道具の後片付けをはじめた。いつもと違うフランの様子には、何も言わない。

フランは封筒を手に城に入り、階段を駆《か》け上がる。自室に飛びこむと机の引き出しからペーパーナイフを取り出した。悪い予感が当たらないことを願いつつ、書状を開封する。

――羊皮紙《ようひし》に書かれた内容は、フランの思いを打ち砕《くだ》くものだった。

『フェデーレとの間に戦端《せんたん》が開かれる可能性あり。至急戻られたし。なお、各領地に兵の供出《きょうしゅつ》をつのっている。貴候も手勢《てぜい》を率《ひき》いてすぐに王都へ参上のこと』

つい先日、クリオと話したばかりの懸念《けねん》が、現実のものとなってしまった。使者がベッティネッリ領へ向かったのならば、彼もまた王からの呼び出しを受けているはずだ。

フランが振り向くと、部屋の入り口には従者が追いついていた。すぐに、戦《いくさ》の支度《したく》を言いつける。

「甲冑《かっちゅう》を持て。急ぐので、馬は二頭連れていく。城の守備隊の中から十人を選抜してくれ。

「承知しました。すぐにかかります」

従者ははじかれたように部屋を飛び出していった。フランもまた行動を開始する。向かった先は義姉《あね》のところだ。

フランが不在の間、領主としての実務はキアーラと家令が行っている。今までは王都から手紙で指示を出していたが、戦となればそんな余裕《よゆう》もなくなるだろう。

キアーラの姿を求めてフランがたどり着いたのは、城の地下にある貯蔵庫だった。キアーラは家令のロレンツォと備蓄を確認している最中らしかった。

「義姉上、こんなところにいたのですか」

息せき切って駆け寄るフランに、キアーラは顔を上げた。

「領主様、いかがなさいました?」

「王都から召集が。すぐに発《た》ちます」

言葉すくなに用件だけを告げる。顔色を変え、キアーラはフランに詰め寄った。

「小競《こぜ》り合いですか?」

「いや、大きな戦になるかもしれない」

寄せられたフランの眉根が、事態の深刻さを物語る。キアーラは目に見えてうろたえた。

「そんな……」

言葉を失うキアーラの手を取り、フランは強く握《にぎ》りしめた。

「留守を頼みます。もしも私になにかあったときは……」

フランの言葉をキアーラは遮《さえぎ》った。

「いけません！　そのようなことを言っては……。領主様が無事にお戻りになることを、お待ち申し上げております」

「……わかりました。最善を尽くしましょう。ロレンツォ、義姉上《あねうえ》とマウロを頼む」

フランは一緒にいた家令にも留守を頼む。

壮年の域に差しかかろうという男は、力強くうなずいてみせた。

「承知しました。御武運《ごぶうん》をお祈りいたしております」

「ありがとう。守備隊から兵士を十人ほど連れていく。城の守りが手薄とならないように、手配を頼む」

「かしこまりました」

フランはほかにもひと通りの指示をキアーラと家令に伝え、旅の準備をととのえるために部屋に向かった。

荷造り中にふとひとの気配を感じ、顔を上げる。

入り口を見ると、そこには泣きだしそうな顔をしたマウロがいた。フランは準備の手を止める。

「どうした？」

マウロは戸口で立ちつくし、床をにらみつけていた。なかなか口を開こうとしない。

フランはマウロに向かい合った。十歳の少年にとっては少々厳しいかもしれないが、フランは万が一のことを考え、言葉を選んで告げる。

「マウリシオ・モレッティ。お前は次期侯爵だろう？　下を向くんじゃない。そんなことで侯爵が務まるのか？」

「だって……、戦《いくさ》になるかもしれないのでしょう？」

フランを見上げたマウロの緑色の目には、涙が浮かんでいた。

「騎士となることを選んだ時点で、覚悟はできている。いずれ、お前もたどらなければならない道だ」

「うん、わかっている。でも……怖いよ。領主様は怖くないの？」

そう言うと、マウロはフランにぎゅっと抱きついた。

「怖くない……と言ったら嘘《うそ》になる。だが、剣を取ったときに決めたことだ。自分の手を汚さずには、なにも守れない。悲しいが、これがいまの現実なのだ。本当は手を汚さずに守れるのが一番いいのだろうが、な……」

フランはマウロの頭を撫《な》でながら話す。

それはマウロに言うようでありながら、実際には自分に言い聞かせてもいた。

「私がいない間、領地を守るのは――マウロ、お前だ。頼んだぞ」

「……はい」

しばしの沈黙のあと、マウロはフランに抱きついたままうなずいた。

「もう、泣くな。立派な跡継ぎになるんだろう？」

「泣いてないっ」

反論するマウロの声は涙声だ。

しかしふたたびフランを見上げたマウロは、先ほどより凛《りん》として見えた。


同行する兵士たちのかえ馬を用意し、その日のうちにフランはモレッティ領を出発した。

フランは最小限の休憩で駆《か》け続け、翌日の早朝には王都へたどり着いた。

騎士団の馬小屋で馬を休ませると、フランはすぐに薔薇《ばら》隊《たい》の隊長のもとへ向かう。

「状況は？」

隊長室に入るなり、フランは尋《たず》ねる。

フランの到着を待ちわびていた隊長は、彼女の姿を見て大きく安堵《あんど》の息をついた。

「着いたか、フランチェスカ。すでに黒鷲隊《くろわしたい》が国境へ向けて出発している。彼らから、カスト鉱山の近くでフェデーレの兵を見かけたという報告が来た」

「カスト鉱山……ですか」

フランは脳裏《のうり》に王国の地図を思い浮かべた。

南北に長いオルランド王国は、南以外の三方を海に囲まれている。南は二国と国境を接しており、そのうちの一つがフェデーレ公国だった。

カスト鉱山はフェデーレとの国境となっているモリーニ山脈の王国側にある。オルランド王国にとっては、資源が採取できる数少ない重要な場所だ。

ここを奪《うば》われれば大きな痛手になる。なんとしても守らなければならない場所だった。

「カスト鉱山は重要ですね。ただ……いま南に手勢《てぜい》を割《さ》けば、北が要らぬちょっかいをかけてくるのではという心配が……」

フランは控《ひか》えめに隊長に進言する。初陣《ういじん》で戦った部族、北の巨人を思い出していた。

そのとき、隊長室の扉が開いた。

「確かに、北に対する抑えが足りなくなってしまうのでは？」

現れたのはクリオだった。到着したばかりらしく、汗だくだ。

「クリオ！」

フランの声に喜色がにじむ。

「メルクリオ、よく来てくれた」

隊長はクリオにねぎらいの言葉をかける。

「王の騎士ならば、当然です。それで、わが隊はどう動くのです？」

クリオは挨拶《あいさつ》もそこそこに、今後の方針を隊長に仰《あお》ぐ。隊長はふたりを見据《みす》えてうなずいた。

「フランチェスカの懸念《けねん》は正しい。獅子《しし》と白鳥《はくちょう》の隊は王都の守りで手一杯。そこで、そなたらに手勢を率《ひき》いてきてほしいと頼んだのだ。北の巨人との戦いとなれば、領地を北に持つそなたらのほうが慣れているだろう。メルクリオは北のバローネ領へ、フランチェスカの手勢と共に向かってほしい。隊からも十ほど連れていけば、なんとかなるだろう。フランチェスカは隊の騎士、二十を率いてカスト鉱山へ」

隊長は厳しい顔つきで、部下に命令を下す。

「二十では少々厳しいですね」

フランは考えながら口を開いた。フェデーレとの戦いを考えると、心細い人数だ。

クリオがなにか言いたげに隊長に視線を送ったが、隊長は首を横に振った。

「フェデーレとの戦闘は極力避けよ。目的を探《さぐ》るのが先だ」

「……ならば、その辺が妥当ですね。承知しました」

クリオは渋々の体《てい》で命令を受け入れる。

「承知しました。私は二十名の騎士を率いてカスト鉱山へ向かいます」

フランが命令を復唱すると、隊長とクリオがうなずく。

こうして、フランはクリオとは別行動で、カスト鉱山へ向かうこととなった。

§

フランたちが王都を発《た》ち、一日が過ぎようとしていた。険《けわ》しい山道を、二十名の騎士たちと共に馬に乗って進む。

北の森とは違う湿度の高さや、ぬかるんだ土の山道に、騎士たちは戸惑《とまど》いを隠せない。元々、薔薇隊《ばらたい》には北の出身者が多いことも、苦戦する原因の一つだ。慣れない山道で、馬の蹄鉄《ていてつ》がはずれてしまったり、足を痛めたりする者が続出していた。

あと二時間ほど進めば、カスト鉱山に最も近い街にたどり着く。

そこまで行けば、鍛冶師《かじし》に蹄鉄《ていてつ》を打ち直してもらうことができるだろう。

フランは同僚たちを励《はげ》ましながら、街への道を慎重《しんちょう》に進んでいた。そのとき、泉が目に入った。フランは馬を休ませるために、休憩をとることにする。

「全体停止！　各自、体を休めよ」

フランのかけ声に、騎士たちは馬を止めて泉に駆《か》け寄る。

泉のわき水は澄《す》んでおり、泉の底が見えるほどだ。底からふつふつと水が湧き出ており、流れ出た水は小さな川を作っている。

フランは泉の水を手のひらにすくうと、すこしだけ口に含む。

臭みはなく、充分飲用に耐えられそうだ。フランの頬がゆるむ。

すぐにでも渇いたのどを潤《うるお》したい気持ちをぐっとこらえて、まずは馬に水を飲ませる。

山道を懸命《けんめい》に登ってきた馬は泉に鼻先をつけ、水を飲みはじめた。馬たちが満足するのを待って、フランは騎士たちに飲水の許可を出す。騎士たちもそれぞれ泉の水を汲《く》み、のどの渇きを潤した。

フランも水を飲むと、荷物から布を取り出す。にじんだ汗をぬぐい、ひと息ついた。

やがて馬たちは泉から離れ、付近の下草や茂《しげ》みの葉っぱを食べはじめる。

（すこし休ませたほうがいいかもしれない）

馬が満足するまで草を食べさせることにして、フランは隊の皆にその旨を告げた。

「なあ、状況はよくないのか？」

行動を共にすることが多いジラルドが、木陰で休憩していたフランに近づきながら声をかける。

フランは大柄なジラルドを見上げ、口を開いた。

「どうだろう。現段階では、私にはわからない。だが、どうも嫌な予感がする」

彼女のこの手の勘《かん》は、はずれたことがなかった。黒鷲隊《くろわしたい》の報告を聞いてから、すべての行動が後手《ごて》に回っている気がする。だが、フェデーレの兵士が目撃されている以上、なにもしないわけにはいかない。

「そうか、やっぱりな……。俺もどうしていま、ここを攻めてくるのか、フェデーレの動きが妙に気になるんだよなぁ」

長く騎士を務《つと》めるジラルドもそう感じているのならば、やはりこの勘は正しいのだろう。フランは神妙な顔でうなずく。

「どちらにしても……はや……く、街へ……」

話を続けようとしたフランは、呂律《ろれつ》が回らないことに気づき、驚愕《きょうがく》した。体が麻痺している。ジラルドも同じように目を見開いていた。

「く……そ……、しびれぐす……りだ……」

　ジラルドはがくりとひざをつき、そのまま地面に転がってしまう。

（まさか泉にしびれ薬が？　先に馬に飲ませて確認したのに！　井戸ではなく泉だから、危険性は低いと油断していたッ……）

　フランは唇を噛《か》みしめた。

「ジラ……ルドッ！」

　フランもまた地面に倒れる。

　薄れゆく視界の中で、兵士たちが次々に倒れるのが見えた。

三　囚《とら》われて

　フランが意識を取り戻したのは、石造りの壁に鉄格子《てつごうし》のはまった牢《ろう》の中だった。うす暗いその場所で目を開けたフランは、己《おのれ》の姿に驚く。

　身に着けていた甲冑《かっちゅう》は、意識がない間に奪《うば》われてしまったのだろう。甲冑の下に着るダブレットも脱《ぬ》がされ、薄いシャツとズボン一枚で横たわっていた。

（なんという不覚！　敵兵が近くにいるかもしれない状況で、気を抜くとは……。味方を危険にさらしてしまったっ……。しかし、あのように水が流れる場所に薬を仕込んでも、確実に効果が出るとは限らない。いったいどうやって……）

フランは肌寒さに体を震《ふる》わせた。

（皆は無事だろうか？）

重い体を無理やり起こして、フランはなんとか鉄格子に近づく。同じ牢には誰もいないが、周りにも牢《ろう》がある。

「皆、いるのか？」

フランは自分の喉《のど》から出たかすれ声に驚いた。しかし、そんなことに頓着《とんちゃく》している場合ではない。

「フランなのか？」

すぐ近くから、ジラルドの声が聞こえた。

「ジラルド？」

「ああ。よかった、お前も無事だったか……。とりあえず、ここには四人だな」

ジラルドの言葉で、フランはほかの騎士もこの場所に囚われていることを知る。フランはジラルドに聞く。

「ほかには誰がいるんだ？」

「マルコとフェルナンドもここにいる。……あとは、わからない」

フランは誰の姿も見えぬままだが、ひとまずは命があることを神に感謝する。

「ここがどこだかわかるか？」

「いいや。俺もさっき気がついたところだ。武器は全部取り上げられている」

「そうか……」

フランはため息をこらえきれなかった。ブーツの内側に仕込んでいた小さなナイフがなくなっていることを、フランもすでに確認していた。

「誰かが来るまで、待つしかなさそうだ」

ジラルドの声に諦《あきら》めがにじむ。フランは天井を仰《あお》ぎ、石の壁に背中をあずけた。

（敵の可能性として高いのは、やはりフェデーレ公国だろうな……。この体のだるさからして、倒れてから数時間ほどだろうか。だとすれば、国境からそれほどは離れていないはず）

フランは自分たちの行く末を冷静に考える。殺さずに捕《と》らえた以上、敵にとってなんらかの利用価値があると考えるべきだろう。

だとすれば、いずれ近いうちに自分たちを捕らえた主《ぬし》が現れるはずだ。そのときまで体力を温存すべきである。フランは石牢《いしろう》の中で体を横たえ、目をつぶった。

その瞬間、不安がこみ上げる。

叫びだしたくなる気持ちを抑えつけ、フランはじっと反撃のチャンスをうかがう。

時間の感覚もないまま、フランはひたすらに待ち続けた。

長いような、短いような時間が過ぎた。やがて、かつかつと足音が響いてくる。

足音は、フランの牢の前で止まった。

（ようやくのご登場か……）

鉄格子《てつごうし》の先には、どことなく見覚えのある男が立っていた。たいまつに照らされたその男は、恐ろしく長身だ。

フランは思わず彼の顔を凝視《ぎょうし》した。ひどく整った、美しい男だ。

――クリオとの会話でふいに思い出した、フェデーレの商人。

石弓で的を射抜いた男が浮かべたひどく満足そうな笑み《え》に、フランはなぜか寒気を感じたことを思い出す。

そしていま、目の前の男はあのときと同じ笑みを浮かべていた。

フランは彼を見据《みす》えたまま、疑問を口にする。

「お前は……誰だ？」

男の顔から笑《え》みが消えた。フランの質問には答えず、男は黙《だま》ったまま鉄格子《てつごうし》に近づいてくる。

恐ろしく整った顔はなんの感情も映しておらず、フランは男がなにを考えているのかわからない。

男は鉄格子の隙間から牢《ろう》の中に手を差し入れ、フランの頬に触《ふ》れた。

底光りする男の目には、狂気が宿《やど》っているように見える。

不思議と避けることができず、フランは男の手が触れるのを黙って受け入れた。男の指先は冷たく、硬い。

「抵抗すれば、仲間を殺す」

男の口から飛び出た言葉に、フランはびくりと震《ふる》えた。

怯《おび》える様子を見せたフランに、男は満足げな笑みを浮かべる。彼はフランの頬を愛しげに撫《な》でると、ようやく手を離した。

男はポケットから鍵束を取り出し、牢の施錠《せじょう》を解《と》く。そして扉を開けると、フランの前にゆっくりと歩いてきた。

彼は持っていたたいまつを壁のくぼみに差しこみ、部屋のすみに置かれていた手枷《てかせ》を取り上げた。

男の脅《おど》しのせいで体を動かすこともできず、フランは男が自分の手に枷をつけるのを眺《なが》めるしかなかった。

手枷につけられた鎖《くさり》を握《にぎ》り、男はふたたびたいまつを手に取る。

じゃらり、と重い鎖が音を立てる。

(落ち着け。……いまはまだ、動くときじゃない)

早鐘《はやがね》を打つ心臓の音が、耳の中で鳴り響く。心臓はいまにもフランの胸から飛び出してしまいそうなほど、ばくばくと脈打っていた。

「ついてこい」

男は短く指示すると、鎖を引っ張る。急に立ち上がったせいで、フランの体がよろめく。それでもなんとか踏ん張って、先を歩く男のあとを追った。

牢から出た男は、たいまつの明かりを頼りに通路を進んでいく。フランの牢は一番奥にあったようだ。いくつもの牢の前を通りすぎていく。その中のひとつに、薔薇隊《ばらたい》の騎士たち三人が甲冑《かっちゅう》を剥《は》ぎ取られた状態で収容されていた。

「ジラルド、マルコ、フェルナンドッ……！」

フランは思わず叫んだ。幸い、彼らはどこにも傷を負っていないようだ。

「フランッ！」

フランの姿に気づいたジラルドが、鉄格子《てつごうし》に近づいた。

「早く、来い」

男の押し殺したような低い声が、フランに浴《あ》びせられる。

『抵抗すれば、仲間を殺す』という先ほどの男の言葉が、フランの脳裏《のうり》によみがえる。

フランはジラルドから視線をはずし、男のもとへ急ぐ。牢《ろう》を抜けると石の階段があった。

「フラン……」

小さな声が背後で聞こえたが、フランは振り向かずに男の後について階段を上《のぼ》った。

移動するにつれて、周囲は数多くのたいまつがたかれ、明るくなっていく。

フランはまぶしさに目を細めた。明るさに慣れはじめると、建物の様子がわかってくる。

どうやらここは城のようだ。大きな石がふんだんに使われていて、かなり贅沢な造りである。

男はらせん階段をどんどん上っていく。上りきった先の廊下を進み、やがて見えてきた扉の前で男の足が止まった。

「入れ」

フランは黙《だま》って男の指示に従う。

これからなにが自分の身に降りかかるのだろうか。

わからないまま、フランは唇を強く噛《か》みしめた。

爵位を継いで騎士となることを選んだとき、女性としての自分は捨てたはずだった。

だが、こうして男とふたりきりにされると、否《いや》が応《おう》でも自分が女であることを意識させられてしまう。

開けられた扉の先にあった部屋は、風呂場だった。

侍女らしき女性が、湯船の前で袖《そで》まくりをして待機している。フランはわけがわからず、男の顔を見上げた。

「湯あみを済ませろ」

男は突っ立っているフランの鎖《くさり》を引いて、フランの体を強引に部屋の中へ引きずりこむ。

「あっ……」

フランは踏ん張ることができずにバランスを崩《くず》した。彼女の体がみっともなく侍女の足元に転がる。男は鎖を湯船の脚に巻きつけ、フランが逃げられないようにして、部屋を出ていった。

取り残されたフランは、なんとか立ち上がったが、そのまま侍女の前で呆然《ぼうぜん》としてしまう。

「……服を、脱《ぬ》いでください」

侍女の指示に従って、フランはのろのろと身を守る盾《たて》だった薄い服を脱いでいく。

フランは普段、他人の前で裸になることはない。他人に裸身《らしん》を晒《さら》す羞恥《しゅうち》に体を赤く色づかせながら、湯船に足を入れた。

フランがうつむいて湯船の中に腰を下ろすと、侍女は床に置いてあったバケツのお湯をフランにそっとかけていく。温かなお湯を頭からかぶり、フランは久しぶりの入浴にぼんやりする。

湯船の半分ぐらいまでお湯が溜まると、侍女はフランの背中でひと括《くく》りにされていた髪の紐《ひも》をほどいた。腰まである豊かな髪が湯の中に広がる。

フランの髪は洗われて、汗とほこりで汚れていた赤色が鮮《あざ》やかな輝きを取り戻していく。

次に、侍女は石鹸《せっけん》をつけた海綿《かいめん》でフランの体をごしごしと洗った。

フランが一言も発しないまま、侍女は手際《てぎわ》よくフランの体を綺麗にする。

いつの間にか、もうひとりの侍女が、着替えを持って部屋の中に入ってきていた。フランの体を洗っていた侍女は、フランの髪を絞《しぼ》って水気を切ると、湯船から出るように身振りで指示した。

指示に従ってフランが床に下りる。すると、侍女たちはふたりがかりで大きなタオルをフランにかぶせ、拭《ふ》いていく。

「ここは……どこなんだ？」

問いかけに、侍女たちが返したのは沈黙だ。

フランは仲間たちのことを思い、なにもできずにいた。

彼女たちを振り切って、この場を逃げることができたとしても、仲間たちを置いては行けない。

それにここがどこなのかもわからないのに、逃げるなど無謀だ。

（ジラルド、マルコ、フェルナンド……。待っていてくれ。必ずチャンスはあるはずだ）

いまはただ、大人しく様子をうかがうことしかできない。自分を不甲斐《ふがい》なく思いながら、フランは侍女たちに身を任《まか》せた。

その間、フランは名前も知らない、黒髪の男の顔を思い浮かべた。宮廷に現れたとき、彼は武器商人を名乗っていた。しかし、あのような剣呑《けんのん》な光を目に宿《やど》す男が、ただの商人であるはずがない。

（あの男は、私になにをさせたいんだ？）

ただの騎士には、利用価値はさほどない。けれど、侯爵としてのフランならばどうだろうか？

（いや、モレッティ領はフェデーレ公国から離れすぎている。飛び地を支配するのはかなり厄介《やっかい》だから、領地狙《ねら》いということも考えにくい……か）

思考に沈むフランを着替えさせると、侍女たちは部屋を去った。

着せつけられた寝間着《ねまき》は、女性用の薄い生地でできたものだ。下着すら身につけることを許されなかった。フランはその頼りない寝間着の上から、ギュッと自身を抱きしめる。

（こんな恰好《かっこう》をさせるということは、あの男は私を女として扱うつもりなのだろうな……）

次々と浮かんだ可能性を消去していくと、残ったものはわずかだった。

フランは自分自身を求められる可能性に、体を震《ふる》わせた。

それと同時に扉が開く音がして、男が姿を現す。

フランは無駄とはわかっていても、後ずさりせずにはいられなかった。

男は無言で、湯船の脚にくくりつけていた鎖《くさり》をはずす。

「ついて来い」

（嫌だ！）

思わずそう叫びそうになるが、仲間のことを思い出し、フランは喉《のど》まで出かかった言葉を呑みこんだ。

男はフランの怯《おび》えた様子にまったく頓着《とんちゃく》せずに鎖を引いて部屋を出ると、廊下を歩いていく。

彼女の怯えに気づいているかどうかもわからなかった。フランは震えだしそうになる体を無理やり動かして、彼に続いた。

やがて、男は大きな扉の前に立った。扉を開けると、部屋の中に躊躇《ちゅうちょ》なく入る。その部屋には、立派な天蓋がついた大きな寝台があった。

高級な調度が置かれていることから、この部屋は城の主《ぬし》の部屋だとわかった。これほど立派な家具は、フランの自室にもない。男の地位は高いようだ。

「お前は、誰だ？」

フランは勇気を振り絞《しぼ》って、男と対峙《たいじ》する。

男は唇の端《はし》をにやりと引き上げた。

「アントーニオ・フェデーレ。フェデーレ公国の第二公子だ」

フランは驚愕《きょうがく》に目を見開く。

男――アントーニオが口にした名前は、フランの想像を超えた人物だった。フェデーレ側の人間だという予想は当たっていたが、まさか王族が登場するとは。それも――

（これが黒将軍！）

先日、クリオとの会話にも出てきた武勇を思い出す。

「ほかに一緒にいた者たちはどうなった？　それに……どうやって私たちを捕《と》らえたのだ？」

目の前の男が自分たちを罠《わな》にかけ、捕らえたのだと思うとフランの身が引《ひ》き締《し》まる。細心の注意を払っていたのに、こんなにあっさりと囚《とら》われてしまった。その手口を聞かなくては、納得がいかない。

「捕らえたのはあなたを含め四人だけだ。ほかの者はあの場に置いてきたからどうなっているかは知らないが……」

フランはひとまず囚われているのが四人だけだと知って、内心ほっとする。知らず知らずのうちにつめていた息を吐いていた。アントーニオはフランの様子をうかがいつつ、言葉を続ける。

「泉に薬を入れられている可能性は、考えていたのだろう？」

「ああ。だから、馬に水を飲ませて確認した」

アントーニオはかすかに唇をゆがめて笑った。

「なかなか注意深くて結構だ。だが、泉の周囲には、気が回らなかったようだな？　草に薬が撒《ま》かれているとは、なかなか気づかないか」

男の言葉で、フランはようやく合点《がてん》がいった。

（私たちは薬を吸いこんでしまったのか……！）

愕然《がくぜん》としてフランがアントーニオを見つめていると、男はぐっとフランに近づいた。

アントーニオの鮮《あざ》やかな青色の瞳が、フランに迫る。

「フランチェスカ……」

アントーニオは熱情のこもった目でフランを見つめたあと、強い力で彼女を抱きしめた。突然のことに、フランはわけがわからない。

（どうして、この男は私を抱きしめているんだ？）

アントーニオはフランのあごを捉《とら》えると、すばやく彼女の唇を己《おのれ》のそれで塞《ふさ》ぐ。

フランの頭に浮かんだ疑問は、すぐに彼の熱く、深い口づけにかき消された。

「い……やっ！　あ……」

フランは混乱して体をひねり、力の限りアントーニオに抗《あらが》う。

（嫌だ！　嫌だ！　嫌だ！　私に触《ふ》れていいのは、クリオだけなのにっ……）

突如《とつじょ》として抵抗をはじめたフランに、アントーニオは口づけを中断した。

「やめろっ！　嫌だ、離せ！」

アントーニオは暴れるフランの体を易々《やすやす》と抱き上げ、寝台の上に放《ほう》り投げる。騎士として鍛《きた》えられたフランは、決して軽くはない。だが、アントーニオは苦もなくフランの体を扱う。

アントーニオは、手にしていた鎖《くさり》を寝台の上部に取りつけられたフックにかける。すると、フランは上半身を吊り上げられ、身動きが取れなくなった。

フランはこれから行われることを想像して恐怖にかられ、体を動かし解放を訴《うった》える。けれど、ガチャガチャと手枷《てかせ》が音を立てるだけで、逃げることは叶わない。

アントーニオがフランの体に覆《おお》いかぶさった。

「嫌だ！　やめッ……」

フランの動きを封じるように、ふたたびアントーニオが口づけてくる。

フランが彼の舌に噛《か》みつこうとすると、アントーニオは唇を離した。フランの不穏《ふおん》な気配を嗅《か》ぎ取ったのだろうか。彼の舌を噛み切ってやろうというフランの目論見《もくろみ》は、すぐに潰《つい》えた。

口づけが解《と》かれてほっとする間もなく、フランの体をアントーニオの手がまさぐる。

「やぁッ……」

薄い寝間着《ねまき》は、男の手が触《ふ》れるのになんの障害にもならない。肌の上を這《は》い回るアントーニオの手の感触に、フランの肌が粟立《あわだ》つ。すさまじい恐怖と気持ち悪さが彼女の胸に押し寄せた。

「やめろっ……」

拒絶の言葉ばかりを口にするフランに、アントーニオは忌々《いまいま》しげに舌打ちする。

彼はフランから体を離すと、寝台脇のチェストの引き出しを開け、小瓶《こびん》を取り出した。

悪い予感がして、フランは一層怯《おび》える。

「なにを……？」

「そのような憎《にく》らしい口をきけぬようにするだけだ」

身を小さくするフランに、小瓶を手にしたアントーニオが迫る。

彼はフランのあごをつかんで強引に口を開かせると、小瓶の中身を無理やり注《そそ》ぎこんだ。

口の中に甘ったるい液体が広がり、フランはそれを吐き出そうと頭を振る。しかし、男の手が彼女の鼻と口を押さえて離さない。

息が続かなくなったフランは、たまらずごくりと液体を飲みこんでしまった。

フランの喉《のど》が液体を嚥下《えんげ》したことを確認したアントーニオは、彼女から手を離す。

「げふっ、ごほっ！」

フランは、塞《ふさ》がれていた気道に急に入りこんできた空気にむせた。苦しみで涙がにじむ。

「これは東方で作られた神秘の霊薬《れいやく》だ。処女でも男に足を開くほど効果があるが、依存性はないらしい——あなたがどうなるのか、楽しみだ」

「ふざける……なっ」

フランは気力をかきあつめてアントーニオの目をにらみつける。しかし、早くも己《おのれ》の体の変化を感じていた。これから自分がどうなってしまうのかと激しい不安に襲《おそ》われる。

アントーニオは彼女にまたがり、薬が効きはじめるのを楽しそうに眺《なが》める。

フランは琥珀色《こはくいろ》の瞳を怒《いか》りで燃え立たせ、アントーニオを見る。

ふたりとも微動《びどう》だにしないまま時間が過ぎ——

——先に動いたのはフランだった。

「っはぁ……」

熱のこもった息を、ひとつこぼす。

フランの透き通るほど白い肌は赤く染まり、玉のような汗が浮かんでいた。胸は大きく上下し、荒い呼吸を繰《く》り返す。

(なんなんだ、これは？　心臓がうるさいし、とにかく熱いっ！)

フランの目からは、次第《しだい》に反抗的な光が薄くなる。かわりに、心細さが浮かび上がった。

「はぁっ、こんなことを……してっ、楽しいのかっ？」

フランは呼吸の合間に、アントーニオに問いかける。その声には艶《つや》がにじんでいた。

「ああ。あなたが私の腕の中にいると思うだけで楽しいな」

答えるアントーニオの口元には、笑《え》みが浮かんでいる。

「このっ、変態が！　くた……ばれ……」

フランは体を蝕《むしば》む熱に意識を翻弄《ほんろう》される。体から力が抜け、ぎらぎらとアントーニオをにらみつけていた琥珀色の目は、とろんと潤《うる》んでしまった。

「フランチェスカ。ようやく……私のものだ」

つぶやくと、アントーニオはフランの体の至るところに唇を這《は》わせていく。まず、足の甲に唇を落とす。そしてふくらはぎをたどって、ゆっくりと太ももに――

「っふ、う……」

フランは与えられる口づけに体を震《ふる》わせた。つい先ほどまで、触《ふ》れられるだけで総毛《そうけ》だっていた体は、与えられる感触をすべて快感として受け取ってしまっている。

「あ、あぁ……」

拒絶の言葉さえまともに口にできず、フランは快楽に戸惑《とまど》う。

（いやだ、どうしてっ。こんな……）

アントーニオの唇はフランの手に移っていた。頭上に吊りあげられた手の指を、一本ずつ口に含まれ、舐《な》められる。

「っあぁっ……、あ……」

指先がぬるりと温かなものに包《つつ》まれたことを感じて、フランは体を震《ふる》わせた。彼の口から逃《のが》れようと指に力を入れるのに、自分の意思ではまったく動かせない。

アントーニオはフランがぐったりと力を失っているのを確認し、満足そうにうなずいた。そしてようやく手枷《てかせ》をはずして、フランの両手を解放する。

フランの体は力なく寝台の上に投げ出された。

鮮《あざ》やかな赤い髪とともに寝台の上に横たわる体はほてり、彼女の意思に反してびくびくと震える。

「っふ、……う」

フランの目からは涙があふれていた。

いつのまにか、薄い寝間着《ねまき》はアントーニオの手によって取り払われたらしい。

フランの裸身《らしん》が、惜《お》し気もなく晒《さら》されている。

騎士として鍛《きた》えられた体は、引《ひ》き締《し》まっているが、女性としての丸みは損なわれていない。薬のせいで赤く色づき、アントーニオを誘っていた。

アントーニオはフランの足の間に座り、フランの体に触《ふ》れていく。剣を手にする者に共通する剣だこのある彼の手が、フランの鎖骨をくすぐった。

アントーニオの愛撫《あいぶ》の手が体中を這《は》い、甘いしびれをもたらす。

彼の指は次々と彼女の快感を拾い上げていった。胸の頂《いただき》をよけて進んだ手は、わき腹を通り、腰骨に達する。腰骨の上を引っかくように撫《な》で上げられ、フランは大きく身を震《ふる》わせた。

さらに彼は、触れるかどうかの絶妙なタッチで、フランの内ももに手を這わせていく。彼に触れられていないところなどないのではという気がするほど、あらゆる場所を撫でられる。

「やはり、あなたは美しい……」

熱い欲望を宿《やど》す青い目とは対照的に、アントーニオの声はひどく優しい。

「っは、あぁ……んっ」

フランは初めて与えられる快楽に、ただ喘《あえ》ぎ声を上げることしかできなかった。

快感が背中をぞくりと走り抜けると、自分でも驚くほどの甘い声が漏《も》れる。頭の中がぐちゃぐちゃとかき回され、まともに考えることもできない。ひたすら、快楽に圧倒される。

気づけば、寝台のシーツはフランからあふれた蜜《みつ》でぐっしょりと濡《ぬ》れていた。フランの反応を見て、アントーニオは恍惚《こうこつ》とした笑《え》みを浮かべる。そして、こらえきれないといった感じで感嘆《かんたん》の息を漏らした。

「ああ！　フランチェスカ……」

彼の指はフランの茂《しげ》みをかき分けて、とうとう最も秘《ひ》められた部分に到達する。彼の手から逃《のが》れたくてフランは身をよじろうとするが、薬に支配された体は思う通りに動かない。

「……っあ、あああぁっ！」

彼の手がさわりと秘所《ひしょ》をなぞっただけで、恐ろしいほどの快感が押し寄せる。

（いやだ……。ああ、なにかが……くるっ！）

「フランチェスカ、感じるのか？」

アントーニオが耳元で囁《ささや》く。

途端《とたん》、フランの目の前で星がはじけるようにしびれが全身に広がり、視界を白く染めた。

「やぁあああっ……！」

高い声が上がり、体がびくびくと脈打つ。長い震えのあと、フランは恐ろしいほどの脱力感に襲《おそ》われた。

「っ……っは、あ、あ……あ……」

大きく口を開けて、フランは荒い呼吸を繰《く》り返す。

彼女の様子を満足そうに眺《なが》めていたアントーニオは、フランの呼吸がすこし落ち着くのを待ち、中断していた愛撫《あいぶ》の手を再開させた。茂《しげ》みの奥の花芽を露出させると、そうっと触《ふ》れる。

それだけで、フランは目をぎゅうっとつぶり、大きく身悶《みもだ》えた。

「あ、あぁぁッ！」

アントーニオが、ゆっくりと指を蜜壷《みつつぼ》に沈めていく。

「やはり、……きついな」

彼の顔は嬉しそうにゆるんでいた。

アントーニオの剛直は昂《たかぶ》り、腹に触れんばかりに反《そ》り返っている。けれど、必死になって快楽に耐えるフランには、その凶暴な姿は見えていなかった。

もし、彼女がそれを目にしていれば、きっと怯《おび》えを膨《ふく》らませただろう。

アントーニオは蜜壷をかき回す指を、ゆっくりと増やしていく。

フランは蜜壷を探《さぐ》る指に、この上なく圧倒されていた。

「あっ、っはぁ……、あ……」

苦しげに顔をゆがませるフランに気がついたアントーニオは、花芽を弄《いじ》る。

「あぁ……っ！」

フランは、突然の刺激と体に走るしびれに喘《あえ》いでしまう。

そうやって、彼はフランに苦しさと同時に快楽を味わわせていった。

尽きることなく、蜜壷から蜜があふれ出る。ぐちゅぐちゅと中をかき回す卑猥《ひわい》な音が、室内に響き渡った。

フランの意識は朦朧《もうろう》とし、もはや自分がどんな状況に置かれているのか、よくわからない。

ただ、高まる熱が出口を求め、体の中をさまよう感覚に戸惑《とまど》うばかり。

（もう、いやだ。苦しいっ、助けて！　誰かぁっ！）

長く快感を与えられ続け、フランは息も絶え絶《たえだ》えだ。

彼の指がぐるりと大きく中で動く。

「……充分にほぐれたな」

そう言いながら、アントーニオはフランの蜜壷から指を引き抜く。彼の指から糸を引いて蜜が垂《た》れた。フランの花びらは失われた感触を求め、ひくひくとうごめく。

「フランチェスカ……。これで、ようやく私のものだ」

アントーニオはフランの腰を抱《かか》えあげると、蜜口《みつぐち》に昂《たかぶ》りきった剛直をあてがった。そして、ゆっくりとフランの内部に剛直を沈める。

「……っあぁぁぁぁっ！」

フランは、ひどく上ずった嬌声《きょうせい》を上げた。フランの秘所《ひしょ》は、ゆっくりとアントーニオの剛直を受け入れていく。

フランの耳に、みしりという音が聞こえた気がした。

己《おのれ》のすべてをフランの中に埋めこんで、アントーニオは大きく息を吐く。

「フランチェスカ……」

アントーニオの目元は赤く染まっている。まるで喜びに打ち震《ふる》えているかのようだ。

けれど征服されたフランは、己を貫《つらぬ》く熱い塊《かたまり》による痛みと圧迫感に、恐怖を感じていた。息が止まりそうなほど苦しく、眦《まなじり》から涙がこぼれ続ける。

充分に己の剛直がフランの内部になじむのを待ってから、アントーニオは腰を動かしはじめた。限界まで楔《くさび》を引き抜くと、ふたたび根元までフランの内部に沈める。それを、何度も繰《く》り返した。

ただ息を荒らげ、衝撃《しょうげき》をやり過ごすフラン。彼女の声が艶《つや》を帯《お》びだしたのは、いつだったか――

「……ん、っはぁ、あぁぁ……んんっ」

フランの体は、花芽を弄《いじ》られていたときと同じ快楽を、確かに感じはじめていた。

（いやだ、うそだっ！　こんなはず……）

フランは自分の心と体の乖離《かいり》に耐えられない。

そのとき、体の奥に強い衝撃を受け、フランは絶叫した。

「ふあああぁぁぁあぁっ！」

§

「ひぃ……、ひゃあぁ……」

フランは、何度目かもわからぬ絶頂《ぜっちょう》の波に、体を震わせていた。閉じることもできなくなった口の端《はし》からは、唾液があふれ、あごを伝《つた》う。

「フランチェスカ……」

アントーニオは、その扇情的《せんじょうてき》な光景に相好《そうごう》を崩《くず》す。思わず、彼女と繋《つな》がったまま口づけた。苦しげに眉根を寄せる彼女の表情に気づきながら、アントーニオはわざと口づけを深める。

「……っふ、……ん」

フランが口づけに応え、舌を絡《から》ませることはない。それでも、アントーニオはフランを手に入れた喜びに満ちていた。どれほど口づけを重ねても、飽き足りない。

(やっと、やっと、私のものだ……。私の魂《たましい》の片割れ)

アントーニオはふとフランの眦《まなじり》から伝《つた》う雫《しずく》に気づき、その涙を舐《な》めとる。

塩辛いはずの液体も、彼女のものだと思うと甘く感じた。

「そろそろ、いいか……」

アントーニオは己《おのれ》に課していた自制心を取り払い、楔《くさび》を抽挿《ちゅうそう》する速度を上げた。背筋を駆《か》け上《のぼ》るすさまじいまでの快感に、我を忘れて腰を打ちつける。

「ああっ、うう……」

アントーニオは低くうめくと、びくりと体を震《ふる》わせながら欲望をフランの奥に放《はな》った。

放出を終えたアントーニオは、体を起こす。

楔が引き抜かれた蜜口《みつぐち》から、鮮血《せんけつ》のにじんだ白濁《はくだく》がこぷりと音を立てて滴《したた》った。

フランの顔を覗《のぞ》きこんだアントーニオは、いつの間にか彼女が気を失っていることに気づく。薬を用いて与えられた、すぎた快楽は、完全に彼女の意識を奪《うば》ってしまっていた。

アントーニオは申し訳なさそうに――しかし、名残惜《なごりお》しげに彼女の額《ひたい》に口づけを落とす。

そして、それまでの性急で強引な態度とは打って変わった優しい手つきで、フランの全身をチェストに置いてあった濡《ぬ》れた布でぬぐった。彼女を清《きよ》め終えると、自分のガウンで彼女を包《つつ》み、抱きかかえる。そして、すぐに扉の外で待機しているはずの侍女を呼びつけた。

「寝台を清めよ」

侍女は入室すると、頭を低くさげたますばやく動く。無言で役目を果《は》たし、部屋を下がった。

アントーニオは意識がないフランを抱《かか》え直すと、シーツを替えたばかりの寝台に上がる。そのまま彼女を横たえて、腕の中に閉じこめた。

二年のときを経《へ》てようやく手にした彼女に、アントーニオの口元は無意識にほころんでいた。

商人と身分を偽《いつわ》り、近隣諸国をめぐった旅の中で見つけた、運命の女《ファム・ファタール》。

彼女を一目見た瞬間、アントーニオは雷に打たれたのかと思った。

そして彼女が自分の魂の片割れだ、と確信した。

けれど、彼女は自分を視界に入れようとしない。

それどころか、他の男を愛《いと》おしげに見つめていたのだ。

アントーニオはそのとき、彼女の視線の先にいる男から、彼女を奪うことを決意した。即座に旅をやめて国へ戻り、力を蓄《たくわ》える日々をはじめる。彼女をこの手に抱くためだ。彼女に会うまでは、有能な兄に国を任《まか》せ、自分は陰《かげ》から支えられればいいと思っていた。しかし、それでは彼女をこの手に抱くことは叶わない。己《おのれ》の地位に付随《ふずい》する義務以上のことをこなし、周囲を黙《だま》らせるための力を手に入れなくては。その思いを胸に、アントーニオは立ち上がった。それまで爪を隠していた鷹《たか》は、魂《たましい》が求めるままになりふりかまわず爪を振り下ろした。

やがてアントーニオは黒将軍と呼ばれるようになった。黒将軍の行く先では、血と死の匂《にお》いが漂《ただよ》う。そう揶揄《やゆ》されるほど、アントーニオは敵を屠《ほふ》り続け——ようやく手にした、魂の片割れ。

もう、離すつもりはない。

——彼女は、私のものだ。

アントーニオは暗い笑《え》みを浮かべ、腕の中の彼女を強く、強く抱きしめた。

四　籠《かご》の中の鳥は目覚める

（ここは……？）

目を開けたフランは、見慣れない天蓋《てんがい》に戸惑《とまど》う。そして一瞬の回想のあと、自分の置かれた状況を思い出した。隣に目を向けて、男がいないことにほっと安堵《あんど》の息を漏《も》らす。

部屋の高い位置にある細長い窓からは、太陽の光が差しこんでいる。日が随分《ずいぶん》と高く昇《のぼ》ってしまっているようだ。

体を動かそうとしたフランは、思うように力の入らない手足に戸惑った。意識は覚醒《かくせい》しているのに、恐ろしく体が重い。

それでも時間をかけて上半身を起こすと、なんとかあたりを見回すことができた。

見下ろした自分の体はなにも身につけておらず、様々な場所に赤い花がいくつも散っていた。フランの白い肌に、その鬱血痕《うっけつこん》はかなり目立つ。なにより、全身にちりばめられたその花の数が、男の所有欲を表しているように思えて、フランは怯《おび》えた。

手枷《てかせ》をはめられたときに抵抗したため、手首にはくっきりとあとが残っている。ひりひりと痛む手首を、フランはそっと指でなぞった。

不意によみがえる、記憶の断片。

痛みと恐怖の狭間《はざま》でおかしくなったのだろうか。

あのとき確かに、フランは彼との行為に快楽を感じていた。

(……違う！　あれは薬のせいだ！)

フランはよみがえった快楽の残滓《ざんし》に、体を震《ふる》わせる。

「……はぁ」

喉《のど》から漏《も》れた声は、思いのほか熱を持っていた。そんな自分が嫌で、フランは記憶を消し去るかのように頭を振る。そして、寝台から出るべく床に足を下ろした。

途端《とたん》に、股の間にぬるりと濡《ぬ》れたなにかが伝う。フランが太ももに目を向けると、白《はく》濁《だく》と共にわずかにまじる鮮血《せんけつ》の赤が視界に飛びこんできた。

あまりの衝撃《しょうげき》に叫ぶ。

「うそだっ！　どうしてっ！」

フランの記憶は曖昧《あいまい》だ。

しかし、体に残る痛みと情事《じょうじ》の痕跡《こんせき》が、自分の身に起こったことを示していた。

侯爵位を継いだとき、フランは女性として生きることを捨てた。結婚や子を持つこと、女性としての幸せは、すでに求めていない。

それでも、男女の営《いとな》みについての知識はある。男ばかりの騎士団にいれば、嫌でも耳に入ってくるからだ。平時はフランに気を遣《つか》い、表立ってそういう話をしない彼らだが、酒の入った席では自然と話題になる。

体に残る、これ以上はない証拠が、フランに現実を突きつけた。

（私はっ！　……落ち着け。私は、モレッティ侯爵だ。こんなことは、許されない……。それに、あんな男にっ……）

心にわき起こった小さな痛みを振り払うように、フランは床に下ろした足に力をこめ、立ち上がろうとして——崩れおちた。

足が震え、へたりと床に座りこんでしまったのだ。

「どう……して？」

鍛《きた》え上げた体は、ちょっとやそっとのことでは、音を上げたりしない。けれど、アントーニオに好き放題に扱われた体は、まるでフランのものではないかのよう。

裸で床に座りこんでしまったフランに、石の床からラグを通して冷気が伝わる。あまりに惨《みじ》めな自分に、フランの涙腺《るいせん》はゆるみはじめていた。

（泣くなっ。私は騎士だ。そう簡単に泣いたりするものか……）

フランはなんとか気力を奮《ふる》い立たせ、震える足をなだめすかして寝台に戻る。

このままじっとしているわけにはいかないと、充分に承知していた。それでも、純潔を奪《うば》われてしまったことにショックを受けずにはいられない。

（なんと惨《みじ》めなのだ、私は……。こんなことになるくらいならば、クリオに……）

そこまで考えて、フランはうしろ向きな自分に嫌気《いやけ》がさした。

「くそっ！」

（そんなことを考えている場合かっ！　仲間たちを見捨てるのか？　いまは、ここからどうやって脱出するかを考えるんだ！）

精一杯、フランは自分を鼓舞《こぶ》する。

そのとき、扉が開かれる音がした。

はっとしてそちらに目を向ければ、フランの純潔を奪った男――アントーニオの姿があった。

無意識のうちにフランの体がこわばる。掛布で体を隠すことも考えたが、怯《おび》えを悟《さと》られるのは矜持《きょうじ》が許さない。フランは視線をじっと前に向け、彼の焼けつくような視線を無視することにした。

「……フランチェスカ、起きていたのか」

声をかけても自分を見ようとしないフランに、アントーニオは傷ついた様子で目を細めた。

しかし、フランが彼の表情に気づくことはない。

「賢いあなたのことだ。もしも逃げればどうなるか、わかっているだろう。大人しくすると約束すれば、この階では自由に振る舞《ふま》う権利をあげよう。……どうする？」

フランは、彼の欲望がおさまれば、ふたたび牢《ろう》に戻され、囚人《しゅうじん》のように扱われるとばかり思っていた。提示された内容に、拍子抜けする。

とはいえ、フランには最初から断る権利などないのだろう。

（……この男は、私をゆっくりといたぶるつもりなのか？）

フランの脳裏《のうり》に、猫がネズミを弄《もてあそ》ぶ姿が浮かぶ。こみ上げる怒《いか》りで怒鳴《どな》り散らしたくなる衝動《しょうどう》に襲われながら、フランは言った。

「では、そのように」

最小限の言葉しか口にしないフランに、アントーニオは苦笑した。

「湯を使うか？」

「……ああ」

汗や体液にまみれていたはずの体は、思ったよりさっぱりとしていた。しかし、体から流れ出た残滓《ざんし》が股の間を汚している。アントーニオの痕跡《こんせき》を一刻も早く洗い流したくて、フランは申し出をありがたく受けることにする。もちろん、感謝の気持ちはおくびにも出さない。

フランの返事を聞いたアントーニオは、寝台に近づくとフランの膝裏と背中に腕を回した。

「な、なにを？」

突然抱きあげられ、フランは狼狽《ろうばい》して頬を赤く染める。

「動けないだろう？　初めてだったのに、手加減なしで抱いたからな」

直接的な男の指摘《してき》に、フランは彼から顔をそむけた。

フランの意思を無視して強引に抱いたのに、一夜明けたアントーニオは驚くほど優しかった。

けれど、気遣《きづか》いに礼を言うのも癪《しゃく》だ。彼が親切ごかしていても、フランには選択の自由はない。

フランは諦《あきら》めをこめてため息をつくと口をつぐみ、彼に身を任《まか》せることにした。

アントーニオは昨日フランが使った風呂場に彼女を連れていった。侍女にバケツに何杯かお湯を用意させると、自らフランの体を洗いはじめる。

フランは逆《さか》らう気力もなく、アントーニオにされるがままだ。

昨晩、何度も求められた体は重く、指先ひとつ動かすことさえ億劫《おっくう》になっていた。

フランは目をつぶり、彼の姿を視界に入れないようにする。

アントーニオに優しい手つきで体を洗われている間、フランは騎士の任務で培《つちか》った冷静さを総動員させた。アントーニオに対し、できるだけ感情を見せないことを心がける。

そうしているうちに、体を洗い終えたらしい。アントーニオはフランの手を引いて湯船の中で立ち上がらせると、彼女の体をぬぐった。

騎士として身の回りのことは自分で行う習慣がついているため、フランは従者の手を借りることをあまり好《この》まない。疲れて城に帰ったり急いでいたりというときは、侍女や従者に手伝いを求めることもあるものの、人に触《ふ》れられるのがすこし苦手だった。

にもかかわらず、フランは彼に髪を撫《な》でられて思わずうっとりとしてしまう。アントーニオのフランを世話する手つきは手慣れており、一国の公子のものとしては意外だった。

あまりの心地よさに心を許しそうになって、フランは自分を叱《しか》りつけた。

(どうしたのだ、私は！　いまも仲間が牢《ろう》に囚《とら》われているというのに！)

フランが心の中で自分の感情に混乱している間に、アントーニオは手際《てぎわ》よく彼女にガウンを着せつけ、ふたたび抱き上げる。

「えっ……!?」

突然抱きあげられたフランは、思わず暴れ、バランスを崩《くず》した。

落ちそうになる感覚に驚き、咄嗟《とっさ》にアントーニオの首に手を回し、すがりついてしまう。見上げたアントーニオは、悪戯《いたずら》っぽい笑《え》みを浮かべてフランを見ていた。

その眼差《まなざ》しに貫《つらぬ》かれたフランは、なぜか急に胸が苦しくなる。ふいっと彼から顔をそむけた。

「あまり暴れるな。落とされたくなかったら、しっかりとつかまっていろ」

頭上で苦笑するような気配がした。文句を言いたいのに、フランは顔を上げられない。

(お前が急に抱きあげるから、あわてたんだろう？　どうして叱《しか》られなければならないんだ)

胸に走った痛みを打ち消すように、フランは心の中でアントーニオに悪態《あくたい》をついた。

フランはそのままアントーニオに運ばれ、彼の部屋の寝台に下ろされる。

その間、フランはずっとうつむき続けていた。

彼はフランの髪を撫《な》で、気遣《きづか》うように問う。

「食べられそうならば、食事を用意させるが？」

「……食べる」

食欲はなかったが、そう口にしていた。食べられるときに食べておくという騎士としての習慣が、体に染みついている。

アントーニオはなぜか上機嫌そうに、部屋の外に控《ひか》えていた侍女に指示を出す。するると、トレイに載ったパンとスープが運ばれてきた。彼は侍女からトレイを受け取り、寝台の脇のチェストに置く。

アントーニオは、パンをちぎっては寝台で上体を起こしているフランの口に運び、スープをすくっては飲ませるなど、甲斐甲斐《かいがい》しく世話を焼いた。

フランは彼のしたいようにさせ、なんとか食事を終える。

その頃には、フランの気力は限界に達していた。お腹が満たされて、フランはとろとろと睡魔《すいま》に誘われていった。

§

「フランチェスカ？」

食事のトレイを侍女に渡して部屋に戻ったアントーニオは、目をつぶるフランに声をかける。

反応がないので顔を寄せると、閉じられた口からかすかな寝息が聞こえた。

「眠った……のか」

昨夜は激しく抵抗したのに、目を覚ましてからの彼女はほとんど自分に身を任《まか》せていた。そのことに、アントーニオは拍子抜けしていた。彼女ならば、もっと長く抵抗すると思っていたのだ。

（もっとも、抵抗できないように、仲間を人質に取っている私が言うのもなんだが……）

アントーニオは自分を嗤《わら》った。

フランにとってアントーニオがただの敵国の公子にすぎないことは、彼自身が一番よく知っていた。

こんな強引な手段で彼女の体を奪《うば》っても、心は得られない。そんなのはわかりきっている。それでも、求めずにはいられない。

（愛されるなど、夢のまた夢。……ならば、彼女が決して私を忘れないように、徹底的《てってい》に憎《にく》ませればいい。彼女が私を憎んでいる間は、彼女は私のものだ。ほかの男のことを考える余地《よち》など、与えるものか！）

つかの間の休息にまどろむフランチェスカを、アントーニオは寝台の脇から見つめる。そっと手を伸ばし、濡《ぬ》れて光る赤毛に愛《いと》しげに触《ふ》れた。アントーニオは、フランが風邪《かぜ》をひかないように、彼女の髪をそっとタオルでぬぐう。

しばらくそうしていたアントーニオは、髪の水気が取れたのを確認して、フランに上掛けをかけた。そして、静かに寝室を出ていく。

部屋には、しっかりと鍵をかけて。

§

まどろみから目覚めたフランは、薄暗い部屋で目をこすった。

部屋の高い位置にある細い窓からは、赤みがかった光が差しこんでいる。

（あんなに細い窓では、逃げられない……）

フランは横たわったまま、大きなため息をつく。

軋《きし》む体をなんとか動かし寝台から出ると、フランは部屋中を調べた。予想通り、廊下と繋《つな》がる扉には鍵がかけられている。

部屋にあるもうひとつの扉は、小さな部屋に繋がっていた。チェストがいくつか置かれているところを見ると、どうやら物置のようだ。物置にある窓も小さく、とても通り抜けられる大きさではない。

フランはがっかりしながら寝台のある部屋に戻った。

（予想通り。あとはあの扉が開くタイミングしかない……か）

そんなことを考えながらぼうっと扉を見ていると、扉の外でひとの気配がした。フランは身を硬くして構《かま》える。

やがてガチャリと錠《じょう》をまわす音がして、扉が開く。現れた侍女に見覚えがあった。フランは記憶を探《さぐ》って思い出す。昨日、フランの入浴を手伝ってくれた侍女だ。

「お食事をお持ちしました」

侍女が食事を載せたカートを部屋に引き入れると、外からすぐさま扉が閉じられ、鍵のかかる音がする。どうやら廊下には見張りがいるようだ。

フランは冷静に分析しながら、侍女が食事を準備する様子を眺《なが》めていた。彼女の支度《したく》の合間を見て、声をかける。

「あなたの名前は？」

「リーザと申します」

そっけない声だったが、名前を聞けてフランは笑《え》みを浮かべた。

情報を得るには彼女に頼るほかない。すこしずつでも関係を築《きず》くことができれば、いずれここから逃げるときに助けとなる可能性がある。

「私はフランチェスカという」

「存じております」

「どうやら世話になるらしい。よろしく頼む」

「はい」

にこやかに話しかけてみるものの、リーザは必要最低限しか話すつもりはないらしい。目線を合わせることもない。思ったよりも手ごわい彼女に、フランは苦笑した。

根気強くいこうと決め、何気なさを装《よそお》って質問をする。

「ここはどこなのだろうか？」

「殿下がお持ちの城のひとつでございます」

（さすがに地名を教えてはくれない……か）

リーザは手際《てぎわ》よく皿をテーブルの上に並べると、扉の前に下がった。そのまま、待機の姿勢を取る。

「どうぞ、お召《め》し上がりください」

「見られていると、落ち着かないんだが……」

フランの訴《うった》えに、リーザはなにも答えなかった。

仕方なくフランはフォークを取り、食事をはじめる。どんなときでも、食事は騎士の基本だ。この状況でなければきっと楽しめただろうに、と少々残念に思いながら、フランは料理を口に運ぶ。

味付けはフェデーレ公国のものなのだろう。オルランド王国よりも濃い気がしたが、フランはかまわずに咀嚼《そしゃく》し、呑みこむ。

ナイフを使う必要のある料理はなく、どれもフォーク一本で食べることができた。

フランがすべての皿を空《から》にすると、リーザは無言で片付けていく。皿とフォークをふたたびカートに載せ、彼女は部屋の扉をノックする。

「リーザです。食事がお済みになりました」

リーザが扉の向こうに声をかけた。一拍置いて、鍵が開けられる音がする。開かれた扉の隙間《すきま》から、腰に剣を佩《は》いた兵士の姿が見えた。

ここから出るためには、あの兵士をなんとかしなくてはならないようだ。

フランはわずかな情報でも見逃すまいと、扉の向こうを注視した。

リーザがカートを押して部屋から出ると、すばやく扉が閉められ、鍵がかけられる。

廊下からひとの気配が遠ざかるのを待ち、フランは大きく息を吐いた。

（どうやら、本格的に監禁されているな……）

フェデーレの第二公子がなにを望んでフランを捕《と》らえているのかは、わからない。わかるのは、フランに対する扱いは捕虜《ほりょ》に対するものとは違う、ということだけだ。

（あの男が女性に不自由することはないだろう。欲望のはけ口にするために、わざわざ私を捕らえる必要はないように思うが……）

フランはアントーニオの目的が彼女自身——彼女の心であるとは、露《つゆ》ほども思っていなかった。

五年以上男として過ごしてきた上に、クリオしか眼中になかったフランは、自分が女性であるという認識が薄い。

王国では、爵位の高いフランに下心を持つ男もいた。貴族の次男や三男は、騎士となるか、修道院に入り身を立てるかしか将来の選択がない。そんな者でも、フランの婿《むこ》になれば生活に不自由しないのである。そういう思惑《おもわく》でフランに近づいた男は、フランが甥《おい》に爵位をゆずるまでの限られた期間の当主だと知ると、たいていは離れていく。

中には、フランに恋心を抱《いだ》く者もいたが、彼らに対しては、クリオが目を光らせており、フランが気づかぬうちにことごとく排除されていたのだ。

（あの男の目的がわかるまでは、どうしようもない……か。どの道、マウロが爵位を継げば、私は修道院に入るのだ。すでに純潔を奪《うば》われてしまった体を今後どうされようと、さほど問題ではない。私のような男勝《おとこまさ》りな女を娶《めと》ろうという奇特な男など、いないだろうし）

開き直るしかない、とフランはざわつく心に蓋《ふた》をする。さもなければ、とても冷静ではいられない。

ふと気づけば、部屋は薄闇に包《つつ》まれていた。

（いつの間に……）

フランは随分《ずいぶん》と考えこんでいたらしかった。

そのとき、扉の錠《じょう》がまわる音がして、フランは身構《みがま》える。

扉を開けて現れたのは、灯《あか》りを持ったアントーニオだった。

仕事を終えたばかりなのか、彼は格式ばった貴族の服装だ。襟元《えりもと》をゆるめて室内のろうそくに灯りを移すと、寝台に横になるフランに近づいてくる。

彼の青い瞳は爛々《らんらん》と欲望を宿《やど》し、フランを熱く見つめた。

その焦《こ》げつくような視線を受けて、フランはぞくりとなにかが背中を駆《か》け上がるのを感じた。

「思ったよりも元気そうだ」

艶《つや》めいたアントーニオの声が、フランの耳朶《じだ》をくすぐる。フランは獅子《しし》ににらまれた獲物《えもの》のように、体をすくめた。しかし、自分の体の反応に気がつき、なんとか胸を張る。

（こんな男に怯《おび》えているなんて……知られたくない）

フランは身動きをこらえていたが、アントーニオが寝台に上がり彼の体がすぐ近くに迫ると、昨夜の記憶がよみがえって動揺《どうよう》した。

アントーニオの体の熱さと、フランの体を駆け抜けた感覚が次々とよみがえる。

痛みと恐怖、それを凌駕《りょうが》する快楽――

フランは記憶を振り払うように首を振った。

（嫌だ！　もう、あんなふうになりたくないっ！）

目に力をこめ、フランは彼の青い瞳をにらみつける。ふたりの視線が交差した。

「なんの用だ？」

フランは怖気《おじけ》づきそうになる自分を奮《ふる》い立たせて、言葉を紡《つむ》ぐ。

「……わからぬのか？」

アントーニオが冷笑を浮かべ、フランに質問を返した。

「ああ。わからないから、聞いている」

「ならば、その体に教えてやろう」

言いながら、アントーニオがゆっくりとフランに覆《おお》いかぶさった。

「フランチェスカ……」

嫌だと思うのに、彼に名前を呼ばれただけで、フランの体から力が抜けてしまう。

（このままでは……また、この男の言いなりだ……っ！）

フランの頭の片隅《かたすみ》で警鐘《けいしょう》が鳴る。

しかし、仲間が人質になっているのだから、やはり抵抗は控《ひか》えるべきという考えも浮かぶ。

（……たとえ体を許したとしても、心まで許しはしない）

フランの心に、わずかなプライドが持ち上がった。勢いに任《まか》せて口に出す。

「フェデーレ。あなたの目的がなんなのか、私にはわからない。私を貶《おとし》めても、得るものはなにもないはずだ」

「……私が、あなたを貶めていると？」

アントーニオの眉が心外だと言いたげにひそめられる。彼の様子に、フランは訝《いぶか》しんで聞く。

「違うのか？　オルランド王国に害をなすつもりだろうが、私に人質としての価値はない。もちろん、王国に身代金を求めても、国が応じることはないだろう」

「ほう、それで？」

アントーニオは完全にフランの発言を面白がっていた。

フランは彼の意図がわからなかったが、必死に彼に訴《うった》えかける。

「ここに捕《つか》まっている仲間を解放してくれ。彼らはただの騎士だ。私同様、王国にとっての人質にはならないし、身代金を払えるような者もいない」

「ふうん。あなたは、私が身代金を目的として捕《と》らえたと思っているのか……」

うつむいたアントーニオの口から出た言葉は、問いかけではなかった。彼はしばらく不機嫌そうな顔でフランを見つめていたが、やがてにやりと口の端《はし》を上げて言う。

「ならば、人質らしく振《ふ》る舞《ま》うがいい」

言葉と同時に唇を塞《ふさ》がれ、フランは瞠目《どうもく》した。突然のことに息が詰まる。

フランは身を硬くしてアントーニオの口づけが終わるのを待った。

反応を示せば彼の思う壺《つぼ》にはまり、喜ばせるだけだ。そう思ったフランは、ピクリとも動かぬよう自分に言い聞かせる。握《にぎ》りしめたこぶしの爪が手のひらに食いこみ、痛みを訴えた。

けれど、ここで引くことはできない。

唇が離れると、フランはアントーニオの青色の瞳をにらみつける。

彼はフランの意図を悟《さと》ったのか、楽しそうに眉を上げた。

「なるほど。そういうつもりか。どこまで我慢《がまん》できるのだろうな。……楽しみだ」

まるで舌なめずりをする獣みたいな男の様子に、フランは一瞬、対応を誤ったかとヒヤリとする。

思考をめぐらしていると、アントーニオの手がフランの体をまさぐりだす。

そのせいでフランはすぐに考えるどころではなくなった。

わずかに体を守る盾《たて》となっていたガウンは、簡単にアントーニオに取り払われる。体中に散った赤い口づけのあとがろうそくの灯《あか》りに照らされた。

よく見ると、それは昨夜アントーニオが丹念《たんねん》に愛撫《あいぶ》を施《ほどこ》した場所に集中していた。アントーニオは迷わず、そのあとに吸いつく。肌にぴりりと痛みが走った。

フランは息を呑んでその感覚をやり過ごそうとするが、体は勝手に反応しはじめる。

それを気力でねじ伏せて、フランは瞼《まぶた》を下ろす。

——それは、誤った対応だった。

視覚が遮断《しゃだん》されたことによって、他の感覚がさえわたり、アントーニオの手の動きをよりいっそう強く感じることになってしまったのだ。

ぞくぞくと甘いしびれが肌を走る。

(あぁっ!　嫌だっ!)

昨日は薬を使われるまで、彼の手には嫌悪感しか覚えなかった。

しかし、いまはなぜか、快楽としてしか感じられない。

(嫌なのに……どうしてっ!)

フランの戸惑《とまど》いを露《つゆ》知らぬアントーニオは、優しくフランの体に触《ふ》れる。彼女の官能の炎を、すこしずつ的確に高めていく。

アントーニオはフランのつま先にそっと指を滑らせ、柔《やわ》らかな肌の感触を楽しむようにゆっくりと撫《な》で上げた。指はふくらはぎから太ももをたどり、股間には触れずに腰へ向かう。

そして、脇をじれったいほどの速度で進んだ。

フランの意思を裏切り、息はどんどん荒くなっていく。彼女は目を見開いて力をこめ、必死に自分を取り戻そうとする。けれども、フランの体は熱をはらみ、ひどく疼《うず》いていた。

「んっ……あぁぁ……」

艶《つや》っぽい吐息《といき》が一度漏《も》れてしまえば、フランはもうこらえることができなくなった。

(どうして……っ！　薬の効果がなければ、快感など感じないと思っていたのにっ！)

嵐のような快楽はフランをもみくちゃにし、わけがわからなくさせる。

強引に体を奪《うば》われているにもかかわらず、愛撫に感応してしまう自分の体にフランは愕然《がくぜん》とした。

心は冷《ひ》えて絶望に染まる。裏腹に、体は熱く燃え上がり、彼の手を喜んで受け入れていた。

大きな手が、フランの胸の柔らかな膨《ふく》らみを強く揉《も》みしだく。胸の先はツンととがり、赤く色づいて彼女が感じていることを主張する。

アントーニオが秘《ひ》められた部分に触《ふ》れる頃には、フランは力を失い、ぐったりとしていた。

「っはぁ、あ、はっ……あぁっ、はっ……はぁッ」

彼は赤く上気したフランの顔を見て、にやりと笑《え》みを浮かべる。

「あなたの体は正直だ。ほら、このように……」

アントーニオの指がゆっくりと花びらをかき分け、蜜壺《みつつぼ》に入りこむ。

「あぁッ！」

高く甘い声が漏《も》れてしまい、フランは両手で口を塞《ふさ》いだ。

「しとどに濡《ぬ》れ、自分を貫《つらぬ》く剣を待ちわびている」

フランはアントーニオの言葉に首を横に振ろうとする。

けれど、彼が蜜壺に埋めた指を動かすことによって奏でられるいやらしい水音が、フランに否定を許さない。

「っは、ああっ！」

「……やぁッ！」

指の動きによって引き起こされた快楽に、フランはぴんっと背中をそらした。

アントーニオはさらに指の動きを速め、彼女に快感を与え続ける。

昨夜、フランを襲《おそ》った絶頂《ぜっちょう》がすぐそこに迫っていた。

「我慢《がまん》などするな。体が感じるままに……イけ」

アントーニオの声に導《みちび》かれるように、フランは絶頂へと駆《か》け上《のぼ》った。

「……んっ、ああああぁっ！」

フランの視界は白く塗りつぶされ、意識が悦楽《えつらく》の波に呑みこまれていく。まともに呼吸もできないまま背中をのけぞらせ、彼女は襲いくる感覚にもだえた。

「はぁっ、はぁ……、はっ……」

しばらくして呼吸が落ち着きだすと、涙でにじんだ視界を取り戻す。

自分になにが起こったのかを悟《さと》ったフランは、心の中で嘆《なげ》く。

（どうしてっ！　こんな男の手で、あのような……っ）

意思とは反対に快楽を感じる自分の体を、フランは許せなかった。心に想う者がありながら、ほかの男の手であっさりと絶頂を極めさせられてしまう自分が、嫌で嫌でたまらない。

（私にはもう、クリオを想う資格など……ない）

衝撃《しょうげき》のあまり放心状態になるフランを、アントーニオは逃《にが》さなかった。

「まさか、これで終わりだと思っているわけではなかろう?」

男の声は、フランを更なる絶望へと突き落とす。

「よくもいままで、このように感じやすい体が手つかずだったものだ」

フランの秘所《ひしょ》に差し入れられたままの指が、動きを再開する。

「ふぁ、……ああッ」

くちゅくちゅと内部を探《さぐ》っていた指があるところをかすめた瞬間、フランの体を電流にも似た激しい愉悦《ゆえつ》が突き抜けた。

フランの反応を見て、アントーニオは笑《え》んでいた口角をさらに上げる。

「あなたのよい場所はここだ」

「ひうっ」

言葉と同時に内部の一点をこすられたフランは、体を大きくわななかせる。

「口でどれほど嫌がっても、体は正直だ。くだらぬプライドは捨て、快楽に身を委《ゆだ》ねるがいい」

アントーニオの言葉は、まるで悪魔の囁《ささや》きだった。誘惑に身を委《ゆだ》ねてしまいたい気持ちがフランの胸にわき上がる。

（……どうせ私の体はすでにけがされている。抵抗したところで、いまさらなにが変わる？　もう、感じるままにすべてを委ねたら……）

暗黒に落ちそうになるフランの心に、ふと叙任式《じょにんしき》での王の言葉がよみがえる。

『そなたの信じるものを貫《つらぬ》き、常に堂々と振《ふ》る舞《ま》え』

それは騎士として、そして領主としてのフランをずっと支えてきた、誓いの言葉だ。兄の忘れ形見であるマウロが成人し自分の跡を継ぐまでは、自分が侯爵を務《つと》める。この約束が、フランの存在意義だった。

だから、クリオと結ばれることを諦《あきら》めた。女性として生きることを捨て、騎士となったのだ。

（ここで彼に屈してしまえば、私はこの五年を無駄にすることになる。たとえ地にひれ伏し、体をけがされようとも、私は戻らなければならない……。王国に、モレッティに）

フランの表情が、きゅっと引《ひ》き締《し》まる。失いかけていた誇りがよみがえっていた。

彼女の変化を感じ取ったアントーニオは、眉をひそめた。

「どうして自分に素直にならぬ？　あなたの体は、ほら……このように」

アントーニオは言葉と同時に指を動かし、フランの体を攻めたてる。

「うあぁっ」

たまらず、フランは艶《なま》めかしい声を上げた。それでもどうにかアントーニオをにらみ、言葉を紡《つむ》ぐ。

「……たとえ、私の体が快楽に溺《おぼ》れ、お前の手に堕《お》ちようとも、……心だけは渡さない。ただの器《うつわ》でよいのならば、好きにするがいい」

琥珀色《こはくいろ》の瞳に力をこめて言い放《はな》つフランの姿は、気高《けだか》く美しかった。

アントーニオはその勢いに呑まれて彼女の瞳に見入り――すぐに己《おのれ》を取り戻す。

「その言葉、後悔するな。それでは、あなたの体は我がものだ」

宣言とともに、アントーニオはフランの下肢《かし》を割り開く。そして自身を取り出すと、一気にフランの内部へ押し進めた。

「っく、やあああっ！」

いくらか解《ほぐ》されていたとはいえ、昨日開かれたばかりの体は容易には彼の進入を許さない。みしみしと体を軋《きし》ませる痛みに、フランは悲鳴《ひめい》を上げた。

アントーニオは腰を両手でつかみ、遠慮なくフランに腰を打ちつけてくる。

「……ひぃっ、あぁ……」

彼女はアントーニオの抽挿《ちゅうそう》に叫び、嵐のように襲《おそ》いくる感覚に目をつぶってやり過ごそうとした。しかし、フランの体はすでに疼《うず》きに支配されている。

「はぁん……っ」

フランの喉《のど》から漏《も》れる悲鳴は、次第《しだい》に甘さを帯《お》びていく。

アントーニオは一切の手加減なしにフランの体を貪《むさぼ》った。

がくがくと揺《ゆ》さぶられながら、フランは先ほどよりも深い快楽に呑みこまれようとしていた。

（体は好きにすればいいっ。だが、心だけは決して……）

「くうっ！」

アントーニオが限界に達し、低いうめき声とともにフランの内部に白濁《はくだく》を注《そそ》ぎこむ。

「んっ……ああっ！」

（いやだあっ。頭がおかしくっ……なる。こんなこと、私は、望んでなどっ！）

彼の熱にフランは耐えきれず、急激に悦楽《えつらく》に導《みちび》かれる。

「っひ、あああああぁぁッ！」

あまりの気持ちよさにフランの眦《まなじり》から涙があふれ、赤く染まった頬を伝《つた》い落ちる。

びくびくと体を震《ふる》わせながら絶頂《ぜっちょう》に達し、フランは意識を失った。

昨日から立て続けに未知の悦楽を味わわされ、フランの体は限界に達していた。

§

「フランチェスカ……」

アントーニオは荒い呼吸を整えつつ、フランの体から力が抜けるのを感じていた。どれほど彼女の精神を絶望に追いやっても、彼女の心は自分の手に堕《お》ちない。彼女の宣言を思い出し、アントーニオは歯噛《はが》みした。

（……いや、わかっていたことだろう？）

彼は、フランがとても意思の強い女性だと知っていた。そんな彼女だからこそ、惹《ひ》かれたのだ。

（このままずっとあなたと繋《つな》がっていたい……。だが、そうもいかぬか）

フランが意識を失くしているにもかかわらず、アントーニオの欲望はふたたび芯を持ちはじめる。彼は自身に苦笑を漏《も》らした。

「あなたの心が折れるのと、私の心が折れるの、どちらが先か……」

アントーニオは寝台に散らばった赤い髪をひと房《ふさ》すくい、恭《うやうや》しく口づける。彼の瞳には狂《くる》おしいほどの愛《いと》しさがこめられていた。

「……いましばらく、休息を取るがいい」

アントーニオは寝台から出て濡《ぬ》らした布を持ってくると、フランの体を拭《ふ》き清《きよ》めはじめる。

体中に散った赤い吸いあとは、今夜また数が増えた。その事実が、アントーニオの彼女に対する執着の強さを物語る。

フランを清め終えると、アントーニオはそっと上掛けで彼女の裸身《らしん》を覆《おお》った。自分の体も手早く清め、フランの隣に体を横たえる。

（これまで共寝をしたいと――そばに留めておきたいと思う女性はいなかった。あなたが初めてで、唯一だ。それなのに、どれほど抱いても、あなたは私の腕から飛び立ってしまうのだろう。ならば、せめて眠っているときだけでも、腕の中にいてほしい）

自分の願望がフランにとってどれほど過酷《かこく》なことか、アントーニオは重々承知していた。罪悪感《ざいあくかん》にさいなまれながら、彼女を強く抱きしめる。

（それでも……。あなたの唯一の存在となるという夢を見ずには、いられないのだ）

腕の中で寝息をたてるフランに、アントーニオは心の中で語りかけた。そっと体を包《つつ》むように抱き寄せると、ぬくもりを求めてか、フランが体をすり寄せてくる。

アントーニオはかすかな笑《え》みを浮かべ、自分もまどろみに身を任《まか》せた。

五　女侯爵の戸惑《とまど》い

「……ラン。……フラン……」

自分を呼ぶ声が聞こえ、フランはあたりを見回した。ところが、周囲は白い闇に包まれ、伸ばした指先すらよく見えない。

「……フラン」

今度は、先ほどよりもはっきりと聞こえた。聞き覚えのある声だ。

(もしかして……兄上？　兄上なのか？)

懐《なつ》かしい声だと気づき、フランは思わず叫ぶ。

「兄上ぇぇ！」

フランの目の前に、突然男が現れる。彼は、フランと同じ赤い髪と琥珀色《こはくいろ》の瞳を持つ青年だった。

「あ……にうえ？　本当に？」

「フラン……、美しくなったね」

記憶の中にあるアレックスの姿と、寸分《すんぶん》違わない。すこしやつれているのに意思の強そうな顔は、当時のままだ。

「兄上っ！」

フランは思いきり彼に抱きついた。アレックスはフランを抱き返し、優しい声音で言う。

「フラン、私の願いは叶った……。だから、もう無理などしなくていい」

「兄上……？　なにをおっしゃっているのですか。願いが叶ったとは、どういう意味ですか？」

フランはアレックスの言葉の意味を図《はか》りかね、首をかしげる。

「言葉通りの意味だ。もう無理してお前が当主を務《つと》める必要はない」

そう言われ、フランは激しく動揺《どうよう》した。ふつふつと怒《いか》りがわく。

「どうしてっ？　私のこれまでの努力は、必要なかったと？　マウロに爵位をゆずるまではと、女性としての自分を捨てました。そうして侯爵家に生まれた者の務めに励《はげ》んできたのは、間違いだったとおっしゃるのですか？」

激昂《げっこう》し詰め寄るフランを、アレックスがなだめる。

「そうではないよ、フラン……。ただ、お前が幸せを諦《あきら》める必要はないのだ」

「私は充分幸せですよ。当主の務めを果《は》たすことも、つらいことばかりではありませんし……」

「本当に？」

フランに問いかけるアレックスの声は、恐ろしいほど冷たかった。

どうして兄がそんな態度を取るのか理解できず、フランは戸惑《とまど》う。

「どうして……そのようなことを……」

「フラン、本当につらくないの？」

突然アレックスの背後に現れたクリオが、フランをじっと見つめて聞いた。

「クリオ……。あなたまでなにを言って……」

「だって、フラン……。君は、あの男に抱かれたのだろう？」

クリオの断罪の言葉に、フランは体をびくりと震《ふる》わせた。

「あれはっ！　捕《と》らえられて仕方な……く……」

必死に反論しかけて、フランは言葉を失っていく。クリオがフランを見つめる目は、なんの感情も映していない。

「……クリオ」

「だが、体は悦《よろこ》んでいたのではないのか？」

「そんなことないっ！」

フランはクリオの言葉を、懸命《けんめい》に否定する。けれども、クリオは表情を変えずにフランを責める。

「とてもいい声で啼《な》いていただろう？」

「やめてくれ。クリオっ！　あれはっ……」

フランは首を振り、よみがえりそうになる記憶を振り払う。

「フラン……、もう王国へ戻る必要などない。その国で幸せに」

クリオの口から放《はな》たれた言葉は、フランの心をざっくりと切りつけた。言うや否《いな》や、彼はフランに背を向け、歩き出してしまう。

「いやだっ！　どうしてっ!!」

「そうだよ、フラン。女性としての幸せを手にすればいい」

アレックスまで冷酷《れいこく》な言葉をフランに浴《あ》びせると、彼女から遠ざかる。

「兄上ぇ！　クリオっ！　待って……」

フランはパニック状態に陥《おちい》りながら、ふたりを追いかけようと必死にもがく。しかし、体は泥のように重く、身動きが取れない。フランは次第《しだい》に濃くなる白い闇に包《つつ》まれつつ、叫んだ。

「いやぁ、置いていかないでっ！　私が愛するのは……」

「フランチェスカ！　フランチェスカ！　目を覚ませ！」

強く名を呼ばれ、フランの意識は浮上した。

「兄上っ！　クリオッ！」

「フランチェスカッ……」

フランはアントーニオの声で目を覚まし、夢を見ていたことを知った。

寝起きの目には、部屋に差しこむ朝日がまぶしい。

我に返ると、体はアントーニオに抱きこまれていた。なにもまとっておらず、アントーニオの熱い素肌が直《じか》に触《ふ》れている。

「離せ！」

自分の状況を理解したフランは、アントーニオを突き放《はな》そうとする。しかし、彼が腕に力をこめたため、叶わなかった。

「嫌だ。あなたが泣きやむまで離さぬ」

言われて、フランはようやく自分が泣いていることを知る。

アレックスとクリオの断罪の言葉に、眠りながらも彼女は涙を流していたのだ。

「離して……」

「ならば、早く涙を止めるがいい」

そう囁《ささや》くアントーニオの声は優しい。自分を抱きしめる温もりに、フランは自分でも驚くほど安らぎを覚えていた。

それ以上は抵抗できず、フランはアントーニオの腕の中で静かに涙を流し続けた。

彼の手がフランの背中を撫《な》でる。フランはすこしずつ心が凪《な》いでいくのを感じた。

夢は自分の気弱さが見せたものだと、フランはわかっている。それでも、真実の一片《いっぺん》が含まれているのは確かだ。フランは自分の弱さに嫌悪の念を覚えずにはいられなかった。

そんなフランに、アントーニオは恐ろしいほど優しく接してくる。

(……優しい、だと？　いつのまにこんな風に感じるようになっていた？)

フランは冷たい水を一気に浴《あ》びせられたような思いを味わっていた。

(誘拐し、仲間の安全を盾《たて》に体を要求するような男だ……。『優しい』と感じるなんて、それほど私の心は弱っているということか？)

憎《にく》むべき敵であるはずの男に、すがってしまいそうな自分に気づき、フランは愕然《がくぜん》とする。次《つ》いで、自らに対して怒《いか》りがこみ上げてきた。

(弱い自分に酔《よ》いしれるのもいい加減にしろ、フラン！　私は騎士だ！　そのようなこと、許されるはずがない！）

フランは心を鼓舞《こぶ》し、目尻に残った涙をぬぐう。

「……なせ……」

振り絞《しぼ》ったフランの声は、かすれていた。聞き取れなかったアントーニオは、穏やかに聞き返す。

「なんだ？」

「離せと言ったのだ！」

フランは堰《せき》を切ったように激昂《げっこう》した。

「たったいままで私の腕の中で、おとなしくしていたものを……」

呆《あき》れたように言いながらも、アントーニオはフランの要求に従う。

フランはこれが完全な八つ当たりだと知りつつも、声を荒らげずにはいられない。

「用は済んだのだろう？　さっさと立ち去るがいい！」

「ずいぶんとつれないことを言う。まあいい。どうせ、そろそろ仕事に行かなければならない」

アントーニオは寝台から出るとガウンを身にまとい、さっさと部屋を出ていく。

彼を見送ることもなく、フランは扉に背を向けたまま体を起こし、がっくりとうな垂《だ》れた。

（あの男が、苦痛と恐怖で私を支配しようとしたのならば、もっと気持ちは楽だっただろう。どれほど嫌だと思っても、私はあの男の手によって快楽を感じてしまっていた……。だからこそ、憎《にく》く、やりきれない）

フランはやさぐれそうになる己《おのれ》を叱咤《しった》し、足を床に下ろした。着るものを求めて部屋を見回したが、着替えらしきものは見あたらない。かといって床の上に打ち捨てられた寝間着《ねまき》をふたたび身に着ける気にはなれなかった。仕方なく、フランは寝台からシーツを剥《は》ぎ取って体に巻きつけた。

体の節々が痛むけれど、昨日ほどではない。フランはそろそろと、アントーニオが出ていった扉の前まで移動した。取っ手に手をかけるものの、すこしも回らない。

「当然……鍵がかかっているか……」

予想通りの事態に、ため息を漏《も》らさずにはいられなかった。

この場所に出入りするのは、アントーニオと食事を運んでくる侍女たちだけだ。もし仮に侍女たちを盾《たて》に逃げることに成功しても、地下の牢《ろう》に囚《とら》われたジラルド、マルコ、フェルナンドを見捨てて脱走するわけにもいかない。

だが、このままでは仲間に助けを求めることもできない。

八方塞《はっぽうふさ》がりだ。せめてここがどこなのかわかれば、対処も考えつくのだろうが……

ふたたびため息をつきそうになったフランは、部屋の外から足音が聞こえ、顔を上げた。様子をうかがっていたとばれてはいけないと、急いで寝台に戻る。

程なくして扉が開けられ、食事のトレイを持った侍女が現れた。彼女はシーツを巻きつけているフランの姿に目を瞠《みは》る。

「どうしてそのような格好《かっこう》を……」

侍女は言いかけて、床に打ち捨てられた寝間着《ねまき》に気づいた。驚きをにじませた声で、早口に言う。

「……すぐに着替えを用意いたします」

侍女は朝食が載ったトレイをテーブルに置くと、あわてて部屋を出ていく。フランは黙《だま》って彼女のうしろ姿を見送った。

(いまなら外へ出られるかもしれない)

急ぐあまり、侍女は鍵をかけて行かなかった。彼女が部屋に入ったあともいまも鍵をかける音がしなかったということは、兵士は部屋のそばにはいないのだろう。

フランはごくりとつばを呑み、扉の取っ手を握《にぎ》る。鍵は予想通りかかっておらず、扉はすんなり開いた。わずかにできた隙間《すきま》から覗《のぞ》くと、廊下の曲がり角に見張りの兵士が立っている。

フランはため息をこぼした。

せっかくのチャンスだが、兵士がいる以上、脱出できそうにない。その分わずかなりとも手がかりを得ようと、フランは廊下の様子をうかがった。

見張りの兵士はふたりだ。どうやら見張りに飽《あ》きてきたらしく、無駄口《むだぐち》をたたいている。

フランはそっと耳を澄《す》ました。

「なあ、殿下はいつまでこの城に滞在するつもりなんだろう？」

「さあな。エライ方の考えることなんざ、俺らのような下っ端《したっぱ》にはわからないさ」

不貞腐《ふてくさ》れたようなつぶやきに、もうひとりの兵士が同意する。

「そうだよなぁ。こんなオルランド王国の近くにある城に滞在するとは、なにをするおつもりなのかさっぱりだな。……いやでも、近いからこそ、この場所は盲点かもな」

（ここは王国に近いのか？）

フランは頭の中にフェデーレの地図を思い描《えが》いたが、該当《がいとう》する地名は思い浮かばない。

フェデーレ公国の北側に位置するモリーニ山脈は、王国との国境だ。

兵士の口ぶりから、ここは自分たちが拉致《らち》されたカスト鉱山からそれほど離れてないのではないかとフランは想像する。だとしたら、助けを求めることも可能かもしれない。

フランはそっと扉から離れ、考えをめぐらせはじめた。

§

囚《とら》われの身となって数日が経ち、フランは暇《ひま》をもてあましていた。

日中は部屋に閉じこめられており、特にすることもない。食事は、侍女の手によって日に二度運ばれてくる。毎日新しいドレスを着せられ、行動の自由がないことを除けば、悪い待遇《たいぐう》ではない。

フランは幼い頃から女性のたしなみよりも、領主を支えるための剣術や勉学に力を注《そそ》いできた。狩《か》りをしたり、獲物《えもの》をさばいたりするのは得意だが、裁縫《さいほう》や音楽は、まったく学んでこなかった。

そのため、いざ侍女から「刺繍《ししゅう》は？」「楽器を演奏されては？」などと言われても、困ってしまう。手軽な弦楽器であるリュートならばなんとか弾けるものの、裁縫はできない。

フランは早々に女性らしく過ごすことを諦《あきら》めた。かわりに、侍女に隠れ、筋力が落ちないように軽い運動を行う。

そうして昼間をやり過ごせば、夜には執務《しつむ》を終えたアントーニオがフランのもとを訪れる。

フランはもう、抵抗せずにアントーニオに抱かれるようになっていた。アントーニオは、フランをまるで恋人のように優しく扱う。

彼があまりにも甘い空気を漂《ただよ》わせるので、フランは戸惑《とまど》っていた。そのたび、彼に愛されているのではないかと勘違《かんちが》いしそうになる自分を、戒《いまし》める。

だが、フランは反撃――脱出を諦めたわけではなかった。

表面上は従順に過ごすけれど、その間に虎視眈々《こしたんたん》とチャンスをうかがっていた。なにをするにも、現段階では情報が不足しすぎている。

フランは仲間の騎士たちと無事に王国へ帰るための計画を、わずかずつではあったが進めていた。


従順に過ごしていたおかげだろうか。フランは短時間ながら囲いのある中庭に出ることを許された。ふたりの侍女に案内された城の中庭には、色鮮《あざ》やかな薔薇《ばら》が咲き誇ってる。

フランはすばやくあたりを見回して、密かに肩を落とした。中庭の出入り口はひとつだ。これでは簡単に逃げることはできないだろう。それでも、フランはなんとかこの城から逃《のが》れるきっかけを探した。

「ひとりにしてください」

「ですが、お嬢様……」

中庭についてきた若い侍女が、難色を示す。しかし、年かさの侍女は落ち着いた様子でフランにうなずいた。

「よろしいですよ。ただ、ここには見張りの兵士がいることをお忘れなく」

年かさの侍女はそう告げ、ふたりは中庭の入り口に留《とど》まった。

「……ありがとう」

フランはドレスの裾を持ち上げ、中庭に足を踏み入れた。薔薇《ばら》のほかにも果実をつけた木が幾本か植えられており、丹精《たんせい》こめて世話をされていることが見て取れる。

フランは庭のすみにある長椅子に腰を下ろして、四角く切り取られた青空を見上げた。

「……ふう」

(そう簡単に隙《すき》は見つからない……か)

空は雲ひとつなく、晴れ渡っている。高く昇《のぼ》った太陽にふと影が横切った気がして、フランは目を細めた。

(気のせいか?)

諦《あきら》めかけたフランの目に、ふたたび小さな影が映る。

（あれは……隼《はやぶさ》！）

隼は王国で伝令によく用いられるが、フェデーレでは一般的ではないはずだ。

フランは、駆《か》け出しそうになる己《おのれ》を必死に抑えつけた。不用意に行動して、侍女や見張りの兵士たちに気づかれるわけにはいかない。

（近くに……仲間がいる）

フランは長椅子から立ち上がると、目立つようにひらけた場所に歩み出る。高鳴る鼓《こ》動《どう》を抑えながら、フランは空を見上げた。

何度か上空を旋回《せんかい》し、隼は姿を消してしまう。

一瞬のことではあったが、フランの胸にかすかな希望が宿《やど》りはじめていた。

§

「……どうした？」

ぼうっとしていたフランは、男の声であわてて意識を引き戻す。大きく目を開き、アントーニオと視線を合わせた。

彼の青い瞳が、フランの心の奥底を見透かすようにきらめいている。

（まさか……、この男に脱出の手がかりを手にしたと気づかれてしまったのだろうか？　いや、私は慎重《しんちょう》になりすぎて、疑心暗鬼《ぎしんあんき》になっている。きっと大丈夫だ。けれども、これからはこれまで以上に気をつけなくては。気を抜くと、鋭《するど》いこの男に気づかれてしまう）

フランは反応をこらえ、平静を装《よそお》った。

「なんでもない……ぅああっ！」

強い眼差《まなざ》しから顔を背《そむ》け、フランはゆるみかけた心を引《ひ》き締《し》めなおそうとする。アントーニオは、貫《つらぬ》いた楔《くさび》でそんな彼女の最奥を強く穿《うが》った。

「私に抱かれながら考え事とは、余裕《よゆう》だな」

どこか愁《うれ》いを含んだ表情を浮かべ、アントーニオは腰を動かす。

「あぁっ、んん……」

叶うならば、アントーニオの愛撫《あいぶ》に反応などしたくない。しかし、フランの体は彼女の思いを裏切って愉悦《ゆえつ》を感じ、甘い声を漏《も》らす。心のひとかけらさえ渡したくないのに、毎晩彼に抱かれる体は彼の愛撫に慣れはじめていた。彼に触《ふ》れられるたび、情に近いものがわき上がってしまう。

「フランチェスカ……。いつになったら、あなたは心を明け渡してくれる？」

髪を撫《な》でながら切ない声でそう問われると、かすかに胸が軋《きし》む気がする。

「そんな日など……、来ないっ！」

フランは目を強くつぶり、首を横に振って叫ぶ。強がってはみても、フランの心は陥《かん》落《らく》寸前だ。

「また、そのような憎《にく》らしい口をきく」

アントーニオはシーツの上に投げ出されたフランの手を取り、手のひらに口づけを落とした。くすぐったいような熱を持つさざ波が、フランの感覚を呑みこんでいく。その感覚に身を任《まか》せそうになる自分を、彼女は叱咤《しった》した。

「たとえ体だけだとしても、あなたは私のものだ」

男の仕草は、傲慢《ごうまん》な口調とは裏腹に優しい。それがまた、フランの心のやわらかな部分をかきむしる。

（どうせなら、優しくしないでくれればいいのに……。この男の腕の中にい続ければ、私はどんどん弱くなる）

形容しがたい恐怖が、フランの背中を這《は》い上がる。フランは咄嗟《とっさ》に、取り上げられた手を振り払った。

「離せっ！」

「……っ」

勢いあまって、フランの手がアントーニオの顔に当たってしまう。かすかに赤くなった頬に触《ふ》れたアントーニオは、にやりと腹黒さのにじむ笑《え》みを浮かべた。

「……それほど、嫌か」

地を這《は》うように低い声が、アントーニオの喉《のど》から漏《も》れる。それまで優しさを含んでいた瞳が、一転して残酷《ざんこく》な光を宿《やど》す。

「ならば、期待には応えねばならぬな」

残酷な宣言と共に、アントーニオは一旦楔《くさび》を抜き、フランの体をうつ伏せにした。そのまま腰をつかんで高く持ち上げ、彼女を一気に貫《つらぬ》く。

「……っあああぁ」

フランの脳裏《のうり》に白い稲妻が駆《か》け抜ける。

引きつるようなかすかな痛みと、空虚になった部分を埋められる充足感がフランを襲《おそ》う。

「ひっ、……あ、あぁ」

背後から強い力で何度も貫かれ、そのたびに快楽というには凶暴すぎる感覚が生まれていく。抗《あらが》おうとする努力もむなしく、フランは熱い奔流《ほんりゅう》に呑みこまれた。

§

アントーニオは背後からフランの体を容赦《ようしゃ》なく揺《ゆ》さぶり、己《おのれ》の快楽を追い求めた。

フランの真っ赤な髪が揺れ、寝台の上で踊《おど》るように動く。強く彼女を突き上げた瞬間にあらわになった赤みを帯《お》びたうなじが、アントーニオを誘う。アントーニオは思わず、そこに噛《か》みついていた。

「ひっ……あああ」

フランは体を細かく震《ふる》わせ、アントーニオを呑みこんだ部分をきつく締《し》める。

「本当に……愛《いと》しい。愛《いと》おしすぎて……憎《にく》らしい」

アントーニオが漏らした声は、忘我の淵《ふち》をさまようフランの耳には届かない。それでも、アントーニオはつぶやかずにはいられなかった。

何度も抱き、彼女の体はアントーニオの与える快楽に従順に応えるようになってきた。それでも、フランが心を許してくれることなどないのだと、彼女を抱くたびアントーニオは思い知る。

（……いっそこの手にかけてしまえば、私だけのフランチェスカになる）

それは、なんと甘美な誘惑だろう。彼女の首をきつく吸い、アントーニオはその空想に酔《よ》う。

(だが、誰にも奪《うば》われぬと同時に、二度とその声を聞くことはできなくなる)

「……私にはできぬ。ならば……」

アントーニオは浮かび上がるひとつの考えをかき消すかのように、腰を動かした。

フランは無意識のうちに、楔《くさび》を締《し》めつける。その動きに、アントーニオは何度もやり過ごした悦楽《えつらく》をようやく解放する。

「……う、っくぅ……、はぁ」

気づけば、腕の中のフランは意識を失っていた。

「フランチェスカ……」

アントーニオは強く彼女の体を抱きしめた。

意識があれば、決して許してくれないと知っていたから——

六　鳥籠《とりかご》が壊れた日

大きな物音がして、フランは目を覚ました。

なにかがぶつかったような、破裂音だ。

すばやく身を起こしてあたりを見回すが、部屋に不審な点はない。まだ薄暗いので、おそらく夜明け前だろう。寝台の上にはフランの姿しかない。隣で眠っていたはずのアントーニオの温もりが、かすかにシーツに残っていた。

彼が部屋から出て、まだあまり時間は経っていないようだ。なにか不測の事態が起き、あわてて部屋を出たのかもしれない。

フランは急いで冷たい石の床の上を裸足《はだし》で走り抜け、唯一の出入り口である扉に飛びついた。想像通り、鍵はかかっていない。そっと扉を開けて、外の様子をうかがう。

遠くにあわただしく動くひとの気配はあるものの、部屋のまわりに見張りの姿はない。

(これは……チャンスだ！)

フランは大急ぎで部屋のすみに置かれたチェストに向かう。そこにしまっておいた、物置から発掘したズボンとシャツに着替えた。ブーツを履《は》き、髪をうしろでひとくくりにまとめると、フランは息を殺して部屋から抜け出す。

石造りの回廊を、足音を立てぬように慎重《しんちょう》に進んでいく。

目指すのは、仲間の騎士たちが囚《とら》われた地下の牢獄《ろうごく》だ。

――ガチャガチャッ。

兵士たちの足音と武器のぶつかる音が時折、前方から迫る。フランは咄嗟《とっさ》に近くの部屋に身をひそめ、彼らをやり過ごす。それを何度か繰《く》り返し、どうにかフランは地下にたどり着いた。

「……敵襲だと⁉　こんな時間に？」

「ああ。だが、殿下が出撃なされたんだ。すぐにおさまるさ」

牢獄《ろうごく》の手前に設《もう》けられた見張り部屋から、会話が漏《も》れ聞こえる。

フランは部屋の様子をうかがった。幸いにも、見張りの兵士はふたりだけだ。

（なにか武器があれば……）

フランはあたりを見回す。見張り部屋の壁にかけられた牢獄の鍵を手に入れなければならない。

そして部屋のすみに無造作《むぞうさ》に転がされた鉄棍《てっこん》を見つける。

（あれだ……！）

フランは覚悟を決めると、身を屈《かが》めて見張り部屋に突入し、彼らの視界に入る。

「おまえっ……‼」

話に夢中になっていた兵士たちは、ようやくフランに気づいた。

背の低いほうの兵士は腰から剣を抜くと、フランに向かって振り上げる。フランは男の腕の下をくぐりぬけ、鉄棍に向かって突き進んだ。

「くっ……」

フランが鉄棍をつかんだ瞬間、背後から切りつけてきた兵士の剣が彼女のわき腹をかすめた。痛みに顔をしかめつつ、フランは鉄棍を振り上げる。

兵士は反撃を予期していなかったのだろう。右肩にまともに鉄棍を受け、握《にぎ》っていた剣を取り落とす。

その様子を見たもうひとりの兵士が、フランに飛びかかる。

フランは反射的に鉄棍を振り上げた。その先端が兵士のみぞおちにめりこむ。

「ぐはっ」

兵士は一瞬息をつめ、床に崩《くず》れ落ちた。

フランは倒れた兵士を無視して、もうひとりの兵士に歩み寄る。突然動いたせいで呼吸は乱れ、体は悲鳴《ひめい》を上げている。だが、ここまできて捕《つか》まるわけにはいかない。

「おとなしくしてくれれば、ひどいようにはしない」

フランは祈るように兵士に声をかけた。

あっさりと気を失った相方の兵士の様子を見ていたのだろう。背の低い兵士は床に座りこんだ。そして、がくがくと首を振ってうなずく。

よく見ればまだ年若い顔つきの兵士の目には涙がにじんでいた。

フランは壁にかけられた手枷《てかせ》を手に取ると、手際《てぎわ》よくふたりの兵士を拘束する。ふたりを背中合わせにして手枷をつけ、床に座らせた。

「牢《ろう》の鍵はこれか？」

フランは大きく息を吐いて、壁の鍵を指さして年若い兵士に尋《たず》ねる。

「……そうです」

フランはそれを取るともう振り返らなかった。仲間のもとに一目散《いちもくさん》に向かう。

「ジラルドッ、フェルナンドッ、……マルコ！」

仲間の無事を祈りながら声をかけ、牢の鍵を開ける。

「……フラン？」

薄汚れた床に座りこんでいた男のひとりが顔を上げ、フランに答えた。フランの声が喜色で震《ふる》える。

「ジラルド!!」

久しぶりに見た彼は黒いひげが伸び放題で、いくらか頬がやつれていた。しかし、間違いなくジラルドその人だ。

「本当に、フランなのか……?」

フランは牢の中に入り、ジラルドに駆《か》け寄った。

彼は信じられないと言いたげに目を見開く。フランは彼に大きくうなずいた。

「そうだ。逃げるぞ」

フランの顔をしばらく見つめ、ジラルドはようやく自分たちが解《と》き放《はな》たれたことを理解した。

「マルコ、フェルナンド！　逃げるぞ」

叫んだ彼の声で、牢の奥で死んだようになっていたふたりの騎士がようやく正気を取り戻す。

「……ジル……フラン……ッ!?　これは現実なのか?」

「そうだ、マルコ！」

マルコもフェルナンドも信じられないというように、フランとジラルドを交互に見つめた。その瞳に希望の光が宿《やど》る。

「安心するのはまだ早い。一刻も早くここを出よう」

フランに促《うなが》され、騎士たちは顔を見合わせてすばやく立ち上がる。

「どうやら捕《と》らえられたのは私たち四人だけらしい」

フランの言葉に三人がうなずいた。

「ああ、ほかに人がいる気配はしなかった」

「ならばさっさとここから逃げよう」

そうして、フランを先頭に彼らは牢獄《ろうごく》を抜け出した。

四人は石造りのらせん階段を勢いよく上《のぼ》っていく。

順調に牢から出られたのはいいが、このままでは一目で逃亡者だとばれてしまうだろう。フランはあらかじめ、通りかかった倉庫でこの城の平兵士用の上着とヘルムを見つけていた。

仲間を倉庫に誘導し、それらを身につけさせる。フランも特徴的な赤毛をヘルムに隠すと、ふたたび地上を目指して歩き出した。

城の外は走り回る兵士たちで混乱していた。

「なにが起きているんだ？」

ジラルドの問いに、フランは短く答える。

「敵襲らしい」

行きかう兵士に紛《まぎ》れ、フランたちは出口を目指す。

フランはじっとりと汗ばんだ手を太ももにこすりつけて、干上《ひあ》がった喉《のど》に無理やりつばを流しこんで歩きだす。

（……もうすこしだ）

フランの心臓はうるさいほど早く脈打っていた。

「オイ、お前たちはどこへ行くつもりだ？」

兵士がフェルナンドの脇をすれ違った瞬間、声をかけてくる。びくりと震《ふる》えそうになる体をフランは必死の思いで制した。

「いやー、厩舎《きゅうしゃ》へ向かえって言われまして。ただ、俺たちはここへ来たばかりで、よくわからなくて……」

フェルナンドが困った様子で答えると、兵士は納得といった風にうなずいた。

「そうなのか。厩舎ならこちらのほうが早いぞ」

兵士が指さしたのは、フランたちが向かおうとしていた方向とは真逆だ。

「あ、ありがとうございましたっ」

四人は兵士に軽く頭を下げ、指示されたほうに駆《か》け出す。やがて小さな扉を通り抜けると、その先に確かに厩舎が存在していた。そこは人気《ひとけ》がなく、四人のほかに兵士の姿はない。

ふっとフランの気がゆるんだ瞬間、頭上でふたたび破裂音が響いた。咄嗟《とっさ》に頭をかばい、地面に伏せる。あたりを見渡すと、ほかの三人も、同様に身を屈《かが》めていた。

そして、息をひそめてしばらく様子をうかがうものの、それ以上の変化はない。

フランたちは顔を見合わせた。

「なにが起こっているんだ？」

つぶやくマルコの声は、戸惑《とまど》いに満ちている。フランは三人に状況を説明した。

「敵襲のことはわからない。しかし、おそらく助けが近くまで来ている。二日ほど前、隼《はやぶさ》の姿を見かけたんだ。詳しくはわからないが、ここは王国からそう遠くないフェデーレ公国領のようだ」

フランの話を聞き、マルコは顔をほころばせた。ほかのふたりも、期待に目を輝かせる。

「ならば、隼の姿を探せば……」

ジラルドの言葉にフランはうなずく。

「二手《ふたて》に分かれ、王国に向かおう。このまま四人で行動していると目立つ」

相談の末、フランとジラルド、マルコとフェルナンドに分かれることにする。

マルコたちが先に厩舎《きゅうしゃ》の脇を通り抜ける。すこし遠くにある城を取り囲む城壁まで駆《か》けると、楼門《ろうもん》をくぐった。そこの見張りの兵は、彼らを無反応で見送った。

マルコたちの姿が見えなくなってしばらく待ち、フランとジラルドも楼門を抜ける。

城壁の外は森だった。しばらくは森の中を道なりに歩き、タイミングを見計らって近くの茂《しげ》みに身を隠す。

息をひそめて様子を見るが、追っ手は来ないようだ。

体の緊張をゆるめ、フランとジラルドはふたたび歩きだした。ここがどこなのかもわからない上に、フランに具体的な行くあてはない。王国の方角と思《おぼ》しき北に向かい、ひたすら進むしかない。

今度はジラルドが先を行く。フランはジラルドの大きな背中を見ながら足を進めた。

歩きながら、城を脱出できた実感がじわじわとわき上がる。

仲間と合流できていない状態で気を抜くのは早いとわかっていても、あの傲慢《ごうまん》な男の手から逃《のが》れたのだと思うと、フランは快哉《かいさい》を叫びたくなる。

（そうだ……。人質を盾《たて》に体を求めるなど、一国の公子とは思えぬ所業だ。早く忘れるのが……いい）

「……フラン？」

ぼうっと考えに耽《ふけ》っていたフランは、ジラルドに呼びかけられてはっとする。五歩ほど先で、ジラルドは足を止めてフランの顔色をうかがっていた。

「……すまない。なんだろうか？」

「いや、その……大丈夫か？　俺たちが牢屋《ろうや》に囚《とら》われている間……、お前は……」

ジラルドは言いにくそうに言葉を詰まらせると、苦虫を噛《か》み潰したような表情で視線をさまよわせる。彼の様子で、フランはすでに自分の身に何が起こったのか気づかれているのだと悟《さと》った。

フランは覚悟を決め、口を開く。

「隠していても、いずれわかってしまうのだろうな。お前には先に話しておこう。私たちはフェデーレの公子に捕《と》らえられたらしい。……私は、牢から出されて奴に体を奪《うば》われた……」

すぐに答えたフランを、ジラルドは食い入るように見つめた。

「……本当……なのか？　まさか、俺たちを人質に取られて……？」

重ねて問うジラルドの声は、かすれていた。質問にも、フランは正直に答える。偽《いつわ》ったところで、きっとばれてしまうだろう。

「……ああ。だが、結果としてお前たちは無事だった。後悔はしていない」

フランは極力感情をこめぬよう、淡々と事実を告げる。

ジラルドの物言いたげな顔には、気づいていない振りをした。

「さあ、そんなことより隼《はやぶさ》を探そう」

強引に話を打ち切ったフランを追及せず、ジラルドは無言のまま歩みを再開する。

どれほど経った頃だろうか。見上げた木々の隙間《すきま》から、大きな鳥の影が見えた。

(隼が！)

ジラルドも同時に気づき、フランと顔を見合わせる。ふたりの顔に笑《え》みが浮かんだ。

自然と、隼の影を追う足取りが速くなる。

隼はくるりくるりと上空を何度か旋回《せんかい》すると、一点を目がけて急降下した。

フランとジラルドは、息せき切って隼が舞《ま》い下りた場所に駆《か》けつける。

木々がすこし開けた場所に、フランがずっと思い描《えが》いていた男の姿があった。

「……クリオ!!」

フランは彼の名を叫ぶ。

「フラン！　ジラルド！」

フランの声に振り向きふたりの姿を目にしたクリオが、破顔して走り寄る。

その場にはクリオ以外に鳥使いもいたが、フランはクリオしか見えていなかった。

「よく……無事で……」

クリオはフランのすこし痩《や》せた体をかき抱く。

「クリオ……」

「フラン……」

フランの胸に熱いものがこみ上げてきて、こぼれそうになる涙をこらえるので精一杯だ。

(クリオ、クリオ……、ああ、クリオ)

このままではあらぬことを口走ってしまいそうで、フランは口を閉ざす。身が引き裂かれるような思いで、フランはクリオから体を離した。

クリオが顔を上げると、すこし距離を置いたところにいた鳥使いとジラルドが、気まずそうに顔を赤らめていた。

「ジラルド……、貴兄もよく無事で……」

我に返ったクリオが、ジラルドにも声をかける。

「ありがとう。マルコとフェルナンドもともに逃げたのだが……」

「ああ。ふたりはほかの鳥使いと合流したようだ。捕《と》らえられていたのは四人だけで、薔薇隊《ばらたい》のほかの者は無事保護されている」

「そうか……。よかった」

ほっと息を吐くジラルドを、クリオはいたわしげに見やる。ジラルドの顔にも、疲弊《ひへい》がありありと表れていた。

控《ひか》えめな声で、クリオはジラルドに告げる。

「疲れていると思うが、一刻も早く帰国したい。ここは危険だ」

「ああ、わかっている」

ジラルドは真剣な表情のクリオに、大きくうなずいた。

「……フラン？　どうした？」

急に黙《だま》りこみ、うつむいたまま動かなくなったフランを、ジラルドは怪訝《けげん》そうに覗《のぞ》きこもうとする。

そのとき、ぐらりとフランの体がかしいだ――

「フラン!!」

地面に倒れこみそうになったところを、寸前のところでクリオが抱きとめた。

フランの顔色は蒼白《そうはく》で、意識はないようだ。

「フラン、起きろ！　目を覚ますんだ！」

揺《ゆ》さぶり、呼びかけるものの、反応はまったくない。捕らえられてからずっと張り詰めていた緊張の糸が、仲間と再会できてゆるんだのかもしれない。

そう思いつつも、クリオは心配で声を荒らげずにいられない。

無理にでもフランを起こそうとするクリオを、ジラルドが冷静に止めた。

「クリオ、いまはここから離れるほうが先だ。馬は連れてきていないのか？」

「……そうだな。馬は向こうに繋《つな》いである。ジャンニ、連絡を頼む」

クリオはそばに控《ひか》えていた鳥使いに命じた。

「はいっ！」

ジャンニと呼ばれた鳥使いは、肩に留まらせていた隼《はやぶさ》を空高く放《はな》つ。

クリオはジラルドの手を借りてフランを背負《せお》った。そのまま先を歩き、ジラルドを誘導する。

「ジラルド、こっちだ」

歩きながら、ジラルドはあたりを見渡す。

「なぁ……ここはどのあたりだ？」

十日ばかりの短い監禁生活だったが、ジラルドの足は確実に衰《おとろ》えていた。すこし呼吸を荒くしながら、前を行くクリオに尋《たず》ねる。

「カスト鉱山から南東に馬で二日ほどの距離だ。フェデーレ公国との国境から、さほど遠くない」

「なるほどな……。しかし、よく我々の居場所がわかったな……」

ジラルドはため息を漏《も》らし、驚きを隠さずに言う。

「鉱山にいる黒鷲隊《くろわしたい》から、お前たちが予定を過ぎても到着しないと連絡を受けてな」

「……お前はバローネで、北への牽制《けんせい》を受け持っていたのではなかったか？」

クリオの役割を思い出し、ジラルドは尋ねる。

「ここでお前たちを失えば、北に対する牽制どころではない。王国の一角を担《にな》うモレッティ侯爵が敵の手に落ちるなど、騎士団の士気に関わるからな」

「それはそうだが……。お前が抜けても大丈夫だったのか？」

クリオは足を進めるたびにずり落ちるフランの体を背負い直し、事もなげに答えた。

「あちらに連れていったのはフランの部下ばかりだ。主を助けるために、敵前逃亡しかねない様子だった。だから、俺が助けに行く、と言ってどうにか押しとどめてきた」

「なるほど……」

フランは常日頃、自分はかりそめの当主にすぎないと口にして憚《はばか》らない。しかし、誰に対しても真摯《しんし》で心優しい彼女は、領民や部下に慕《した》われていた。

馬がつながれていたのは、小さな川のそばだった。ようやくそこにたどり着き、クリオはフランを柔《やわ》らかい草の上にゆっくりと下ろす。相変わらず、顔色が悪かった。

すこしでも楽にしてやろうと、フランの被っていたヘルムをはずす。そのままシャツの襟元《えりもと》をゆるめようとして――

「よせっ」

クリオの意図に気づいたジラルドの制止の声は、間に合わなかった。

「なんだ……？　これは……」

胸元に散らばる鬱血《うっけつ》のあと。それはあからさまに情交を匂《にお》わせていた。

「……っ！　フランは……俺たちの安全と引き換えに……」

ジラルドが苦しげに説明しようとしたが、クリオの拳《こぶし》が地面を叩き、それを遮《さえぎ》る。

「黙《だま》れっ！」

クリオは怒《いか》りでぶるぶると体を震《ふる》わせた。

フランを危機に陥《おとしい》れた者にも、彼女の窮地《きゅうち》になにもできなかった自分にも、苛立《いらだ》ちがつのる。

クリオは震える手でフランの襟元《えりもと》を直すと、彼女を抱《かか》えて騎乗《きじょう》する。

ジラルドは無言でそれを手伝う。そして鳥使いとともにもう一頭の馬に乗ると、オルランド王国に向かってゆっくりと歩きだした。

体力が落ちてしまったジラルドとフランを気遣《きづか》い、一行は時折休憩を挟《はさ》みながら、ゆっくり進んだ。

とはいえ、国境を越えるまで警戒をゆるめるわけにはいかない。身を落ち着けることなく、王国へと急ぐ。

――次第《しだい》に日が傾き、空が茜色《あかねいろ》に染まっていく。

一行は、大きな木の根元で馬を止めた。馬を枝に繋《つな》ぐと、ジャンニはたき火にくべるための乾いた枝を集めはじめる。目を覚まさないフランの体調を考慮し、四人は今夜、ここで野営することにしたのだ。

よく茂《しげ》った枝の下で火をたいて、すこしでも煙を目立たぬようにする。クリオは眠り続けるフランをマントにくるむと、柔らかな下草の上に横たえた。

騎士たちは火を囲み、クリオたちが持ってきていた干し肉をかじる。

「フラン……」

クリオは、やつれてしまったフランの寝顔をじっと見つめる。ふと、頬が赤く、寝息が若干速い気がした。額《ひたい》に触《ふ》れると、フランの肌は想像以上に熱かった。

「なんてことだ……熱が……！」

「熱さましを用意します」

あわてるクリオに声をかけ、ジャンニが手際《てぎわ》よく薬湯《やくとう》を作りはじめる。彼女がすこしでも快適になるようにクリオが持っていた着替えで枕を作っていると、ジャンニは薬湯を差し出した。

「フラン、飲んでくれ」

クリオは乾いた唇にカップを当てて飲ませようとするが、眠るフランはうまく飲むことができない。傾けたカップから薬湯《やくとう》がこぼれ、クリオは焦る。

「口に含んで飲ませればいい」

当惑するクリオの様子を見守っていたジラルドが、そう言って進み出る。

「……なるほど」

クリオはうなずいてジラルドを制すと、薬湯を口に含み、フランの口にあてがった。薬湯をゆっくり口内に流しこむ。フランがすこしむせながらも薬湯を飲み下す様子に、クリオはほっとする。

もう一度マントで彼女をしっかりとくるむと、たき火にあたって暖を取った。

ジラルドとジャンニも、元の位置に座り直す。しばしの沈黙のあと、クリオは言いにくそうに口を開いた。

「ジラルド……。フランが目を覚まさないのは……その……」

歯切れの悪い問いに、ジラルドはしばしの逡巡《しゅんじゅん》の後に答える。

「……ああ。捕《つか》まってすぐ、フランはひとりだけ身分の高そうな男に牢《ろう》から連れ出された。それから俺たちを助けに来てくれるまで、フランはずっと……。俺がもっと気をつけていれば、あんなに簡単に捕まることもなかっただろう。……ちくしょうっ！」

強い口調で自分を責めるジラルドに、クリオはかける言葉が見つからなかった。クリオは平静を保とうと努めつつ口を開いた。

「ジラルド、捕まったときの状況を詳しく聞かせてくれ」

ジラルドは記憶を丁寧になぞる。薔薇隊《ばらたい》が泉で休憩したあと、しびれ薬によって捕《と》らえられるまでの状況を詳しく語った。

「なるほど……用意周到な作戦だったわけか」

クリオは唸《うな》りながら言う。

「ああ。黒鷲隊《くろわしたい》がフェデーレの騎士を見かけたというのも、おびき寄せるためにわざと発見させた可能性が高い」

あごに手を当てて考えこむクリオに、ジラルドが同意する。

「それで、どうやって逃げ出すことができたんだ？」

「俺にはよくわからないが、フランは敵襲があったと言っていた。大きな音がして……城がすこし揺《ゆ》れた気がする。そのあとフランが助けに来て、俺たちを解放してくれた。捕まっていた地下牢から地上に出たときは、兵士は混乱していた」

厳重に監禁されていたことを聞いたクリオは、よくぞ逃げ出せたものだと幸運に感謝した。

「なるほど……。大きな音というのは大砲だろう。東のイニエスタ王国がフェデーレに攻めてきたのではないだろうか？」

そう考えれば、フェデーレ公国が追っ手を寄越さないのもうなずける。東から攻撃を受けていれば、守りが優先になるだろう。

火にくべた小枝がぱちりと音を立てた。

「おおよそのことはわかった。あとはフランに尋《たず》ねるしかないだろう……。貴兄も、もう休んだほうがいい」

「ああ、そうする」

ジラルドは気遣《きづか》わしげにフランの顔を見つめたあと、毛布にくるまり体を横たえた。すると、すぐに寝息を立てはじめる。

クリオとジャンニは交代で火の番をしながら、夜を明かした。

§

フランはひどい喉《のど》の渇きで目を覚ました。恐ろしく体がだるい。

（これは、熱があるな……）

フランは大きくため息をつきながら、軋《きし》む体をゆっくりと起こした。かけられていた布がずり落ちる。すぐにそれがマントだと気がついた。誰かが世話をしてくれたのだろう。

ふと顔を上げると、いまにも消えそうなたき火の向こうに、うつらうつらとしているクリオの姿があった。

（私は無事に逃げ出せたのか……）

熱のせいでぼやける視界の中で、クリオの顔だけははっきり見える気がする。

（ああ、クリオが……助けに来てくれたんだ）

嬉しさと同時に、迷惑をかけてしまった申し訳なさがこみ上げる。落ち着いてあたりを見回せば、ジラルドと鳥使いも草むらに横たわっていた。ともに脱出したマルコとフェルナンドの姿は見えないが、クリオが来てくれたのならきっと無事でいるだろう。

小さく安堵《あんど》のため息をこぼしてクリオに視線を戻すと、彼の目が見開かれていた。

「……フラン？」

浅い眠りを漂《ただよ》っていたはずのクリオが、目を覚ましていた。すこし寝ぼけた顔で、しかし喜びを浮かべてフランに近づく。

「……み……ずを……」

フランは欲求のままに手を伸ばした。クリオはすぐにフランの意図を悟《さと》り、荷物から水筒を取り出してフランに手渡す。

「あっ……」

水筒を受け取ろうとするが、フランは手に力が入らず取り落としてしまう。

「すまない」

クリオは謝りながらフランが落とした水筒を拾い、蓋《ふた》を開けて口にあてがってくれた。手を添えてどうにか水を口に含むと、渇ききっていた体に染み渡る。

「ありがとう」

フランが水筒から手を離すと、クリオは不意に彼女の額《ひたい》に手を当てた。ドクリと鼓動《こどう》が波打ち、熱がさらに上がった気がする。フランは咄嗟《とっさ》にクリオの手を振り払おうとしたが、体が思うように動かず、叶わなかった。

「まだ、熱が高いな……。薬湯《やくとう》を作るから待ってくれ」

クリオはそう言って、額から手を離す。消えかかっていた火に近づいて、枝をくべる。すぐに勢いを取り戻したたき火で、彼は小さな鍋にハーブと水を入れて煮出す。すこし冷ましてからコップに注《そそ》ぎ、フランに差し出した。

若干癖のある薬湯《やくとう》を飲み干して、フランは大きく息を吐く。

「もうすこし……眠れ。夜明けまではまだ時間がある」

「うん……」

クリオは強引にフランを寝かせると、マントでくるみ、甲斐甲斐《かいがい》しく世話を焼いてくる。

それが心地よくて、フランはまたすぐに眠りに引きこまれていった。

七　王都への帰還《きかん》

次に目を覚ましたとき、フランは馬上で揺《ゆ》られていた。背中から誰かに抱きこまれて馬に乗っているのだと気がつき、体をこわばらせる。

「目が覚めたのか？」

「……クリオ」

その声に、フランはクリオが自分を運んでくれているのだと知った。

同時に、フランの胸によぎったのは、あの男の声と温もり……

『あなたの体は我がものだ』

男の声が脳裏に響く。自分の体が自分のものではなくなってしまうような恐怖が、震《ふる》えとなって背筋を這《は》い上がった。

しかもなぜか、フランはクリオに背中をあずけることができない。これまでフランは、クリオの体温に安堵《あんど》を覚えていたのに、いまは違和感を抱《いだ》いてしまったのだ。

（どうしてっ……）

フランは戸惑《とまど》いのあまり押し黙《だま》る。そんな彼女を、クリオは心配そうな声で呼んだ。

「フラン……？」

クリオの声を聞き、フランはなんとか心の中からアントーニオを追い出す。そして精一杯、平静を装《よそお》った。

「ああ、なんでもない。……いま、どのあたりだ？」

「もうすぐ王都だ」

あたりを見回すと、見覚えのある景色が目に入る。最後の記憶は山の中だったから、随分《ずいぶん》眠り続けてしまったらしい。その間面倒をかけていたことを申し訳なく思いながらも、フランは感慨《かんがい》深げに息を吐いた。

（ああ……、本当に帰ってきたんだ……）

クリオの胸に背中をあずけられないまま、フランは王都の門をくぐった。

そのまま進むと、薔薇隊《ばらたい》の詰め所が見えてくる。そこには騎士たちの姿があった。フランたちの姿に、彼らは一斉に歓声を上げる。

「フラン、ジラルドも……よくぞ無事で……」

薔薇隊の隊長は感極まって涙をにじませていた。

フランは隊長の手を借りて馬から降りると、仲間たちと再会を喜び合う。

クリオのおかげでフェデーレから逃《のが》れることができたという実感が、じわじわとフランの胸にわき上がる。

今回の失態に関して、フランは王から叱責《しっせき》を受けることになるだろう。しかし、いまだけは帰還《きかん》の喜びを素直に味わっていたかった。

仲間たちをかき分け、先に到着していたらしいマルコとフェルナンドがフランのもとにやってくる。ふたりはフランの顔を見て安堵《あんど》のため息をつき、かわるがわる彼女の手を強く握《にぎ》った。

「フランのおかげだ。ありがとう」

「いや、そんなことはない」

礼を言われても、フランは素直に受け取れない。もうすこし自分が慎重《しんちょう》で周囲に気を配っていれば、避けられた事態だったのだ。フランは仲間を危険にさらしてしまった己《おのれ》を、責めずにはいられなかった。

再会が一段落すると、苦渋《くじゅう》の表情を浮かべた隊長がフランに声をかける。

「疲れているとは思うが、王の御前《ごぜん》へ報告に行かねばならぬ」

フランにはすでに、処分を受ける覚悟ができていた。毅然《きぜん》と顔を上げ、隊長に答える。

「もちろんです」

「俺も行きます」

クリオも救出隊の指揮者として報告があるのだろう。隊長はクリオにうなずいた。

報告は急務とはいえ、フランはまだ逃走のために拝借《はいしゃく》した敵国の兵士服を着たままで、しかも旅によって汚れていた。そんな格好《かっこう》で王の御前に参ることはできず、フランは王宮の自室で急いで着替えを済ませる。久しぶりに袖《そで》を通した騎士の服は、すこしゆるくなってしまっていた。それでも、着慣れた服の感触に心が落ち着いた。


着替えを終え、フランは隊長、クリオとともに王のもとへ向かう。あらかじめフランたちが行くことは伝えられていたらしく、すぐに王の前に通された。

「よくぞ戻った。我が騎士よ！」

膝をつき、王からの叱責《しっせき》を待ちかまえていたフランは、思わぬ王の言葉に顔を上げた。

王のハシバミ色の瞳に非難はなく、ただフランたちが帰還《きかん》した喜びに満ちていた。

茫然《ぼうぜん》とするフランに、王は続ける。

「そなたらを捕《と》らえたのはフェデーレの第二公子であろう。ここに……あやつから同盟の申し入れと条件が記されておる」

王は忌々《いまいま》しげに、フェデーレからのものであろう羊皮紙《ようひし》を振り回した。

「大方、イニエスタから攻撃を受けたことで、我が国と対立するよりも和睦《わぼく》を選んだほうが賢明だと思ったのだろう。東と北から同時に攻められれば、武に優《すぐ》れたフェデーレとて持ちこたえられぬ」

「……どのような条件を提示してきたのか、お聞きしても？」

薔薇隊《ばらたい》の隊長の問いに、王は顔をしかめた。しばしの沈黙のあと、王は重々しく言う。

「フランを残して下がれ」

フランは嫌な予感を覚えながら、王の顔を見つめた。

「承知」

隊長はうなずいてすぐに下がろうとしたが、クリオは声を上げる。

「王よ、不躾《ぶしつけ》ながら申し上げます。フランはまだ帰還したばかりで、万全の体調ではありません。ご留意くださいますよう、お願いいたします」

「わかっておる」

「出すぎたまねをいたしました」

了承の意を示す王にクリオは一礼すると、すぐに席を辞した。

王はひとり取り残されたフランに近づき、立たせる。フランが間近で見た王の瞳は、揺《ゆ》れているように感じられた。

「フランよ……。この申し入れを受けるべきか、我《われ》は非常に悩んでおる。決断をするのは、そなたの話を聞いてからにしたいのだ」

「王よ、お聞かせください。どのような条件が提示されたのですか？」

フランは問うものの、王の返事には間があった。

「……我がかつてそなたを叙任《じょにん》した折《おり》に言ったことを、覚えておるか？」

王は唐突に話題を変えた。

（これほど王が告げることをためらうということは、条件には私が関わっている？　……よほど私にとってよくないことなのだろう）

フランはきゅっと一度唇を噛《か》むと、以前王に授けられた教えを口にする。

「そなたの信じるものを貫《つらぬ》き、常に堂々と振《ふ》る舞《ま》え……と」

叙任式で、王はフランにそう告げた。その言葉は、騎士としてのフランの矜持《きょうじ》の拠《よ》り所だ。

フランは、王のハシバミ色の瞳をじっと見つめる。王の瞳に宿《やど》る強い光から、この申し入れに対する答えを王はすでに決めているのだとフランは察する。その上で、王は悩み、問うているのだ。

フランは試されているのだと感じ、気を引《ひ》き締《し》めなおす。フランの意思のこもった瞳を見て、王はうなずいた。

「……すまない。そなたがどれほど忠実であるかを知りながら、我は試さずにはおれぬ。これが王座につくものの宿痾《しゅくあ》なのだろうな……」

フランの手のひらに冷や汗がにじんでいた。静かに、王の言葉の続きを待つ。

意を決したように、王は口を開いた。

「……フェデーレの第二公子はそなたを公子妃にと望んでおる」

（まさか……!!）

フランの悪い予感は的中した。しかも、嫁入りを求められるなど、予想外の内容だ。

「我に娘がおれば、状況は違っていたかもしれぬ……。断ることも考えたが、薔薇隊《ばらたい》の騎士であるフランをあのようにたやすく捕《と》らえるような狡猾《こうかつ》な相手だ。同盟を結ぶほうが賢明だろう」

王の苦渋《くじゅう》に満ちた声は、ほとんどフランの耳に届いていなかった。

「ほかの公爵家から娘を差し出させることもできる……。しかし、フェデーレは一度そなたを捕らえておる。そなたが我が国にとって重要なモレッティ侯爵だと知っていて、代替を受け入れぬ可能性が高い。そこで、そなたの意思を確認したい。フランチェスカよ、モレッティ侯爵としての見解を聞かせてもらおう」

フランは目の前が暗くなるのを感じた。

（……どこにも、逃げ道など、ありはしない）

あの男の手から逃《のが》れられたと思っていたが、結局は手のひらの上で踊《おど》らされていたのか。屈辱と恐怖がフランの体をすくませる。

返事をしないフランに、王が説明を重ねる。

「もちろん、侯爵の位を持ったまま嫁《とつ》ぐことになるが、時期が来れば甥《おい》に継がせることは変わらない」

「だとすれば……、将来私が侯爵でなくなれば、同盟の証としての価値がなくなるのではありませんか？」

フランはかすかな希望をこめて王に進言する。

「そのときは、そのとき。現在の最善策を考えるのが優先だ。それに、将来の状況がいまと同じ……とは言えぬだろう?」

為政者としての狡猾《こうかつ》な顔で、王は笑った。やはり、王はすでに決断を下してしまっているとフランは感じる。

(……ならば、せいぜい私を高く売りつけるしかないのだろう。そして、これが本当に両国に平和をもたらすのであれば……仕方のないことなのだ)

フランは内心の落胆をなんとか取りつくろう。これからのモレッティ領と国のためになにができるのか、めまぐるしく考えをめぐらせる。

「なるほど……、陛下《へいか》はこの同盟に価値があるとお考えなのですね。ならばわたくしは、臣下として責務を果《は》たしましょう」

フランは最上級の礼をもって、王の前に膝をついた。王は満足そうに大きくうなずく。

「フランチェスカ……。そなたの意思は確かに確認した。そなたにとって悪いことにならぬよう、最善を尽くそう。ふたたび我が呼び出すまで、故郷でゆっくりと過ごすがよい」

フランはどこか他人事のような心地で、笑《え》みを浮かべる王の言葉を聞いていた。

§

フランは王に勧《すす》められるままに王都を辞去し、モレッティ領へ戻ることにした。

宮廷に留まれば、なにかと噂《うわさ》されるに違いない。フランは振り向くことなく王都を後にする。つい先日この地を発《た》ったときの銀色の甲冑《かっちゅう》とは異なる、灰色の甲冑に身を包《つつ》んで——

従者を伴《ともな》い、自領の城にたどり着いたフランが厩舎《きゅうしゃ》の前で鐙《あぶみ》から足を外していると、甥《おい》のマウロと義姉《あね》のキアーラがあわてた様子で駆《か》け寄ってくる。

「フラン！」

「領主様！」

ふたりの顔には、ほっとした表情が浮かんでいた。変わりのなさそうなふたりを見て、フランも安堵《あんど》する。

「ただいま戻りました」

フランはふわりと儚《はかな》げな笑みを浮かべると、従者に手綱《たづな》を引き渡した。

「フェデーレに捕《と》らえられたと聞きました……。あぁ、よくぞご無事でお戻りになられました」

キアーラは声を詰まらせ、フランを抱きしめた。

「義姉上……」

カモミールの香りがすっとフランの鼻をくすぐる。キアーラが身につけている香り袋のものだろう。フランは張り詰めていた気持ちがすこしずつ解《ほぐ》れていくのがわかった。

「ご心配をおかけしました」

「フラン！　俺だって心配したんだぞ」

キアーラとばかり話すフランに焦《じ》れたマウロが、声を上げた。

「マウロにも心配をかけたな……」

フランがマウロの頭を撫《な》でると、柔《やわ》らかな赤毛が揺《ゆ》れる。

「もう……！　子ども扱いしないでよ」

不満そうに口をとがらせながらも、マウロは喜びを隠せない様子だ。フランはキアーラとの抱擁《ほうよう》を解《と》いて、マウロを抱きしめる。

「ちょ、っと、フラン⁉」

マウロの抗議の声を気にもかけず、フランは腕に力をこめた。

（ようやく帰ってきた。……私の故郷）

王都へ帰還《きかん》したとき以上の感慨《かんがい》がこみ上げ、フランの目に涙がにじむ。

マウロはいつもと違うフランの様子に、振り払おうとした腕を力なく下ろす。この短い間にフランの身に起こったことは想像もつかないが、マウロは彼女の疲労を感じ取っていた。

「……帰ってきてくれて、ありがとう。おかえりなさい」

マウロは精一杯の思いをこめて、フランを抱きしめ返す。

「ああ……」

フランは甥《おい》のぬくもりに、知らず知らずのうちにつめていた息を吐いた。

「ただいま」

ふと、黒髪の精悍《せいかん》な面影《おもかげ》が脳裏《のうり》をよぎる。フランはなぜか、胸の奥がつきんと痛んだ気がした。


フランが故郷に戻って数日。

領主としての仕事をこなす日々が続いていた。フランは忙しく過ごすことで、なにも考えずに済むようにしていた。午前中はマウロに稽古《けいこ》をつけ、午後からは領地の仕事に打ちこんだ。

いずれ王からの呼び出しがあれば、領地どころか国から離れなくてはならない。そのときに困らないようにと、キアーラと家令のロレンツォに仕事の引き継ぎ作業を行っていた。ふたりともフランの態度を訝《いぶか》しんでいたが、なにも言わずに仕事をこなしていく。

その日も、フランは日課になったマウロとの稽古《けいこ》に励《はげ》んでいた。訓練のために石で舗《ほ》装《そう》した中庭のすみに、マウロの元気な声が響く。

「やあっ！」

打ちかかってくるマウロの剣を、フランは受け流す。以前よりすばやくなったと感心した。

このところのマウロの上達は目を瞠《みは》るものがあった。若さか……とフランは苦笑する。もう自分にはない上達ぶりだ。これからも、甥《おい》の力はまだまだ伸びるだろう。いずれ自分が敵《かな》わなくなると思うと、悔しくもあるが、なにより彼の成長が楽しみだ。

何度か続けて打ちかかった後に息を整えるマウロに、フランは意地悪く指摘《してき》する。

「どうした？　足が止まっているぞ？」

「行きます！」

フランの挑発《ちょうはつ》に、マウロはむきになって向かってくる。フランはマウロの隙《すき》を突いて、剣を振り上げた。

「っわわ」

あわててマウロが飛び退《の》く。フランは間を置かずに剣を振るった。マウロを追いつめるために腕を振り上げた瞬間、フランを引きとめるように声がかけられた。

「熱心ですね、領主様？」

振り向くと、はちみつ色の髪が視界に入る。彼は穏やかに笑っていた。

「クリオ！」

「メルクリオ様！」

憧れの薔薇《ばら》の騎士の姿を認めたマウロが、声を弾《はず》ませる。同時に、危機を救われたことに、マウロはにっこりと笑《え》みを浮かべた。

この場所にいるはずのない幼馴染《おさななじみ》の姿に、フランは目を瞠った。彼女は稽古を中断し、剣を下ろす。

「どうしたんだ？」

「王から話を聞いた」

クリオは思いつめた表情で低く言う。彼は同盟の条件を知ってしまったのかと、フランは小さくため息をついた。

「ここでは落ち着いて話もできない。時間をくれないか？」

クリオに促《うなが》され、フランは場所を移すことにする。そばでふたりを見つめていたマウロに、フランは言う。

「マウロ。すまないが、稽古の続きはまた明日にしよう」

「はい、領主様。ありがとうございました。メルクリオ様、今日はこちらに泊まっていかれますよね？」

「ああ」

どこか上の空な様子でクリオがうなずくと、マウロは稽古《けいこ》の疲れも見せずに、嬉しそうに頬を紅潮《こうちょう》させる。そして一礼し、中庭から走り去った。

甥《おい》の背中を見送ったフランは、クリオに声をかける。

「私の部屋でいいか？」

クリオは黙《だま》ってうなずく。ふたりは揃《そろ》って領主の部屋に移動した。部屋に控《ひか》えていた従者がクリオの姿を認め、もてなしの用意をすべく立ち去る。

フランは腰に下げていた剣を壁にかけ、稽古でかいた汗をぬぐう。沈黙のままふたりは立ちつくし、ときが過ぎていく。クリオはなかなか話をはじめず、フランも促《うなが》そうとはしなかった。

やがて、従者がワインを清水で割ったものをトレイに載せてやってくる。

「ありがとう。あとは私がやるから下がっていい」

「はい、失礼します」

従者はテーブルの上にカップを置くと、素直に下がっていった。

フランがカップをクリオに手渡すと、彼は会釈《えしゃく》してこくりと一口飲む。

テーブルにカップを戻し、クリオはようやく口を開いた。

「……王から、お前がフェデーレとの同盟の証として嫁《とつ》ぐことになるだろうと聞いた」

クリオは思いつめた表情でフランを見つめた。無言のフランにクリオは続ける。

「……侯爵位をマウロに渡すまで、お前は結婚するはずがないと思っていた」

「私もだ……」

それ以上言葉を紡《つむ》ぐことができずに、フランはクリオから顔をそむけた。

「マウロが侯爵位を継ぐまでは、キアーラが領主の代理を立派に務《つと》めてくれるだろう」

フランは胸に走った苛立《いらだ》ちを抑えつけた。

(私とて好きで政治の道具となるわけではない。……だが、王に忠誠を誓った者として務めを果《は》たさなければ、私が騎士となった意味さえ失ってしまう)

「……っ!?」

そのとき、不意に背中がぬくもりに包《つつ》まれて、フランはびくりと震《ふる》える。クリオに抱きしめられていた。

「ク、クリオ?」

力強い腕がフランを囲いこむ。フランはクリオの真意を測りかね、戸惑《とまど》った。

「俺は……お前とずっと一緒にいられると思っていた。たとえ結ばれなくても、マウロが爵位を継いだ後も騎士として、一番の親友としてそばにいられるのならば、それでいいと。……だが、もう無理だっ！」

肩に埋められたクリオの口から、悲痛な叫びが漏《も》れる。

以前の自分ならば、クリオの言葉に胸を高鳴らせ、伝えるべき言葉を持っていた。けれど、今のフランに、彼の想いに応える資格はない。

「私はあなたにふさわしくない。この体は……けがれてしまっている」

（私は、あの男に抱かれた……。仲間のためにこの身を差し出したことを後悔してはいない。けれど、もうこのけがれてしまった体はクリオにふさわしくない！）

フランは震《ふる》えそうになる唇を引《ひ》き締《し》めた。

「お前がフェデーレの第二公子に身を差し出したことなら、知っている」

淡々と告げられた言葉に、フランは狼狽《ろうばい》した。

「ならば、どうしてっ……」

「たとえお前が誰に抱かれようと、かまわない。皆を守るためにしたことを、どうしてけがれているなどと思える？」

クリオはフランを自分に向き直させると、唇を寄せた。目の前に水色の瞳が迫り、キスをされるのだとわかった。

柔《やわ》らかな唇が、自分のそれに触《ふ》れる。

――その瞬間、傲慢《ごうまん》な男の横顔がフランの脳裏《のうり》をよぎった。

欲情に染まった鮮《あざ》やかな青い瞳、切なさを秘《ひ》めた表情。そのどれもがちらついて離れない。どきりと音を立てた胸に、フランはうろたえた。

はじめは嫌悪しか感じていなかったのに、彼の手から逃《のが》れて以来、時折どうしようもなく彼の温もりを懐《なつ》かしく感じてしまう。

（あんなに身勝手で強引な男など、大嫌いだ！　……なのに、どうして彼の目が忘れられないんだろう……）

クリオの舌がゆっくりとフランの唇の輪郭をたどる。

「……ん」

（クリオとキスしているのに、私はなにを考えているんだ！）

クリオの胸を押しのけた。

（やはり、私はこの優しいひとにふさわしくない……）

あこがれていたひととのキスは優しく、フランの胸をきゅっと締めつける。

にもかかわらず、アントーニオのなにもかも奪《うば》い尽くすようなキスを思い出してしまう。そんな自分に戸惑《とまど》い、フランの心は嵐のように乱れた。

突き放《はな》されたクリオは、たっぷり沈黙したあと、切なげに言う。

「……もし、お前の気持ちが俺にあるのならば、さらってしまおうと思っていた。でも、それはできそうにないな」

フランは知らぬ間に、目から滂沱《ぼうだ》の涙をあふれさせていた。

「……ごめんなさい」

フランの涙に驚き、クリオは顔をゆがめた。

「好きなんだ。ずっと、……ずっと」

クリオのかすれた声がフランの耳を通り抜けていく。

「私もずっと……好きでした」

フランは肌身離さずつけ続けてきたブローチを、服の上から握《にぎ》りしめた。かつてクリオからもらった、大きな水色の宝石が埋めこまれた金色のブローチ。これは、ずっとフランの心の支えだった。

しかし、他国へ嫁《とつ》ぎ、他人の妻となる身で、このブローチを身につけ続けることはできない。

上着の襟元《えりもと》をゆるめ、ブローチをはずした。丁寧に取り出すと、クリオに差し出す。

「今度こそ、お返しします」

「俺は返してほしいとは言っていない」

クリオはフランを抱きしめたまま離そうとしない。

フランは優しい幼馴染《おさななじみ》を傷つけたくなかった。けれど、望みのない想いは終わらせねばならない。

「もう……終わりにしましょう。私はフェデーレに嫁ぎます」

「……お前が決めたことなのだな」

クリオは苦しげにフランを腕から解放する。

「クリオ……。ありがとう」

フランが差し出したブローチを、クリオは受け取った。

ひとつの恋が終わりを告げた瞬間だった。

八　旅立ちのとき

王からの呼び出しは、それからひと月も経たないある日——フランが思っていたより早くやってきた。オルランド王国とフェデーレ公国は同盟を結び、王の手によってフランの婚姻の準備が進められているという。

あとはフランが輿入《こしい》れするだけだと聞き、準備をととのえたフランは、覚悟を決め大広間に皆を集める。

臣下の視線を受けながら、フランは口を開いた。

「このたび、私はフェデーレの第二公子と婚姻を結ぶため、彼《か》の地に行くこととなった」

フランの報告に、城内で働く者たちが一様に驚きの声を上げる。

「領主様！」

「フラン、本当なの？」

真っ先にマウロがフランに詰め寄る。

「そうだ」

「やっと王宮での勤めが終わって、領地で過ごせるようになったばかりなのに……。俺がモレッティを継ぐまで、ここにいてくれるんじゃなかったの？」

マウロは眉を下げ、フランの顔を見上げていた。

「そうですよ。望まれてのことなのですか？」

「どうして領主様がフェデーレに行かなくちゃいけないんです？」

召使いや侍女たちからも、次々に疑問の声が上がる。

「これは国王陛下がお決めになったことだ。王国の平和のために必要なことだと言われれば、私は王の騎士として務《つと》めを果《は》たさなければならない」

大広間のざわめきが静まっていく。皆が今一度自分に注目するのを待って、フランは続ける。

「マウロが侯爵位を継ぐ六年後まで、私がモレッティ侯爵であることは変わらない。しかし、私は婚姻のために長く領地を離れることになるだろう。マウロにゆずるまでの間、キアーラとロレンツォに領主としての実務を任《まか》せる。皆も協力を頼む」

モレッティ城の使用人は、亡きアレックスが侯爵だった頃から仕《つか》えてくれている者たちがほとんどだ。爵位を継いでから、フランがどれほど努力してきたか知っている。動揺《どうよう》していた彼らは、主人の思いをくみ、落ち着きを取り戻していった。

「お任せください」

「大丈夫ですよ」

皆はフランを安心させるように笑《え》みを浮かべ、彼女を見る。

「……ありがとう」

フランは感謝で胸が熱くなった。震《ふる》えそうになる声を一呼吸して落ち着かせ、マウロに向き直る。

「マウロ。留守を頼む」

「はい。領主様」

フランの目に宿《やど》る強い決意を見て取ったマウロは、自分の精一杯をこめて見つめ、うなずく。

「よし。では、行ってくる」

フランはマウロの頭をひと撫《な》ですると、従者に出発を告げる。

「行ってらっしゃいませ」

「領主様のご無事と幸せをお祈りしております。でも……なにかございましたら、いつでも戻ってきてくださいまし」

優しい声をかけられて、もう戻ることはできないと知りながら、笑顔を作る。

フランは、皆に見送られて王都へと旅立った。

王宮に上がったフランは、玉座で彼女を待っていた王の前に進み出る。

「王よ、お呼び出しに従い、参上いたしました」

「フランチェスカ……」

自分の前に跪《ひざまず》くフランを、王は複雑な表情で見つめた。

「そなたの忠誠に感謝する。お陰《かげ》で、王国はしばしの平安を得ることができる」

「これが陛下の騎士としての務《つと》めですから」

フランはうつむいたまま答える。

「……どのように言葉を飾ろうとも、そなたを犠牲《ぎせい》にすることに変わりはない。これは我の不徳が招いたこと。取りつくろった上辺の言葉に聞こえるかもしれない……。しかし、この同盟を受けたのはそれだけが理由ではない。そなたにとっても、兄の身代わりであることをもう終わりにすべきだと思ったからだ」

思いがけない王の言葉に、フランは顔を上げる。

「陛下？」

「フェデーレから戻ったそなたは、これまでのそなたとは違っていたのだよ。一度も感じたことのない、女らしさと言うべきものを感じた……。そうして、我はそなたが女性であることを思い出したのだ」

フランは王の言わんとすることがよく理解できなかった。返事に窮《きゅう》し、ただただ王を見つめる。

「なにを当たり前のことを、と思うかもしれぬ」

フランの疑念を感じ取ったのだろう、王は自嘲《じちょう》の笑《え》みを浮かべていた。

「そなたしか適任がいなかったとはいえ、女性としての幸せを捨てさせてしまった。そなたは、もっとほかの生き方をしてもよいのではないか……とな。この国では、そなたはモレッティ侯爵としてしか生きることはできぬだろう。……だが、フェデーレでならば、なにかが変わる気がしたのだ」

王の言葉に、フランは衝撃《しょうげき》を受けた。

自分があの国で、あの男によって味わわされたのは、まさに自分が女性であるということだった。これまで頑《かたく》なに女性であることを否定し、男性の騎士に劣《おと》らぬように必死に努力を重ねてきた。

侯爵として、また、領主として恥じないために、虚勢《きょせい》を張っていたのかもしれない。

だが、あの男の腕の中で、それまでの自分はたやすく打ち砕《くだ》かれてしまった。

捕虜《ほりょ》に対する脅《おど》しのためだけに抱かれたのならば、どれほど楽だっただろう。

『フランチェスカ……』

男の声が耳元でよみがえり、フランは目を強くつぶった。

「我が言えた義理ではないだろう。しかし……そなたの幸せを祈っている」

「ありがとうございます」

フランは深く頭を下げる。

もう二度と、この場所を訪れることはないかもしれない。フランは王のほほえみを深く胸に刻んで、王宮を辞去した。

§

――数日後、フランは自分の心をかき乱す男に、ふたたびまみえていた。

（会いたくて……、会いたくなかった）

フランは騎士となったときにもう着ることがないと思っていたドレスを身にまとっていた。目の覚めるような明るい青色のドレス。胸元が広く開いており、いままで日に当たることのなかった白い肌がさらされている。奔放《ほんぽう》な赤毛はヘッドドレスの下に押しこまれ、まとめられていた。

フランが来たのは、フェデーレ公国の首府ルアルディ。金属の加工技術でその名をとどろかせる国にふさわしく、街の至る所に緻密《ちみつ》な装飾《そうしょく》が施《ほどこ》されている。中でも大公宮《たいこうきゅう》は、ひと際美しかった。

王の用意した馬車に乗りルアルディへ到着したフランは、旅装を解く間もなく大公と公子たちの前に案内された。

大公妃は数年前に亡くなっており、それ以来、大公は妃《きさき》を迎えていないと聞く。

豪奢《ごうしゃ》な衣装に身を包《つつ》んだ大公は、立派なあごひげを蓄《たくわ》えていた。一国の王らしい貫禄《かんろく》を感じさせるその姿は、あまりアントーニオとは似ていない。大公と第一公子、公女は互《たが》いによく似た面立《おもだ》ちをしており、アントーニオだけがどことなく異質だ。フランは違和感に首をかしげた。

「あなたがモレッティ侯爵か」

「……はい」

大公からかけられた言葉に、フランは貴婦人としての教育を受けていた頃を思い出しつつ、どうにか挨拶《あいさつ》をする。

「なかなか美しい。わしがもうすこし若ければ、公妃としてむかえてもよかったのだが、トニオがどうしてもというのでな……」

壮年の大公に好色さを含んだ目で見つめられ、フランは背筋を震《ふる》わせた。

「陛下。お戯《たわむ》れはほどほどになさいませんと……」

フランの窮地《きゅうち》を救ったのは、大公のそばに控《ひか》えていたアントーニオだ。

「おお、トニオ！　お前には冗談も通じぬのか？」

大公が大げさに嘆《なげ》く姿は、芝居《しばい》じみている。先ほど見せた好色な目つきはなりをひそめ、鋭《するど》いものへと変じていた。

（なるほど。フェデーレをここまで発展させただけのことはある）

一筋縄ではいかない手ごわさを感じた。

「まあよい。トニオのことは知っているだろうから省略するとして……。こちらが息子のラウロと娘のロザリンダだ」

アントーニオを飛ばして、公子ふたりを紹介された。

「ようこそ。フェデーレへ」

アントーニオの兄は儀礼的に声をかけてきたが、妹は口を開くことも目を合わせることもない。どうやら、あまり歓迎されていないらしい。

そっけない態度に戸惑《とまど》うフランに、アントーニオが声をかけた。

「久しいな」

フランが黙礼で応えると、アントーニオは苦笑する。

「挨拶は済みましたね？」

アントーニオは大公に尋《たず》ねる形をとっていたが、返事を待たなかった。そのままフランの手をつかんで謁見《えっけん》の間を出てしまう。

「あ、あのっ……。フェデーレ！」

強引に手をとられ引っ張られたフランは、抗議の声を上げた。

「……フェデーレはやめろ。トニオでいい」

確かに大公一族すべてがフェデーレの姓を持つため、区別できない。うなずいているとふたたび抗《あらが》う機会を失ってしまい、フランはアントーニオに腕を引かれて進んだ。

「ここは？」

「私の部屋だ」

アントーニオはある部屋の前で立ち止まると、フランを先に部屋に入らせる。続いて自分も入室すると、うしろ手に扉を閉めた。

豪奢《ごうしゃ》な宮殿とは対照的に、彼の部屋は質素で、フランは驚く。けれどその一方で、フランが囚《とら》われていた城の雰囲気に通じるものがあり、彼の趣味はこういうものかとも思った。

「私と結婚する覚悟はできたのか？」

部屋を見回していると、アントーニオはフランに問いかける。

「……私は同盟の証としての婚姻に同意した。それを覚悟というのならば、そうなのだろう」

硬い表情のまま向き合うフランに、アントーニオは怪訝《けげん》そうな表情を浮かべた。

「どういう意味だ？」

フランは、この話が持ち上がったときから考えていたことを口にした。

「おまえの妻となり、子を生《な》すことに異議はない。しかし、婚姻ののち二年が過ぎても子を宿《やど》すことがなければ、私は子を生すのに向かない体ということになるだろう。そうであれば……私には妻としての存在価値がない。そのときは、私を自由にしてほしい」

それは、フランのせめてもの抵抗だった。

騎士となり、侯爵を継いだときに女性としての自分を捨てると覚悟した。けれど、皮肉にも運命はフランに女性のみが果《は》たしうる役割を与えた。

（私に女を捨てさせたくせに、いざとなったら女としての役割を押しつけるのか……。運命とは、なんと身勝手なのだろう。ならばせいぜい、抗ってやる）

貴族の妻にとって、子孫を絶《た》やさぬことがなにより大切なのだ。フランが子を生すことができなければ、アントーニオはほかに愛人をむかえるだろう。

そんな日が来たとしても、王国に対する人質の役割を持つ自分だ。モレッティへ帰ることを許される可能性は低い。

しかし、アントーニオの愛人が彼の子を宿《やど》し、ほほえみを浮かべる隣で、みじめったらしく彼の妻として振る舞うなどフランの自尊心が許さない。そんな未来は耐えがたかった。ゆえに、フランは二年という期限をつけることにしたのだ。

フランの胸には、闘争心が強くわき上がっていた。

「……よかろう。だがその前に、あなたが私のもとから離れるなどとくだらぬことを考えられないようにしてやろう。いずれ、私を恋しがって、泣くことになる」

アントーニオは、薄い唇をにやりとゆがませてフランに迫る。

フランがあっと思った瞬間には、既に唇が塞《ふさ》がれていた。

「……ん、う」

熱く、ぬるりとしたものが口内に侵入してくる。逃《のが》れようと首をそらしたが、大きな手のひらで後頭部をつかまれ、叶わない。強く舌を吸われ、頭が次第《しだい》にぼうっとしてくる。

唇が離れた瞬間、息苦しさに涙のにじむ瞳でフランはアントーニオをにらんだ。

面白いとでも言いたげに、細められた青色の瞳がフランを見つめ返す。

彼の手が胸元を押し開き、素肌に触《ふ》れる。

「……っあ」

胸の頂《いただき》をつままれ、全身にびりびりと快楽が走った。

「ふ……」

アントーニオの唇が笑《え》みを作る。そのまま、口づけが再開された。

（悔しい、悔しい、悔しいっ！）

たやすく彼の手管《てくだ》に陥落《かんらく》してしまう自分の体がいとわしい。体の奥は炎が宿ったかのように熱くなり、じりじりとフランの身を焦《こ》がしていく。

「っふ、あ……、あぁ、……ん」

容赦《ようしゃ》なく胸を揉《も》まれ、フランの体から力が抜けていく。

（……立っていられないっ！）

足の力が抜けて崩《くず》れ落ちそうになったフランを、力強い腕が支えた。ふわりと浮き上がるような感覚がして、気づけばフランは抱き上げられていた。

「……婚儀は明日のはずだ」

愛撫《あいぶ》の手が止んだことで冷静さを取り戻したフランは、せめてもの抵抗を口にする。

「形式的には。……今夜だろうと明日だろうと、することはさして変わらぬだろう？」

そう言って、アントーニオは嘲《あざけ》るように笑う。フランは、快楽に潤《うる》む琥珀色《こはくいろ》の瞳からできるだけ感情を消し去ることを心がけながら口を開く。

「これは取り引きだ。約束には信頼が重要なのではないか？　婚儀の前夜に花嫁に手を出すのは、いかがなものかと思うがな」

ふたりの間に見えない火花が散る。

しばらく無言で見つめ合い——折れたのは、アントーニオだった。

「明日が楽しみだ」

アントーニオはゆっくりとフランを床に立たせた。

そのまま部屋を出るアントーニオの背を見送って、フランは大きなため息をつく。

さしあたっての危機は回避でき、安堵《あんど》する。だが、アントーニオによってかきたてられた情欲は、簡単にはおさまってくれそうにない。フランが本当に平静を取り戻すには、もうすこし時間が必要だった。

部屋のソファーに腰かけて気持ちを落ち着かせていると、控《ひか》えめなノックの音が響いた。フランは背筋を伸ばし、凛《りん》とした声で応答する。

「どうぞ」

「領主様……」

不安そうな顔の娘が、扉を開けて姿を現した。真新しいお仕着《しき》せに身を包《つつ》んだ彼女は、フランが唯一オルランド王国から伴《ともな》うことを許された侍女、エルサだ。長く城に勤める侍女ではなく、一番若く経験の浅い侍女のみをというのが、フェデーレ公国の条件である。モレッティの領民であるエルサは、侍女見習いとして城に上がったばかりだった。

「大丈夫だ。私の部屋は?」

「こっちです。荷はぜんぶほどいて片付けました」

侍女としての振《ふ》る舞《ま》いがまだ身についていないエルサに、口のききかたを指導しなければならないと感じたが、いまはそんな気力も起こらない。

あまりに疲れた様子のフランにエルサは顔を曇らせた。

「お疲れみたいですね。すこし休んだらどうですか？」

「そうだな……」

自室へ行くと、フランはエルサの勧《すす》めに従って夕食もとらずに眠りについた。眠れないかもしれないと心配していたが、フランは自分で思っていたよりも図太《ずぶと》い神経の持ち主《ぬし》だったようだ。たっぷりと睡眠をとり、翌朝にはすっきりした気持ちで目覚めた。

ちょうど、エルサが控えの間から現れて、カーテンを開けて朝の陽ざしを取りこんでいた。そのとき、部屋の扉の向こうから声がかけられる。

「おはようございます」

エルサがあわてて扉を開けると、見覚えのある女性が戸口に立っていた。フランはぼんやりとした記憶を探《さぐ》って、なんとか名前を思い出した。

「えっと……リーザ、だったか？」

囚《とら》われていたドナーティ城で見かけた侍女がすました顔でうなずく。

「フランチェスカ様の侍女を申しつけられました。どうぞ、よろしくお願いいたします。さっそくですが、手伝いの者を招き入れてもよろしいでしょうか？」

「ああ」

フランはうなずいた。婚儀で身につける衣装は、自分とエルサだけで着られるような代物ではない。髪の毛を結《ゆ》い上げるのにも、多くの人の手を借りなければならないだろう。

リーザは侍女を数人招き入れると、チェストにしまわれていた婚礼衣装を取り出した。その間も侍女たちが動いて、フランを寝台から移動させる。彼女たちに無駄な動きはひとつもなかった。

年若いエルサは、完全にリーザたちの迫力に気圧《けお》され、部屋のすみでぼうっと突っ立っている。

そう時間がかからず、若緑色のベルベットで作られた婚礼衣装を着せつけられる。

金糸や銀糸を用いてふんだんに刺繍《ししゅう》が施《ほどこ》されたドレスは、とても高価そうだ。普通のドレスに比べればかなり重いが、フランが日頃身に着けていた甲冑《かっちゅう》よりは軽い。

フランは体を鍛《きた》えていたことを感謝しつつ、用意されたかかとの高い靴に足を滑らせた。

「こちらへおかけください」

リーザが示した椅子に腰を下ろし、フランは大きく息を吐いた。

ドレスを身にまとうだけでも、日頃の身支度《みじたく》にくらべて相当時間がかかっている。だが、鏡の前で待ちかまえている侍女たちは、先ほどよりも力の入った様子だ。彼女たちにしてみると、これからが本番なのだろう。

世の女性はこれほどの苦行に耐えているのかと、フランは尊敬の念を新たにした。

普段は最低限の手入れしかしていない髪が、丁寧にブラッシングされる。つややかな光を放《はな》つようになった髪をゆるく結《ゆ》われ、小さな花を集めて作られた花冠がかぶせられた。同時に、顔に念入りに化粧《けしょう》が施され、フランの準備はようやくととのった。

リーザが侍女のひとりを使いに出すと、程なくしてアントーニオが現れた。彼は、豪華な刺繍が施された上着を羽織《はお》り、上着よりもさらに豪奢《ごうしゃ》な黒色のマントをつけている。黒将軍という呼び名にふさわしい格好《かっこう》だ。

フランは差し出されたアントーニオの手をとり、礼拝堂へ向かった。道中、慣れない靴によろめくと、すかさずアントーニオに支えられる。フランは自力で歩くことを早々に諦《あきら》め、彼の助けに甘えることにした。

彼が止まったのは、古く大きな扉の前。

そこに控《ひか》えていた者が、扉を開けてもいいかとアントーニオにうかがいを立てた。

彼のうなずきのあと扉が開き、その先が見える。祭壇《さいだん》があり、昨日顔を合わせた大公と親族が、アントーニオとフランの入場を待っていた。

婚姻の儀が目前に迫り、フランは緊張で干上《ひあ》がった喉《のど》をごくりと鳴らしてつばを呑みこんだ。

緊張で震《ふる》える自分を、アントーニオの手が力強く支えながら歩く。

祭壇まで進むと、司祭の祝福を受け、婚姻証明書に署名した。——これで、婚姻が成立した。

「フランチェスカ……。いや、フランと呼ばせてもらう。フラン……、今から私の妻だ。存分に役目を果《は》たしてもらおう」

アントーニオに熱っぽく囁《ささや》かれ、フランは緊張から冷めた。彼を見返し、忠告する。

「——約束を忘れるな」

アントーニオの口づけを受けながら、フランはどこかひとごとのように感じていた。

すると、突然彼に抱き上げられる。

「あっ……」

フランは声を上げ、すこし体をばたつかせる。アントーニオは腕に力をこめてそれを制した。

「契約はかわされた。今度はあなたが約束を守る番だろう？」

見上げたアントーニオの瞳は、獲物《えもの》を目前にした獰猛《どうもう》な獅子《しし》の瞳を思わせる鋭《するど》い光を放《はな》っている。確かに、フランは彼と取り引きをした。もう、アントーニオを拒否することは許されない。

「……わかっている」

フランは仕方なく両腕をアントーニオの首に回し、上半身をあずけた。

親族と従者たちから感情のこもらない祝福の声を受けながら、フランはアントーニオに抱きかかえられて祭壇をあとにする。そして、そのまま彼の寝室に連れこまれた。

公国の慣例らしく、アントーニオは花嫁を腕に抱いて寝室に入る。そこは、初夜のために飾りつけられていた。

堂々と足を進める彼とは対照的に、フランは恥ずかしさに頬を真っ赤に染める。耐えきれなくなったフランはアントーニオの胸に顔を埋《うず》めた。

寝室に控《ひか》えていた侍女たちが、いっせいに頭を下げる。

「おめでとうございます。殿下、妃殿下」

「ありがとう。下がっていい」

アントーニオがフランを下ろして床に立たせながら言う。侍女たちはすばやく、燭台《しょくだい》に火をともして部屋を辞去した。

寝室に、フランはアントーニオとふたりきりだ。

(こんなとき、どうすればいいのだ?)

どう振《ふ》る舞《ま》えばいいのかわからず、フランは立ちすくんだ。その間に、アントーニオはマントを脱《ぬ》ぎ、くつろぎはじめる。シャツと下穿《したば》き一枚になったアントーニオは、寝台に腰を下ろしてフランの様子を楽しそうに眺《なが》めた。

「どう……すればいい?」

初夜の作法を知らないフランは、恥を忍《しの》んで口を開く。

「あなたの覚悟が本物であるならば、自ら差し出せばいい」

不敵《ふてき》な笑《え》みを浮かべるアントーニオは、フランが進んで抱かれることを求めた。フランは耳まで赤くなる。だが、彼から動く気がないと悟《さと》ったフランは、覚悟を決めた。

緊張のあまりぎこちない手をなんとか動かし、身につけているものを脱《ぬ》いでいく。まず、花冠をはずして、テーブルの上に置いた。かかとの高い靴を脱げば、すこしずつ勢いづいてくる。

彼と視線を合わさず、フランはゆっくりとドレスの紐《ひも》を解いた。着るときは時間がかかったドレスだが、脱ぐのは思いのほか簡単だった。

若緑色のドレスがぱさりと床の上に落ちる。シュミーズだけの姿になったフランは、アントーニオの視線を痛いほど感じながらゆっくりと寝台に向かって踏み出した。白い肌が上気し、体までほんのりと色づいている。

(生娘《きむすめ》でもあるまいに……)

フランは自分の鼓動《こどう》がうるさいほど脈打つのを感じながら、一歩、また一歩とアントーニオに近づく。そして、彼が差し出した手に、自らの手を重ねる。

次の瞬間、フランはアントーニオに引き寄せられ、抱きしめられていた。

「……う、……ん」

フランの唇がアントーニオに塞《ふさ》がれる。いつの間にかキスに応えることを知った体は、差しこまれた舌に自らの舌を絡《から》めた。歯列《しれつ》をなぞられ、快感がぞくぞくとフランの背筋を駆《か》け抜ける。

(きもち、いい……)

フランは片手をアントーニオの胸に置いた。彼の厚い胸板の感触が伝わってくる。鍛《きた》えられた硬い筋肉の下で脈打つ鼓動が、自分のそれと同じく速いことに驚いた。

そのとき、大きな手がフランの臀部《でんぶ》をつかんだ。

「……んっ」

甘ったるい声が飛び出しかけ、フランは手の甲を口に当てて嬌声《きょうせい》を噛《か》み殺した。

フランの我慢《がまん》に気づいたアントーニオは、口を塞《ふさ》ぐフランの手をつかんで、もう片方の手と一緒に彼の手でまとめてしまう。また唇を合わされ、熱い口づけを施《ほどこ》される。

「あぁぁっ……んっ……！　っはぁ……あぁっ……」

封を失った口から、絶《た》えず甘い声が漏《も》れる。彼と触《ふ》れるたびに生まれる心地好さが、フランの意識を支配する。

（いや……。こんな声っ！　でも……気持ちがいい……）

唇を噛みしめて声を殺したくても、重ねられた唇と口内を蹂躙《じゅうりん》する舌がそれを許さない。声を出さないように必死になるうちに、彼の手が下着を剥《は》ぎ取っていた。

「ふあっ」

唇が離れたと思ったら胸の頂《いただき》を口に含まれる。それまでとは比べ物にならないほど強いしびれが全身に走った。フランはぐったりとアントーニオの体にしなだれかかる。

アントーニオは素早く体勢を入れかえて、フランを寝台に組《く》み敷《し》いた。

「声を殺すな」

アントーニオは耳元で囁《ささや》くと、フランの耳朶《じだ》を食《は》む。

「あぁっ……」

また強い快感に襲《おそ》われ、フランの手はシーツの上をさまよう。気がつくとつかまれていた腕が自由になっていた。

アントーニオに触れられるたびに、フランの体は驚くほど敏感に反応する。

「ん……っは、あ……」

フランはこれまで感じたことのない快楽に、強く目をつぶった。涙が目尻ににじむ。

(どうして……？　もしかして……夫婦となったから？)

彼に囚《とら》われ、仲間の安全と引きかえに抱かれたときとはあまりに違っていて、戸惑《とまど》う。

涙でにじむ視界の向こうに、アントーニオの笑《え》みがあった。

「フラン……」

彼の声は低く、欲望にかすれている。その色気に胸がきゅうっと締《し》めつけられた。

「あ……あ……」

頬、首筋、胸元にと、口づけがとめどなく降り注《そそ》ぐ。

その間もアントーニオの手は休むことなくフランの肌を愛撫《あいぶ》する。すこし汗ばんだ男の硬い手が、フランの白い肌をゆっくりとたどる。

「や、っもぉ……」

あまりに強い快楽に、頭がくらくらした。

フランは首を振り、必死に快感を逃がそうとする。しかし、それはまったく効果がない。むしろ波打つ髪が肩に触《ふ》れ、さざ波のような快感がわきおこる。

「やあぁ……っ！　んっ……こわいぃ……っ」

フランは未知の感覚に涙を流してしまった。

「あなたは……泣いてばかりだな。だが、感じすぎているだけで、なにも怖いことなどない」

苦い顔でアントーニオが言う。けれど、すぎた快感に翻弄《ほんろう》されるフランの耳には、届かない。

フランの状態を見て、彼は彼女を絶頂《ぜっちょう》に導《みちび》くために赤い草むらの奥の秘所《ひしょ》に手を伸ばした。

「っふぁあああぁん！」

軽くそこを撫《な》でられただけで、フランの脳裏《のうり》に白い火花が爆《は》ぜた。彼女は絶頂をむかえ、意識を呑みこまれてしまう。

ぐったりと体を横たえ、フランは荒い呼吸を繰《く》り返した。

息がととのわぬうちに、アントーニオの無骨な指がフランの内部に埋められる。

「っは、あっ、……ああっ！」

くちゅくちゅと音を立てて指を動かされ、フランは更なる高みへ押し上げられた。無自覚にフランはアントーニオの指をひくひくと締《し》めつける。

「や……、っや……」

まともに息ができず、フランは体を震《ふる》わせた。そんな真っ赤に染まった裸身《らしん》が、アントーニオの欲望をこの上なく掻き立てる。

我慢《がまん》の限界に達したアントーニオは、猛《たけ》りきった己《おのれ》をフランに突き立て、一気に貫《つらぬ》く。

「つく、あまり締めつけるな」

挿《い》れた途端《とたん》に強く締めつけられてあやうく放出しそうになったアントーニオは、どうにか快楽の波をやり過ごして大きく息を吐く。フランの内部はあまり解《ほぐ》されていないにもかかわらず、さほど抵抗なく彼を受け入れていた。

「や……あ、しら……ないっ……」

熱い彼を内部で感じるフランは、快楽をやり過ごせずにアントーニオの肩にしがみつく。

「今度は私の番だ」

余裕《よゆう》を取り戻したアントーニオは、柔《やわ》らかい笑《え》みを浮かべ大きく腰を動かした。薄闇に包《つつ》まれた室内に肌と肌とがぶつかる音が響く。それにまじって、淫猥《いんわい》な蜜《みつ》が水音を立てる。

「あ……あぁ」

「フラン、……ふら……ん……！　くっ」

すぐに限界をむかえた男がうめき声を漏《も》らす。

「やぁぁあああぁっ……！」

同時に達したフランにきゅうっと締《し》めつけられ、常ならば放出を終え勢いを失うはずの彼の猛《たけ》りは、すぐに勢いを取り戻す。

欲望を抜き去ることなく、ふたたびアントーニオはフランの柔らかな蜜壷《みつつぼ》に溺《おぼ》れていった。

九　対立

フランが目覚めたとき、すでに日は高く昇《のぼ》っていた。情事《じょうじ》を終えて隣で眠っていたはずのアントーニオの姿はない。

ひとの気配が近づいてくるのを感じ、フランは掛布を引き寄せた。申し訳程度にしかならないが、裸の体を覆《おお》う。

「お目覚めでしょうか？」

視線を送ると、フランの侍女としてつけられたリーザが部屋の入口に立っていた。そのうしろには、エルサが朝食の載ったトレイを持って控《ひか》えている。

薄い布のとばりが下ろされた寝台の中から、部屋の様子は意外とよく見える。だが、寝台の外からは中の様子はおぼろげにしかわからないはずだ。

「起きている」

「失礼します」

エルサは寝台に近づくと、とばりをかき分けて水差しを差し出した。フランはありがたくそれを受け取って、さっそく喉《のど》を潤《うるお》した。

「……殿下は？」

「政務に向かわれました」

とばりの中から尋《たず》ねたフランは、リーザの答えに失望を隠せなかった。

「……そう」

（なにも言わずに彼が寝台からいなくなっていたくらいで、どうして私はがっかりしているのだろう？　所詮《しょせん》、かりそめの婚姻なのに……）

フランは自らの心に戸惑《とまど》いながら、リーザとエルサにドレスに着替えさせてもらう。時間をかけて身なりをととのえ食事を済ませても、すべきことはない。フランは暇《ひま》を持て余していた。

「妃殿下。ロザリンダ様がお会いしたいと……」

部屋でぼんやりとするフランに、エルサが使いの伝言を申し訳なさそうに伝えてくる。

自分に好意的ではないアントーニオの妹——ロザリンダの意図はわからないが、拒《こば》む理由もない。

「わかった。姫はこちらにいらっしゃるのか？」

「はい」

エルサがもてなしの準備をするために下がると、フランは大きなため息を漏《も》らす。

（さて、なにを言われることやら）

フランは飾り棚の上に置かれた一輪の赤い薔薇《ばら》を見つめた。

やがて、見覚えのある背の高い女性が侍女に先導されて現れる。

（昨日はあまり似ていないと思ったけど……雰囲気は似ているのか）

改めてロザリンダを近くで見ると、髪と瞳の色こそまったく違うものの、その身にまとう雰囲気は、彼を思わせるものがあった。

ロザリンダはつかつかと足音を響かせ、フランに近づく。

感情のこもらない灰色の目に見つめられ、フランはたじろいだ。捕《と》らえられたときに

アントーニオに見つめられた心地を思い出す。

「オルランド王国がどんな女をよこすかと思えば……。多少はととのった容姿のようだ

けど、上《うわ》っ面《つら》だけなのね」

失望のため息とともに告げられた言葉に、フランの頭にかっと血が上《のぼ》る。

（上っ面とはなんだ？　なにもできない女だと？）

フランは思わず言い返していた。

「そう見えるのかもしれませんが、まともに挨拶《あいさつ》もできぬ公女よりはましかと」

「なっ……」

ロザリンダは顔を真っ赤にして口ごもる。

「ロザリンダ様、そのくらいにしておきませんと、お義姉様《ねえさま》に嫌われますよ？」

突如《とつじょ》として響いた艶《つや》やかな声に、フランは目を瞠《みは》った。

ロザリンダの陰《かげ》から女性が姿を現す。彼女のハシバミ色の瞳と、フランの視線がまじ

わった。左目の下にある泣き黒子《ぼくろ》が印象的だ。豊かな栗色の髪をゆったりとなびかせた

女性は、ロザリンダの背後から進み出ると、フランの前で淑女の見本のような美しい礼

をとる。彼女から声をかけてこないところを見る限り、王族ではない、有力貴族の令嬢《れいじょう》といったところだろう。

「失礼ながら、どなただろうか？」

仕方なくフランは誰何《すいか》する。

「カミーラ・ファリオーリ様よ。お兄様の婚約者だったひと」

ロザリンダがフランの声に答えた。

（やっぱり……）

一国の公子ともなれば、婚約者くらいいるだろうとは、フランも考えていた。けれどその女性を前にして、なぜかフランは動揺《どうよう》してしまう。

「改めまして、カミーラ・ファリオーリと申します。トニオ様とは幼少の頃より、仲よくさせていただいております」

「フランチェスカ・モレッティだ。オルランド王国から参った」

フランは動揺を押し隠し、カミーラの挨拶《あいさつ》に答える。

「トニオ兄様とカミーラ様は幼い頃からご一緒に過ごされてきたのよ。私もよく、おふたりに遊んでいただいたものだわ……」

当時を懐《なつ》かしむように、ロザリンダの目が細められる。カミーラが柔《やわ》らかい笑《え》みを浮かべ、それに応じた。

「そうですわね……。そんなこともございましたね」

「ええ、かくれんぼをしていて見つけたお兄様たちがキスしていたのを今でも覚えていますのよ」

ロザリンダの言葉はフランを傷つけようと発せられたものだろう。自信に満ちた笑顔で語られ、彼女の思惑《おもわく》通り、フランの胸はずきりと痛んだ。

控《ひか》えめながらも、カミーラもまたロザリンダの意思に従っているのは、間違いない。

カミーラのハシバミ色の瞳が細まり、やや大きめの唇が弧《こ》を描《えが》く。彼女は、フランにはない色香《いろか》を放《はな》っている。左目の下の黒子《ほくろ》が色香を強調し、大きく胸元の開いたドレスからは豊満《ほうまん》な膨《ふく》らみが顔を覗《のぞ》かせていた。

（どうやっても、こんなに美しいひとに敵《かな》いっこない……。いや、私は自分の立場を守れれば……）

フランはうつむいてしまいそうになる自分を叱咤《しった》して、公子の妻として恥ずかしくない態度を取るよう言い聞かせた。

「トニオと仲がよいのですね。ぜひ、私とも仲よくしてくださると嬉しい」

フランは精一杯の虚勢《きょせい》を張って、なんとか笑顔を作る。

「あら……」

ロザリンダとカミーラは顔を見合わせ、含み笑いをした。

フランは表情を険《けわ》しくする。さすがに、こうも敵意をあらわにされると気分が悪い。

「ならばお茶会でも開いていただこうかしら。宮廷の皆が、あなたのことを知りたがっているの」

ロザリンダは笑《え》みを浮かべているが、その目は笑っていない。フランを冷静に観察している。

（なるほど……。これが女の戦い方というものか）

剣を振り回す騎士とは大きく違う世界に、フランはなじめる気がしなかった。

「承知しました。ロザリンダ姫に手伝っていただけるのであれば、きっとうまくいくでしょう。ですが、お茶会を開くかどうかはトニオの意見を聞いてからにします」

「ふふふ……よろしいわ」

フランに協力させられる形となったロザリンダは、一瞬悔しそうな表情になる。しかし、すぐにそれを消し、カミーラに声をかけた。

「カミーラ様、参りましょう」

「はい」

なにか言いたげな表情をしているカミーラを率《ひき》いて、ロザリンダはすっと立ち上がった。そのままフランに一礼すると、美しい立ち姿で風のように去っていく。

ふたりの気配が完全になくなるまで待ってから、フランは椅子の背に体をあずけた。

アントーニオの許嫁《いいなずけ》であったカミーラがとても美しく大人しそうな、自分とは正反対とも言うべき女性であったことに、フランは衝撃《しょうげき》を受けていた。

（トニオとかわした取り引きなど忘れて、いますぐ国に戻りたい。……なんて、許されるはずもないな。しっかりしろ、フランチェスカ！）

フランは歯を食いしばり、己《おのれ》の心を奮《ふる》い起こした。

§

フランが眠る準備をととのえて寝台に入ろうとした頃、アントーニオは部屋に現れた。

「私を待たずに眠るつもりだったのか？」

寝間着《ねまき》に着替えたフランをあっさりと寝台に押し倒し、彼はからかうような笑みを浮かべる。

「いや、そういうわけではないが……」

フランは瞬きすることなく、燭台《しょくだい》の明かりに照らされた端整《たんせい》な顔を見つめる。アントーニオの青い瞳には、紛《まぎ》れもない欲望が浮かんでいた。

(かつてこの男が求めていたのはカミーラ様だったのかもしれない。だが、いまこのとき求めているのは私だろう？　トニオの妃《きさき》は、私だ)

「たとえその気だったとしても、だまって眠らせてやるつもりはないがな」

にやりと口の端《はし》をゆがめて笑うと、アントーニオはフランの寝間着《ねまき》を脱《ぬ》がせはじめる。

「っふ、あ……」

体はたやすく昨夜の熱を思い出す。彼の執拗《しつよう》さは、もういやというほど思い知っていた。

「はあっ……」

深い口づけを施《ほどこ》され、すぐに息が上がっていく。

「フラン……。今日はなにをしていた？」

「べつになにもっ……あぁっ……」

ロザリンダとカミーラが訪ねてきたことを話すか一瞬迷ったが、アントーニオを煩《わずら》わせるほどのことでもないとフランは思い直した。

口を開けたところで胸の先を口に含まれ、答えは言葉にならない。

「ふ……、可愛らしいことだ」

蕾《つぼみ》を口に含んだまま、アントーニオが笑った。

「っやあ……」

彼の吐息《といき》で胸の先が疼《うず》き、生まれた熱が下腹にジンと溜まっていく。首を振り、髪を乱して、フランは快楽を逃《に》がそうと抗《あらが》った。

「また拒《こば》もうとする……私から逃《のが》れられると思っているのか？」

そう言いながら、アントーニオは唇を下腹部に向かって滑らせていく。問いかけの形を取っているが、答えを期待している様子はない。

「ああっ……！」

いきなり核心に温かい唇で触《ふ》れられて、フランは甲高い声を漏《も》らす。艶《つや》やかな赤毛の茂《しげ》みに覆《おお》われた花は蜜《みつ》をたたえ、彼を待ち望んでいた。

「や……あ、だめぇっ……」

初めて味わう愛撫《あいぶ》に、フランの唇から拒絶の言葉が口を突いて出る。

「駄目なものか」

「ふあっ、やだぁ……あ」

目じりに涙をにじませて、フランは襲《おそ》いくる快楽の波に抵抗する。けれど次に来るであろう高みを知ってしまった体は、彼の愛撫に素直に応えていた。鍛《きた》えられたしなやか

なフランの裸身《らしん》がのけぞり、頂点へ向かって駆《か》け出していく。

「フラン……、綺麗だ」

「あぁぁッ！」

その言葉が引き金となり、高められた体が弾ける。乱れた息をととのえながら、涙を浮かべた目でフランはあふれる快感に耐えた。

「すこしはこういうことに慣れたか？」

笑いを含んだ声で問われ、フランはうろたえる。

「なにをっ！」

にらみつけようとアントーニオに顔を向けると、彼は目を細めて愛《いと》しそうに自分を見つめていた。

「……っ」

フランは言葉を失う。

（どうしてそんな顔で私を見るのだ？）

思わず顔を伏せ視線をそらしたフランに、アントーニオは愛撫《あいぶ》を再開する。

（お前は……いつもこのように女性を抱くのか？）

カミーラを抱く彼の姿を想像して、フランはそう問いただしてしまいそうになる。

（……どうしてこんなことを考えてしまうんだ、私は！）

自分がカミーラに感じているものが嫉妬《しっと》だと気づき、フランはぞっとする。この感情が示すことを知りたくなくて、フランは思考を放棄《ほうき》した。

「さあ、私にもっとあなたを味わわせてくれ」

「っあああッ」

アントーニオはつぷりと指をフランの蜜壷《みつつぼ》に差し入れた。彼は探《さぐ》るようにゆっくりと指を動かす。部屋の中に淫靡《いんび》な水音が響いた。

フランの体は一気に熱を取り戻す。

「っふ、は……あ……」

彼の指が動くたび、フランの口から熱い吐息《といき》がこぼれる。アントーニオは指の数を増やし、くすぐるように内部で指を動かした。

「ああんっ……」

フランは涙をこぼしながら、首を振って快感をこらえる。

アントーニオはにやりと口をゆがませた。

「フラン、やめるか？」

「っや、だめぇ……！」

フランの羞恥心《しゅうち》は欲望の前に打ち砕《くだ》かれた。なにも考えられず、感じるままに彼を求めてしまう。

「だったら、私も気持ちよくしてくれ」

言われるままに、差し出された彼の熱くなった欲望に触《ふ》れる。ためらいつつ握《にぎ》ると、張りつめた先端から先走りの露《つゆ》があふれ出す。

「そうだ……、もっと強く」

気持ちよさそうなアントーニオの声に促《うなが》されて、フランは夢中で両手を動かした。

「っふ、上手だ」

耳元に熱い吐息が吹きかけられる。どろどろに蕩《とろ》けた部分が、彼を待ち望んでうごめいた。

「っも、ほしっ……」

フランは我慢《がまん》できずに腰をくねらせた。

アントーニオは彼女の望みをかなえるべく動く。蜜口に反《そ》り返った欲望をあてがうと、焦《じ》れったいほどゆっくりと内部へ侵入させた。

「……ぁああ」

ようやく待ち望んだ熱を与えられ、フランは甘い響きをはらんだため息をこぼした。

その赤い髪に負けぬほど、全身は真っ赤に染まっている。

アントーニオはその色香《いろか》に息を呑んだ。

「フラン、優しくしようと思っていたが……できそうにない」

ぴったりとアントーニオを包《つつ》みうごめく内部に、彼は腰を激しく動かした。

「っふあああぁんっ」

最奥を突かれたフランはそのまま果てまで導《みちび》かれる。

「いいぞ、もっと啼《な》け」

ぐったりと力を失ったフランを抱《かか》え直し、アントーニオは律動《りつどう》を再開させた。

「ゃあ、まだッ！」

達したばかりで敏感になっているフランにかまわず、アントーニオは動き続ける。そのまま何度も絶頂《ぜっちょう》を与えられ、フランは一晩中、息も絶《た》え絶《だ》えに喘《あえ》ぐこととなった。

フランは全身の痛みに目を覚ます。騎士として鍛《きた》えられた体が、鈍《にぶ》い痛みを訴《うった》えていた。

(どうしたんだっけ……？)

「あ……」

昨夜の痴態《ちたい》が次々とフランの脳裏《のうり》によみがえる。暁《あかつき》の光が窓から差しこみ、隣で眠る男の裸身《らしん》を浮かび上がらせた。

（美しい……な）

自分とはまったく異なる男性らしい体つき。鍛えられた筋肉は無駄なく骨格を覆《おお》っている。

それは、どれほど望もうと、己《おのれ》は決して得ることができないものだ。侯爵位を継いだばかりの頃は、自分の性を疎《うと》んだこともあった。

けれど、アントーニオに抱かれて知った己の体は、疎ましいばかりではなかった。この美しい男に抱かれて、信じられないほどの快楽を知った。

（まさか……この男だから、あんなに乱れてしまったのだろうか？）

アントーニオの寝顔を見つめていると、彼のまつ毛が長いことに気づく。

（こうしていると、こんな男でも可愛く見える気がするな）

フランは無意識のうちに笑《え》みを浮かべていた。胸の内に温かく、しかし苦しい思いがわきあがる。

（どうして、私はこの男のことがこんなに気になるんだろう？）

カミーラのような美しい女性ではなく、自分みたいな女性としての魅力《みりょく》に欠ける女と婚姻を結んだ理由が気になって仕方がない。政略のためだと言われればその通りだが、ふと彼が見せる情熱に、それだけが理由ではないと勘違《かんちが》いしてしまいそうになる。

（思わせぶりなことばかり言う、こいつがいけない）

フランは安らかな顔で眠る男の顔をにらみつける。

しかし、無意識のうちにその表情はゆるんでいた――

十　公子妃の気晴らし

婚姻を結んでからというもの、フランは毎晩のようにアントーニオに抱かれていた。激しく執拗《しつよう》な行為に、愛されているのではないかと勘違いしそうになる。しかし、抱かれたまま気を失うようにして眠りに落ち朝をむかえると、寝台の上にはフランひとりだ。そのたびにこぼれそうになるため息を、フランは噛《か》み殺す。

今朝も目を覚ますとひとりだった。寝台の脇に置かれた薔薇《ばら》が朝日に光っている。

薔薇を手に取り花の香りを吸いこむと、すこしは元気が出る気がする。勢いをつけて立ち上がり、フランはエルサを呼んで、手伝ってもらいながらダブレットに袖《そで》を通した。

リーザの指導を受け、すこし侍女らしくなったエルサが心配そうに口をとがらせる。

「フランチェスカ様。こんなに部屋を抜け出して、大丈夫なんですか？」

「どうせ私には仕事などないから、大丈夫だ」

フランにあてがわれた公子妃としての仕事は、なきに等しい。時折訪れる客人にアントーニオの妻として紹介されるくらいで、領地を管理する仕事もなければ、城下の見回りも必要ない。

あまりに退屈で、フランはアントーニオの部下にまぎれ、兵士として働くことを思いついた。なまった体を動かすのにもちょうどいいし、自分の性に合っている。一日中部屋に閉じこもって過ごすことなど、フランには耐えがたかった。

その気になったフランは、騎士服の着替えをリーザに頼みこんで用意してもらった。最初は彼女も呆《あき》れて文句をこぼしたが、フランの懇願《こんがん》に結局はしぶしぶうなずいた。

「アントーニオ様にはお知らせしないのですか？」

「別に問題はないだろう？　夜にはきちんと妃《きさき》としての務《つと》めを果《は》たしているのだから……」

「そうですが……」

騎士として体を動かすことがフランの心の平穏に繋《つな》がると気づいたリーザは、それ以上何も言わなかった。いまではフランの行動を黙認している。

政務で忙しいアントーニオが昼間フランを訪れることはなく、なにかあればエルサが知らせてくれることになっている。

こうして侍女の協力を得て、昼間フランが部屋を抜け出して兵舎に入り浸っていることは、アントーニオには秘密にされていた。

「私はモレッティ侯爵に仕《つか》える騎士だ。ここで一緒に鍛錬《たんれん》させてもらえないだろうか？」

フランは、オルランド王国から来たアントーニオの妃《きさき》本人だということはもちろん隠し、妃に仕える騎士と名乗った。兵士たちは最初、フランを遠巻きに眺《なが》めていた。しかし、まじめに鍛錬をこなす姿とフランの腕が優《すぐ》れていることを見て取った彼らは、すぐにフランを受け入れた。

もともと、フェデーレの兵の多くが金で雇われる傭兵《ようへい》だ。フランが女性であることは、戦場で信じるに足る腕の持ち主《ぬし》であれば、かまわないらしかった。

今日も兵舎に向かうと、顔なじみになったカルロという青年が、石弓を手にフランに声をかけてきた。傭兵出身ではなく志願して兵となったフェデーレの青年は、経験が浅く、戦いに慣れていない。彼はフランの腕を見こんで、たびたび武術の指導を請うてきた。

「おーい、フラン。今日は弓術を見てくれないか？」

「ああ、かまわない」

「ありがとう。どうしても的《まと》の上にばかり逸れてしまうんだ」

フランが得意とするのは長弓で、石弓と長弓では多少勝手が異なる。だが、かまえ方やコツなどはそれほど変わらない。練習用の的に向かうカルロに、フランはできる限りの助言をする。

カルロの髪は、甥《おい》のマウロに似た赤い癖毛だ。彼を見るたびにフランの胸には郷愁《きょうしゅう》がこみ上げる。

「ほんのすこし左肩に力が入っているのかも」

フランは革の弓籠手《ゆごて》を左手につけ、腰に矢筒《やづつ》を下げていた。フランは矢筒から矢を引き抜くと、長弓につがえた。矢じりの先は、鋭《するど》くとがったよろい通しだ。

フランは狙《ねら》いをすませ、的に向かって矢を放《はな》った。矢はまっすぐ飛び、狙い通りの位置に突き刺さる。

「おおー！」

フランの指導を見ていた兵士たちから、歓声が上がった。

「おい、フラン。俺にも教えてくれ」

「わかった、順番だ」

フランはこうして体を動かしていると、本当の自分でいられる気がした。美しいドレスを身につけることも嫌いではないが、やはりこちらのほうが落ち着く。

フランの口角が上がり、自然と笑《え》みを形作った。

しばらく指導すると、カルロの腕もだいぶ安定してきた。素直なカルロはすぐにフランの指摘《してき》を呑みこんで腕を上げていく。あとは日々、鍛錬《たんれん》を積み重ねていけば、弓の名手と呼ばれる日もくるだろう。

フランは頃合いを見て、カルロに声をかける。

「弓もいいが、そろそろ剣の稽古《けいこ》をしたいな」

「そうだな」

相手を頼んで弓を片付けると、フランは愛用の剣を鞘《さや》から抜く。

フランは握《にぎ》りしめた剣の重みに、自分の心が凪《な》ぐのがわかった。

(やはり、私はこうしている方が落ち着く)

無心に体を動かし、剣を振る。兵士の多くは正式に剣術を学んでいるわけではないので、技術的にはフランの練習相手としては少々実力が不足している。しかし、体力や力はあるので、結局のところフランにとってはよい鍛錬となっていた。

急に周囲の兵士たちがざわつく。彼らの常にない様子に、フランは振り上げた剣を下ろした。

「……なんだ？」

「お偉方が視察に来ているらしい」

兵士の間で交わされる声に、フランはぎくりと体をこわばらせた。

「ちょっと急用を思い出した。今日はこれで失礼する」

フランは剣を鞘にしまうと、カルロに告げて立ち去ろうとする。けれどそのとき、目の前に大きな人影が立ち塞《ふさ》がった。一瞬、アントーニオに見つかったのかと思い、言い訳を考える。しかし、顔を上げるとすぐに違うとわかった。

「ラウロ様……」

フランは見覚えのある顔をぼうっと見つめる。

（どうしてこの人がここに？）

大公をそのまま若返らせたかのような容貌《ようぼう》のアントーニオの兄。

「面白い騎士がいると聞いてきた。手合わせ願えるだろうか？」

問いかけの形こそ取っているものの、それはほとんど強制だった。彼は青い瞳に冷たい光を宿《やど》してフランを見つめている。

（試されているのか……）

フランは不意に、ラウロに挑戦されているのだと確信する。どこで聞きつけてきたのか、ラウロはフランが兵舎に入り浸っていることを知り、様子を見にきたのだろう。

ひととなりを知るには、打ち合ってみるのがてっとり早い。ラウロのことを知るにはちょうどいい機会だと、フランは諦《あきら》めるしかなかった。

「……承知しました」

ラウロは当然だとばかりに無表情でうなずき、護衛の騎士を引き連れて鍛錬場《たんれんじょう》に無言で向かう。フランは黙《だま》ってあとに続いた。

「いくぞ」

ラウロが腰に差した剣をスラリと抜いた。気は進まなかったが、フランも仕方なく剣を抜いてかまえる。

ラウロは無言でフランに切りかかってきた。フランは鋭《するど》い切りこみを横に飛び退《の》いてかわすが、ラウロは突き出した剣の勢いを利用して、ふたたび切りかかる。

フランは剣を振り上げ、ラウロの剣をはじいた。

視界の端《はし》に、ラウロの口角がにやりと吊り上がるのが映る。

（ちっ、強いな……）

フランの腕ははじいた剣の重さにしびれを感じていた。軽く剣を交えただけでも、この男の強さは並みのものではないとわかる。

胃を押し上げそうな焦りを、フランは唇をぺろりと舐《な》めて落ち着ける。

（こうなれば短期で勝負を決めるしかない）

体力で劣《おと》るフランが勝つのは、受身の長期戦では不可能に近い。剣の柄《つか》をぎゅっと握《にぎ》りなおし、フランは切りこんだ。

「はっ！」

ラウロはその大柄な体躯《たいく》に似合わず、俊敏《しゅんびん》な動きでフランの剣を受け止めた。

フランはなかなか隙《すき》を見せない相手に内心で舌打ちしながらも、手足をすばやく動かして勝機をうかがう。一度うしろに下がると、すぐに打ちかかった。

ラウロはあわてた様子も見せずに、ふたたびフランの剣を受け止める。

打ちかかるたびにフランの呼吸が荒くなっていく。それでも、フランは攻撃の手を止めない。

（ここで引いても相手に隙を与えるだけだ）

いつしか周囲には、たくさんの兵士たちが集まっていた。なかなか決まらない勝負の行方《ゆくえ》を、周囲はそわそわと落ち着きなく見守っている。

「……ちっ」

フランが放《はな》った鋭《するど》い突きが、ラウロの服の端《はし》をかすめて切り裂く。

（踏みこみが浅かったか）

フランが続けて剣を振り上げようとした瞬間――

「そこまで！」

熱くなりすぎた勝負に、護衛の騎士が声を張り上げた。

向かい合っていたふたりは、騎士の声にゆっくりと腕を下ろし、剣の先を地面に向ける。ラウロは早々に剣をしまった。

額《ひたい》に汗を浮かべ、息の上がっているフランとは対照的に、ラウロは涼しい顔だ。彼は満足げな笑《え》みで、ほかの者には聞こえないほどの声で言う。

「なるほど……。トニオがあなたを選んだ理由がわかった」

フランは剣を鞘《さや》に戻し、呼吸を整えた。

「お義兄様《にいさま》はこれで満足ですか？」

「ああ、大いに満足した」

フランの皮肉を軽く笑い流して、ラウロが手を差し出す。フランもしぶしぶ手を差し出した。しかし、ラウロはフランの手をつかんだかと思うと、そのまますくい上げて手の甲にキスを落とした。

「きみが一族に加わることを歓迎しよう」

キスをしたまま上目遣《うわめづか》いでそう告げられたフランは、顔を真っ赤にして腕を引っこめた。騎士に対する挨拶《あいさつ》ではなく、貴婦人に対する挨拶を受けたフランは戸惑《とまど》い、うろたえる。

「からかわないでください！」

「からかってはない。トニオのことをよろしく頼むよ」

彼がにっこりと浮かべた笑みは、貴公子然としていた。フランがなにも言えずにいると、ラウロは騎士たちを率《ひき》いて歩き出す。

「すばらしい試合だった」

「すごかった」

騎士たちは、残されたフランに次々と声をかけて立ち去っていく。

現れたときとは打って変わって穏やかな雰囲気で立ち去るラウロを、フランは複雑な心境で見送った。

（これは……ラウロ殿下に認められたことになるのだろうか？）

遠巻きに見守っていた兵士たちが、ラウロが立ち去ったのを確認して近づく。

「フラン、すごいぞ！」

「殿下相手にやるなぁ」

フランは悔しさをにじませて首を横に振った。

「ぜんぜん敵《かな》わなかったぞ？」

実際、彼の剣の腕はかなりのものだ。フランの攻撃はすべていなされてしまったのだから。

フランは兵士たちの間を抜け、ベンチの上に荒々しく腰を下ろす。体は疲れを訴《うった》えていたが、心はすっきりとしている。

（戦場で敵として会いたくない人だが……悪いひとではなさそうだ）

心地よい風が吹き抜け、見上げた空はどこまでも晴れ渡っていた。

十一　嫉妬《しっと》

兵舎での訓練を終えて部屋に戻ったフランは、大公から晩餐《ばんさん》の招待を受けた。

（気は進まないが、行かなくてはまずいだろうな……）

フランはこれも公子妃の務《つと》めだと己《おのれ》に言い聞かせて、エルサに準備を言いつけた。

いままで着飾ることの少なかったフランは、どのようなドレスが場に適しているのかわからず思案に暮れる。結局、エルサとリーザに相談して、若草色のドレスを着ることにした。

「よくお似合いです」

フランの長い髪をひとまとめに結《ゆ》い終えたリーザは、緊張で顔をこわばらせているフランを見かねたのだろうか、珍しくほめ言葉を口にした。

「……ありがとう」

リーザの気遣《きづか》いは嬉しいものの、大公と顔を合わせると思うとフランの気分は沈む。初対面の印象がよくなかったことを思い出し、フランはため息をついた。

やがて、政務を終えたアントーニオが部屋に現れた。珍しく着飾っているフランに、アントーニオは目を瞠《みは》る。

「どうした？」

「お義父上《ちちうえ》が夕食に招待してくれたのだ」

アントーニオには連絡が行っていなかったのか。フランは首をかしげながら答える。

「そうか、たまには着飾って見せてくれ。とても美しい」

臆面《おくめん》もなくほめられ、フランは気恥ずかしくて頬を染めた。彼は愛《いと》しげにフランを見つめ、笑《え》みをこぼした。

「……そろそろ行かねばならないな」

アントーニオが腕を差し出す。フランは彼の腕に自分の腕を絡《から》め、大公のもとへ向かった。

大広間では、大公をはじめラウロ公子、ロザリンダ公女と大公一家が勢揃《せいぞろ》いしている。

フランたちが揃ったことで、夕食がはじまった。

ラウロとアントーニオに挟《はさ》まれて座ることになったフランは、緊張のあまりほとんど味がわからなかった。失礼がないように、ただ黙々と料理を口に運ぶ。

「フランチェスカよ。食事を楽しんでおられるか?」

不意にラウロに小声で話しかけられたフランは、びくりと体をこわばらせた。

「はい、とてもおいしいです」

「それはよかった」

ラウロはにっこりと笑みを浮かべる。

昼間、手の甲に口づけられたことを思い出して、フランはかすかに頬を染めた。

「昼間は邪魔《じゃま》してすまなかったね。また時間があれば手合わせ願えるか?」

ラウロほどの腕の持ち主《ぬし》と訓練とはいえ剣を交えるなど、なかなかできない経験だ。

願ってもないことだ、とフランは笑みを浮かべてうなずく。

「はい、よろしくお願いいたします」

フランはラウロと打ち合ってみて、彼の人柄がなんとなくわかったような気がしていた。なかなか隙《すき》を見せず、なにを考えているのかわかりにくいところはアントーニオと同じだが。

ロザリンダは、相変わらずフランに対する敵意を隠そうともしない。だが、ラウロが気さくに話しかけてくれるおかげで、気づまりだった夕食が楽しいものになる。

フランは、隣でアントーニオがかすかに眉をひそめていることに、気づかずにいた。

「ずいぶんと話が弾《はず》んでいたようだな」

夕食を終えて部屋へ戻ったフランを、アントーニオは寝台に押し倒した。すぐ近くに彼の顔が迫り、フランの鼓動《こどう》は跳《は》ね上がる。

「いつの間にラウロ兄上と仲よくなったのだ?」

「べつに……」

仲よくなったつもりはないが、ラウロが自分を認めてくれたのは確かだろうとフランは思っていた。しかし、昼間兵舎に入り浸っていることを、アントーニオに知られたくない。

だが、彼の瞳に見つめられていると、なにもかも話してしまいそうになる。

フランは彼の目から視線をそらした。その様子に、彼は声に苛立《いらだ》ちをにじませる。

「それほど私のことが嫌いか？　……たとえそうだとしても、あなたの体は私のものだ」

アントーニオは嘲笑《ちょうしょう》を浮かべると、フランのドレスに手をかけた。

「あっ……やめっ！」

アントーニオは乱暴な手つきでドレスを引き裂く。布が悲鳴《ひめい》のような音を寝室に響かせる。フランの抵抗をものともせずに、アントーニオは彼女の下着も荒々しい手つきではぎ取ってしまう。なにひとつまとわぬ姿で寝台の上にうつ伏せに転がったフランは、シーツを強く握《にぎ》りしめた。

「うあっ」

首筋に熱く、ぬるりとした感触がしたかと思うと、鈍《にぶ》い痛みが走る。フランの脳は彼に噛《か》みつかれたのだと数拍遅れて理解する。

アントーニオの唇が、フランの背筋をゆっくりと這《は》い下りた。時折強く吸いついて、白い肌に赤い欝血《うっけつ》の痕《あと》を残していく。

「あ……っんんっ……」

フランはそのたびに体を震《ふる》わせた。乱暴に扱われて腹を立ててもいいはずなのに、体は彼を受け入れてしまっている。

（どうして、こんな乱暴なことを？）

アントーニオの大きな手が、そっとフランのわき腹をなぞる。

「あぁっ！」

フランは背中をのけぞらせ、大きく体を震わせた。すかさず背後からアントーニオがフランの胸に手を伸ばす。いつもより荒々しい手つきで、胸を揉《も》みしだかれた。

「っく、っあぁ……」

胸の頂《いただき》にじんとしびれるような熱が生まれ、それが下腹部に集まっていく。彼の手荒い行動の理由を考える余裕《よゆう》は、既になくなっていた。

彼の足がフランの足を割り開く。

赤い茂《しげ》みは蜜《みつ》をたたえ、しとどに濡《ぬ》れそぼっていた。

「ずいぶんと濡れているな」

「いやぁ……」

フランは恥ずかしくて顔をシーツに埋《うず》める。彼の言葉もフランにぞくぞくと快感を与えてくる。

アントーニオは濡《ぬ》れた茂《しげ》みをかき分けて秘裂に指を這《は》わせた。

「ん……ぁああ」

全身に電気が走ったかのように、フランはびくびくとのたうつ。彼に与えられる感覚がフランを支配していく。

「あなたを抱いているのは誰だ？」

耳元に熱い吐息《といき》が吹きかけられる。フランは一瞬、なにを問われたのかわからなかった。すぐに答えられずにいると、彼は耳朶《じだ》に噛《か》みついた。

「んあぅっ！　……トニ、オっ、トニオ！」

たまらず叫ぶように彼の名を呼べば、ようやくフランの体を仰向《あおむ》けにして抱きしめてくる。

「そうだ……、私だッ！」

強い抱擁《ほうよう》のあと、彼は体を起こしてフランを見下ろした。その目には熱い欲情が満ちていて、それを見たフランはぞくりと愉悦《ゆえつ》に打たれる。

なめらかな裸身《らしん》を晒《さら》しているフランとは対照的に、アントーニオは襟元《えりもと》さえ寛《くつろ》げていない。かちゃりとベルトをはずし下肢《かし》の前をはだけて、彼はふたたびフランに覆《おお》いかぶさる。

天を突くようにそそり立つ欲望が、ゆっくりとフランの内部におさめられていく。

「あ……、ああっ……」

彼の圧倒的な質量に、フランから苦しげな息が漏《も》れる。

アントーニオは体を繋《つな》げながらフランの唇を奪《うば》った。二、三度唇に軽く噛みついたあと、口内に舌を侵入させる。

「っはぁ……っ、んん……」

口づけがもたらす甘い快感にフランが気を取られている間に、アントーニオは根元まで楔《くさび》をうずめた。

「フラン……」

アントーニオはうめくようにフランの名を呼ぶと、すぐに腰を動かす。浅く、深く突き入れられ、フランの体は燃え上がった。

それなのに、アントーニオは服を着たままで、肌を触《ふ》れ合わせようとしない。

足の間に感じる布の感触に、フランの胸が痛んだ。

(肌の熱を感じたい……などと言ったら、この男はどうするのだろう？)

それ以上考えたくなくて、フランは目をつぶった。

「……だれにも、渡さぬ」

フランの耳元で低く囁《ささや》き、アントーニオは激しく腰を突き動かす。

「っあああ!」

瞼《まぶた》の裏に火花が散る。フランは快楽の波間に放り出された。

「っく、……ああ」

アントーニオも果てをむかえていた。注《そそ》ぎこまれる熱が、フランにさらなる快感を与える。

「ん……、っふぁあん……っ! んっ……トニオ……」

さざ波のように体を震《ふる》わせ自分を呼ぶフランを見て、アントーニオはようやく満足そうに笑《え》みを浮かべた。彼は服をあっという間に脱《ぬ》ぎ、ふたたびフランに挑みかかる。

先ほどまでの性急な愛撫《あいぶ》とは違い、今度はゆっくりとフランの熱を高めていく。じれったいほどの優しい手つきで、敏感になったフランの肌に触《ふ》れる。

フランはなにも考えられなくなって、彼が与える熱に溺《おぼ》れた。

十二　出撃

フランはその日も兵舎に姿を現していた。

鍛錬《たんれん》に集中していると、兵士たちがそわそわしはじめたことに気づく。また殿下が視察に来たのかと思って近くの兵士に聞けば、出撃命令が下されたらしい。イニエスタ側の国境付近に、多くの兵が駐留《ちゅうりゅう》している姿が目撃され、フェデーレは兵を派遣することを決めたという。

（トニオにそんな様子はなかったが……）

アントーニオとは寝台をともにしているが、仕事の話などは一切しない。なにも知らされず、悩みを打ち明けられたこともないフランは、ふと考えてしまう。

（私たちの結婚は同盟を保《たも》つためのものなのだから、なにも話してくれないのはしかたがない……）

自分が彼にとって政略上の妻でしかないことを、フランは寂《さみ》しく感じていた。

事の真偽を確かめるため、アントーニオが仕事をしている執務室《しつむしつ》に向かう。先ぶれも出さずに、ノックの返事を待って執務室の扉を開けた。

「イニエスタに出兵するというのは本当か？　トニオも行くのか？」

急ぐあまり、騎士服を着たままであることを忘れ、フランはアントーニオを問い詰める。アントーニオはフランを見て片眉を上げた。椅子に座ったまま口を開く。

「本当だ。私も行く」

「ならば私もともに行く」

(アントーニオの妻として、この城で私にできることはなにもない。だが、彼に抱かれること以外にもできることがあるはずだ)

毅然《きぜん》とアントーニオを見つめて、フランは申し出る。

「ならぬ」

しかし、アントーニオはそれを一蹴《いっしゅう》した。

「なぜだ?」

フランはかっとしてアントーニオに迫る。

「あなたが昼間部屋を抜け出して兵舎に入り浸っていたことは知っている。あなたの腕が騎士の名にふさわしいものであることも。……だが、戦《いくさ》には連れていけぬ」

フランはそういえば騎士服のままだったと体を見下ろして気がついた。

(トニオは、知っていてなにも言わなかったのか……)

だが、同時に役に立たないと言われたようで、胸が苦しくなる。

「……わかった」

たとえアントーニオがフランの腕を認めていたとしても、戦に連れていくほど自分を信頼してはいないのだろう。なにも言えなくなったフランは、踵《きびす》を返した。

「あなたはなにもわかっておらぬ！」

彼は立ち上がりフランを追うと、背後から抱きしめる。驚いたフランは咄嗟《とっさ》にもがいた。

「っ！　なんだ？」

「あなたを危険にさらしたくないんだ。このまま閉じこめて、誰の目にも触《ふ》れぬようにしてしまいたい。あなたのことを信頼していないから、連れていかないわけではないと、わからないのか？」

耳元で囁《ささや》かれる押し殺したような声に、フランは動けなくなる。

「たとえあなたの腕がどれほどのものでも、戦場へは連れていきたくない。あなたを危険にさらしている状態では、戦えないんだ。……わかってくれ」

大切にしたいのだと言われているような気がして、抗《あらが》えない。フランは黙《だま》ったままうなずいた。

そのとき、昼間から仕事をする場所で抱きしめられていることに気づいたフランは、急に気恥ずかしくなる。顔を真っ赤に染め、アントーニオの体を押しやった。

予想に反して彼の腕はあっさりとほどかれる。

振り向いたフランはアントーニオの顔を見ることができなくてうつむいた。

「わかった。トニオの帰りを待っている」

「ああ……」

フランは今度こそ部屋を出ると、自分の部屋に向かって駆《か》け出した。侍女や従者たちが目を瞠《みは》っているが、かまっていられない。

フランは寝室に飛びこみ、寝台の上に体を投げ出した。

（うわ……、なにを思ったのだ私は！）

アントーニオに抱きしめられた瞬間、胸がきゅうっと締《し》めつけられた。そのことを思い出し、フランは寝台の上で身もだえした。

（なんなのだ、この気持ちは……）

騎士服のままごろごろと寝台の上で転がる。それは部屋にやってきたエルサが、呆《あき》れた声を上げるまで続けられた。

§

アントーニオがイニエスタとの国境へ向かってから、二週間ほどが過ぎていた。

大公宮《たいこうきゅう》には国境からの知らせを持った伝令がひっきりなしにやってくる。

その間、フランにはアントーニオの様子が知らされずに苛立《いらだ》ちを隠せずにいた。大事がないことは宮廷の様子で推測できるものの、確かな言葉を聞かないと落ち着かない。

ひとりでゆっくりと眠れるはずの夜も、ひどく長く感じられる。

兵舎で訓練をしていても集中できず、フランはカルロから注意されてばかりいた。

「フラン……、調子が悪いのか？」

カルロに簡単に剣をはじかれたフランに、彼は心配そうに聞く。

「いや……、そんなことはないはずだ」

「このままじゃ訓練にならない。すこし休もう」

カルロの提案にうなずいて、フランは木陰に腰を下ろした。

（トニオの安否が気になって眠れないなどということはない……はず。そうだ、抱かれて眠ることに慣れてしまったから、戸惑《とまど》っているだけだ）

フランは自分の不調の原因を認められずにいた。

うつむいていると、フランはふと自分の足元に差しかかる影に気がつく。顔を上げれば、怒《いか》りの形相で腰に手を当てたロザリンダが、フランを見下ろしていた。

「あなた……こんなところにいたんですの？　のん気なものね。トニオ兄様が行方《ゆくえ》知れずだというのに！」

「本当なのか！」

フランははじかれたように立ち上がると、顔を青くしてロザリンダに詰め寄る。フランの剣幕《けんまく》にたじろぎながら、ロザリンダは伏目《ふしめ》がちに答えた。

「え……ええ。今朝、伝令が届きましたの。詳しい状況はまだわかっていないのだけれど、敵襲を受けて、行方《ゆくえ》不明だと……。どうやら、けがもされているようです」

フランは急に目の前が暗くなり、ぐらりとよろめいた。

(いやだ……！　あの男がいなくなるなんて……)

「おい、大丈夫か？　フラン」

よろめいたフランを、カルロがあわてて支える。

それをロザリンダが見咎《みとが》めた。

「その方に軽々しく触《ふ》れてはなりません。そんな格好《かっこう》をしていても、トニオ兄様の妃《きさき》ですのよ」

ロザリンダの言葉に、周囲の兵士たちがどよめく。カルロは驚いてフランの体から離れた。

「フラン、本当なのか……」

「……ああ。黙《だま》っていてすまない。私は黒将軍の妻だ」

フランは茫然《ぼうぜん》としたまま答える。

フランをオルランド王国の騎士だと思っていた兵士たちは騒然《そうぜん》となる。けれどその騒ぎ声さえフランの耳には届いていなかった。

（いつの間に彼の存在がこれほど大きくなっていたのだろう？　私は……彼が好きなのか？）

フランは彼を失うかもしれないという状況に置かれて、初めて気持ちを自覚した。

クリオに対して抱いていた、安らぎに包《つつ》まれるような温かな気持ちとはまったく違う。嵐のように凶暴で、自分でも制御できないほどの狂《くる》おしい情熱が、フランを呑みこんでいく。

（私を捕《と》らえ、仲間の安全を盾《たて》に体を求める男を……私は許してしまっている。なぜ……？）

自身に問うて、答えは思いのほかすぐに出た。

（あぁ……トニオの腕の中では、私は侯爵ではない。ただのフランになれるからだ。騎士としての私を否定することもなく、この血にまみれた腕を、必要としてくれる……）

その想いは、すとんと胸に落ち着く。同時に、アントーニオへの愛《いと》しさがこみ上げてきた。

（いつのまにか、私はあの男がいないことが耐えられないほど好きになってしまっている。身勝手で、意地悪で、大嫌いだったのに……。こんなに好きにさせておいて……いなくなるなんて、許さない。……しかし、今の私は彼を守るどころか、安否さえ知ることができない。ただの妻ではだめなのだ。ならば……）

あることに思い至り、フランは駆《か》け出した。

「どこへ行くの？」

うしろでロザリンダが叫んでいる。振り向きもせず、フランは答える。

「大公陛下のところへ！」

突然の行動に戸惑《とまど》う皆を置き去りにして、フランは大公の執務室《しつむしつ》へ向かった。

「お待ちください」

執務室の前で警護をする騎士たちが、フランの前に立ち塞《ふさ》がる。通してほしいと頼んでも、彼は首を横に振るばかりで、フランは歯噛《はが》みした。

しばらくやり取りを繰《く》り返していると、執務室の扉が開く。

「トニオの妃《きさき》だ。下がれ」

騒ぎを聞きつけた大公が部屋から顔を出し、意味ありげな笑《え》みを浮かべて騎士たちを下がらせる。

「さて……そのような男勝《おとこまさ》りな格好《かっこう》で、どうされたのかな？」

フランを部屋に招き入れた大公は、椅子に腰かけながら彼女に尋《たず》ねた。

「トニオが行方《ゆくえ》不明と聞きました。私を前線へ、国境へ行かせてください」

「あなたが行ってどうにかなるのか？　足手まといになるだけだろう」

嘲笑《あざわら》うような大公の態度に、フランは唇を噛みしめた。大公を説得できるだけの実績をフランは示すことができない。

それでも、フランは大公にすがるほかない。

「私は騎士です。戦えます！」

「だとしても、王国に対する切り札でもあるあなたを自由にさせるわけには……」

幼い子どもに言い聞かせるような大公の態度に、フランは苛立《いらだ》つ。

（どうしたらいい？　私はあの男のそばに行くことすら、許されないのか？）

苛立ちのあまり叫び出しそうになる。それでも、大公の許可が得られなければ、アントーニオのそばに行くことはできない。フランは怒《いか》りを抑え、必死に訴《うった》える。

「私はトニオの妻です。妻が夫を助けるのに理由が必要ですか？　私は王国でも実力を認められていました。公国の騎士に劣《おと》るということはないはずです！」

そのとき、穏やかな声が大公とフランの間に割って入った。

「父上、フランチェスカの言い分が正しいと思いますよ。それに彼女ならば、戦場で足手まといになることはないでしょう」

フランが振り返ると、そこにはラウロがいた。

「ちっ……ラウロ。せっかくフランチェスカの熱烈な告白が聞けると思ったのに、邪魔《じゃま》しおって」

にやりと意地の悪い大公の笑《え》みは、アントーニオを思い出させる。彼は、紛《まぎ》れもなくアントーニオの父だった。

ラウロはやれやれと呆《あき》れた様子で大公をたしなめる。

「これ以上邪魔をすると、フランチェスカに嫌われますよ？」

「そうだな……。意地悪はこのくらいにしておこう。フランチェスカ」

フランに向き直った大公は、トニオによく似た青い目で彼女を見つめる。

「あなたに兵をあずける。必ずやトニオを連れ戻すのだ」

「……承知しました！」

フランは大公の瞳をまっすぐに見つめ返し、力強くうなずいた。ラウロもフランに声をかける。

「私からも頼む」

「必ずや」

フランは跪《ひざまず》いて、騎士の礼をとった。そして流れるような動作で立ち上がり、振り向くことなく執務室《しつむしつ》を出る。

フランの意識は、すでに国境へ向いていた。

§

兵舎で管理している軍馬を借り受け、フランは二百人の隊列を率《ひき》いて国境に向かう。イニエスタとの国境までは、フェデーレ公国の首府から馬で二、三日ほどかかる距離にある。兵站《へいたん》を載せた荷馬車を引き連れ、フランは可能な限り急いだ。

アントーニオが行方《ゆくえ》不明となってから数日が過ぎている。フランはじりじりと焼けつくような焦燥にかられながら、馬を進めていた。

（トニオは無事だろうか）

考えるのは、ひたすらアントーニオの安否だ。

（もうすぐだから、無事でいて……）

祈るような気持ちで走り抜け、首府ルアルディを出発して二日。フランたちはようやく国境近くの村にたどり着いた。

辺境の村は、他国からの侵略が迫っているとは思えないほどのどかだった。すぐそばには深い森があり、その奥がイニエスタとの国境らしい。村からすこし離れた高台を宿《しゅく》営地《えいち》に定め、フランはすぐに斥候《せっこう》を放《はな》った。アントーニオが率《ひき》いる部隊が、近くに駐《ちゅう》留《りゅう》しているはずだ。

ほどなくして、斥候はすこし離れた北のほうに駐留するアントーニオの部隊を発見したと報告し、フランは安堵《あんど》する。詳細は不明なものの、部隊の規模は小さくなってはいないらしい。

同時に、イニエスタの兵が国境を越えて村に向かっているという知らせももたらされた。

フランは難しい顔で、斥候の兵に確認する。

「間が悪いな……。敵兵の数は？」

「二百は下らないと思われます」

フランは情報を頼りに、すばやく考えをめぐらせた。

（イニエスタの目標はあの村だ。おそらく食料を略奪するつもりだろう。トニオの兵と合流してから救助に向かっていては、村の防衛は間に合わない）

策を決めると、フランは伝令の兵に声をかける。

「疲れているところすまないが、黒将軍の隊まで知らせに走ってほしい」

「はっ」

フランの伝言を携《たずさ》えた兵が、土埃を巻き上げながら馬を走らせていく。兵を見送ると、フランはいますべきことに頭を切り替えた。

「村を背に陣をかまえる。石弓を使える者は前列へ。槍と剣を使う者は後列に。私に続け！」

フランは先陣を切って馬の腹を蹴《け》った。兵たちは意気ごんでフランのあとに続く。

村からすこし離れた場所で、フランは馬の足を止める。兵たちを横に並べて陣形を作らせると、じっと敵兵が現れるのを待った。森の下生えが、うまく兵たちの姿を隠している。

フランもまた愛用の長弓を持ち、いつでも矢を放てるようにかまえた。剣は持ちこむことができなかったが、これだけは手放すことができず、フェデーレに持参していたものだ。

こんな場所に敵兵が待ちかまえているとは知らないイニエスタ兵は、無防備《むぼうび》に木々の間を進んでくる。

「放《はな》て！」

フランの合図で、兵たちはいっせいに矢を放った。

「ぎゃあぁ」

イニエスタ兵の悲鳴《ひめい》が森の中に響き渡り、フランは最初の攻撃が成功したと確信する。

「うおおぉ！」

味方の兵が興奮に声を上げた。

「油断するな！　すぐに次が来る！」

背中に矢筒《やづつ》を背負《せお》い、駆《か》け出したフランは、矢をつがえると敵兵めがけて次々と射掛ける。

静かだった森は完全に戦場と化していた。弓矢の攻撃をくぐり抜けた敵兵が、フランに迫る。フランは腰に下げていた剣を抜いた。

敵兵が近づいてしまえば、弓は使えない。石弓を手にしていた兵たちも、各々武器を持ちかえて敵兵に向かっていく。

襲《おそ》いかかる兵を次々と切り伏せ、フランは血まみれになりながら剣を振るった。切りつけた敵兵が倒れるのを視界の端《はし》に捉《とら》えつつ、周囲の様子を確認する。

いままさに敵に切りつけられようとしているカルロの姿が目に入り、フランは叫んだ。

「カルロ！」

「わかってる！」

カルロは持っていた石弓を投げ捨て、剣を抜こうとする。

（間に合うか？）

甥《おい》を思い出させるこの青年を失いたくない。フランは無我夢中《むがむちゅう》で地面を蹴《け》り、叫ぶ。

「やめろぉぉぉぉ！」

「うあああっ！」

フランの気迫《きはく》にひるんだ敵は、振り上げた剣をフランに向ける。彼女の剣がそれを受け止めた。

「一度下がって態勢を整えろ！」

カルロを襲おうとしていたイニエスタ兵と切り結びながら、フランはカルロにどなる。

「わ、……わかった」

視界の端にカルロが走り出したのを捉えた。

不意さえ突かれなければ、負ける気はしない。フランはぎゅっと剣の柄《つか》を握《にぎ》り直すと、攻撃に転じた。

「はあっ！」

フランは剣を迷いなく振り下ろす。敵の血を浴《あ》びても、ひるむことなく屠《ほふ》り続ける。

フランはさながら軍神のごとく、剣を振るい続けた。

（すこしは数を減らせただろうか？）

フランは攻撃を続けながらも、指揮官としてあたりを冷静に観察する。

兵力だけならば、どうやら互角のようだ。だが、先手を打つことができた分、こちらが戦況を支配している。このままいけば、村を守りきることができそうだ。

そんなことを考えながら足を止めた一瞬、胸に衝撃《しょうげき》を感じたフランは地面に崩《くず》れ落ちた。

（なにが起きた……？）

倒れたフランは、胸から広がる痛みに顔をしかめた。胸を見ると、胸当てに矢が突き刺さっている。だが、胸を貫《つらぬ》かれたわけではないようだ。

フランは首をかしげつつ、矢が飛んできた方に目を向ける。

次の瞬間、フランは肌をつきさすようなビリビリとした殺気を感じて目を見開く。そして、驚愕《きょうがく》する――

「よくも私のフランをッ！」

――アントーニオが激昂《げっこう》し、敵を切り捨てていた。

「っぐ、ふっ、……トニオッ！」

急に大きな声を出そうとしたせいで咳《せ》きこみながらも、フランはなんとかアントーニオを呼ぶ。

「フランッ、……無事か!?」

黒い甲冑《かっちゅう》に身を包《つつ》んだアントーニオが、赤く濡《ぬ》れた剣を手に駆《か》け寄る。

(生きていてくれた。ちゃんと、トニオが……)

ここは戦場で、気を抜いてはいけない。わかっているのに、アントーニオの無事な姿を目にしたフランは、目から安堵《あんど》の涙が零《こぼ》れるのを止められなかった。

「トニオ……」

フランはゆっくりと彼に向かって手を伸ばした。

(本物なのか？　恋しさのあまり、私は幻覚を見ているのだろうか？)

アントーニオは手にした剣を茂《しげ》みに突き刺すとフランの手を握《にぎ》りこみ、息が止まりそうなほど彼女を強く抱きしめる。

「あっ……」

手袋越しでも伝わる温かな感触は、間違いなく彼のものだ。

「けがは？」

アントーニオは胸当ての上から、フランの体に傷がないことを確かめるように触《ふ》れた。普段あまり表情を変えることのないアントーニオの顔が心配そうにゆがんでいる。うろたえたフランは、アントーニオの体を突き放《はな》した。

「大丈夫だっ。かすり傷だ！」

フランに刺さった矢は胸当てのところで止まっており、ダブレットがその先端を受け止めていた。多少の痛みはあるものの、打撲《だぼく》程度で命に関わるものではない。

「そうか。ならば、よかった……」

ほっとゆるめられた彼の表情に、どくりとフランの鼓動《こどう》が跳《は》ねる。

「フラン、敵はあらかた片付いた。一度、宿営《しゅくえい》に戻ろう」

アントーニオに促《うなが》され、フランは取り落とした剣を拾い上げた。自分の剣を鞘《さや》に収めた彼は、フランの腕をつかんで木々の間を早足で歩いていく。気がつけば、あたりの敵兵は皆倒れていた。つまずきそうになりながら、フランは彼に続いた。

木々がまばらになり、すこし視界が開けた場所に、アントーニオの部隊が宿営していた。彼の護衛騎士が安堵の表情を浮かべて駆け寄ってくる。

「将軍！　ご無事でしたか……」

「残党を狩《か》り出せ。まだひそんでいるやもしれん」

周囲の索敵《さくてき》を言いつけると、アントーニオは宿営《しゅくえい》の中を無言で歩いていく。大きな天幕の前で立ち止まり、フランを内部へ引き入れた。

「トニオ？　ちょっ……」

転がりこむように天幕に連れこまれたフランは、抗議の声を上げる。だが、次の瞬間、息が止まるほど強く抱きしめられ、唇を塞《ふさ》がれた。

すぐに歯列《しれつ》を割って舌を深く差しこまれる。

「っふぁ……あ……！　んんっ……」

アントーニオのキスは長く執拗《しつよう》だった。強く舌を吸い上げられ、フランの背筋をぞくぞくと快感が駆《か》け抜ける。

（私はこの男が好きだ……）

涙があふれそうなほどの愛《いと》おしさに、胸がきゅっと締《し》めつけられる。思いのまま、フランは舌を絡《から》め返す。

「……トニオ」

面と向かって想いを告げることができるかは、わからない。そもそも、フランはアントーニオの気持ちを確かめたことがないのだ。フランの体を求めているのは、間違いないだろうが――

自分を散々な目に遭《あ》わせた張本人にこのような想いを抱くとは、夢にも思わなかった。

（あ……）

不意に、フランは気づいた。自分がアントーニオに取り引きを持ちかけたことを。

『婚姻ののち二年が過ぎても子を宿《やど》すことがなければ、私を自由にしてほしい』

そう約束したのだ。それを、いまさらなかったことにはできない。

（なんと愚《おろ》かな……。あんな取り引きを持ちかけておきながら、好きだと告げられるはずもない）

フランは胸に走った痛みをこらえ、目をつぶった。約束の期限まではまだ時間がある。

「フラン……」

アントーニオの甘い声でフランは我に返った。彼はフランの体を撫《な》でながら、昂《たかぶ》った欲望を押しつけ熱っぽく彼女を求めている。

「こんな場所で……」

「わかっている。キスだけだ」

強引に事に及ぶつもりはないとわかり、フランはアントーニオに抱きつく。

（好き、好き、好きだ！）

フランは彼の存在を確かめるかのごとく、噛《か》みつくようにして彼の唇を奪《うば》った。

アントーニオはフランの体を愛《いと》おしげにかき抱く。

「ん……」

強く抱きしめられるだけで、フランの胸には言葉にならない幸福感がこみ上げる。フランは喜びを噛《か》みしめていた。

(そういえば、けがは？)

アントーニオが負傷したという知らせを聞き、フランは戦場に来る決意をしたのだ。

「トニオこそ、けがは？　攻撃を受け、行方《ゆくえ》知れずだと聞いて……」

「けがなどしていない」

(は……？　どういうことだ？)

フランは茫然《ぼうぜん》とアントーニオの顔を見つめた。彼はすこしばつの悪そうな顔で明かす。

「あれはイニエスタを油断させ、仕掛けさせるための偽の情報だ」

「な……に……？」

あんぐりと口をあけるフランの額《ひたい》にキスをしながら、アントーニオは続ける。

「大公陛下と兄上には説明しておいたのだがな……。黒将軍が生死不明となれば、イニエスタは好機だと攻撃を仕掛けてくるだろうと見込んでのことだ」

「だってロザリンダ様が、トニオが負傷した上に行方不明だって、駆《か》けこんできて……」

信じられないといった様子でつぶやくフランに、アントーニオが苦笑する。

「あれには真相を知らせていなかったのだろう。敵を騙《だま》すには、まず味方からと言うしな……」

「そんな……」

考え直してみれば、大公陛下やラウロ殿下はいやに落ち着いていなかったか？

いまごろ大公はしてやったりとほくそ笑《え》んでいるのではないだろうか？

フランは大公の笑《え》みを想像して、ぎりりと奥歯を噛みしめた。

（あんの、狸《たぬき》親父！）

「まさかあなたが救援に来るとは思っていなかったが」

いつのまにか、フランは囲いこむようにアントーニオに組み伏せられていた。フランをじっと見つめる彼の目は笑っていない。

「……帰りを待つという約束を破《やぶ》ったことを、怒っているのか？」

フランはおずおずと尋《たず》ねる。アントーニオはすこし呆《あき》れたように答えた。

「まあ、あなたならばじっとしていないと思っていたから、予想通りというところか……。だが、あなたが矢を受けたとき、生きた心地がしなかった。胸当てが受け止めてくれたからよかったものの、これ以上私を心配させないでくれ」

（トニオは、それほど私のことを心配してくれたのか……）

フランは気恥ずかしさで頬を染めながらうなずく。それを確かめて嬉しそうな顔をしたアントーニオは、一拍置いて切なげに瞳を揺《ゆ》らした。

「……しかしきっとあなたは、なにかあれば私の手を離れて、飛び出してしまうのだろうな……」

呆《あき》れたようなアントーニオの言葉をフランは否定できなかった。ふたたびアントーニオに危機が迫れば、じっと待っていられる自信はない。

「……すまない」

フランは素直に謝罪を口にし、アントーニオの顔をうかがうように見上げた。

「まぁ、あなたらしいか……」

諦《あきら》めたように、アントーニオは大きくため息をついて立ち上がる。

「よし。ならばさっさと片付けて帰るぞ」

アントーニオが差し出した手を、フランは握《にぎ》り返した。

十三　和解

アントーニオはフランの率《ひき》いてきた部隊と合流し、宣言通り、国境付近に集まっていたイニエスタの兵を蹴散《けち》らした。フランたちが敵の注意をひきつけている間に、アントーニオの隊が背後から急襲する作戦で、イニエスタ軍は総崩《くず》れになった。

残党を片付け、アントーニオはフランとともに意気揚々と首府に凱旋《がいせん》した。馬を並べて宮殿の門をくぐったふたりを、大公とラウロが笑顔でむかえる。

「トニオ、よくぞ戻った」

「はい。しばらくは国境も静かになることでしょう」

アントーニオは淡々と答える。

「フランチェスカ、あなたの働きも聞き及んでいる。大活躍だったらしいな。本当にトニオは素晴らしい伴侶《はんりょ》を得たな」

大公があごひげを撫《な》でつけながら愉快そうに笑った。

「……恐れ入ります」

この様子では、フランをだまし討ちのように救出に向かわせたことを詰め寄っても、うまくかわされてしまうだろう。フランは苦笑しながら大仰なほめ言葉に頭を軽く下げた。

「ゆっくりと休むがいい」

「ありがとうございます」

大公の労《ねぎら》いの言葉を受け取り、フランは自室に戻った。アントーニオは執務《しつむ》が残っているらしく、休む間もなく執務室《しつむしつ》に向かう。

部屋では、リーザとエルサが湯浴《ゆあ》みの準備をととのえて待ちかまえていた。

涙を浮かべて主人の無事を喜ぶエルサの顔を見て、ようやく戻ってきた実感がわく。

湯を使い体の汚れを落とすと、フランは夢も見ずに眠った。野営の天幕で眠ることには慣れているが、やはり寝台の上で眠るのは格別だ。

翌朝、フランはすっきりと目覚めた。フランが起きた気配に気がついたのか、すぐにエルサが現れてカーテンを引き部屋に日の光を入れてくれた。太陽はもう随分《ずいぶん》と高い。

「ぐっすりと眠っておいででしたよ」

「そうか……」

たまっていた疲れが吹き飛んだようだ。いつにない体の軽さに、フランは上機嫌で服を着替える。

「お目覚めになりましたら、ロザリンダ様がお会いになりたいと……」

そういえば、昨日の出迎えにロザリンダの姿がなかったことを思い出した。

（また、なにか言われるのだろうか）

少々気は重いが、断るわけにもいかない。フランは面会を承知し、ロザリンダを待った。

しばらくして訪れたロザリンダは、部屋に入るや否《いな》や謝罪した。

「先日は上《うわ》っ面《つら》だけなんて言って、ごめんなさい」

以前の態度は嘘《うそ》のようにしおらしく、ロザリンダがうつむく。

フランは思わず口をぽかんと開けてしまった。

「え？」

「お父様とラウロ兄様から、あなたが戦場で活躍してくれたと聞きました。我が国の兵を助けてくださって、ありがとうございました」

そう言いながら頭を下げたロザリンダに、フランは戸惑《とまど》いを隠せない。

「あの……」

言葉が出ないフランに、控《ひか》えていたリーザが進み出る。

「妃殿下、お茶の用意がととのいました」

とりあえず座って話そうと、フランはロザリンダに椅子を勧《すす》めた。

ロザリンダは素直に腰を下ろす。

リーザが用意したお茶を口にすると、フランはようやく落ち着いてきた。

今回の件は、フランが自分のために行動したことが、結果として公国に貢献《こうけん》する形になっただけで、ロザリンダが礼を言うことはない。

けれど、そのまま伝えていいものかわからず、結局、黙《だま》ってお茶を飲み続ける。

ロザリンダは優雅な仕草でお茶を飲み、カップをテーブルに戻した。緊張がほぐれてきたのか、彼女は柔《やわ》らかい声で話しはじめた。

「トニオ兄様の心を射止めたあなたが、どんなひとなのか知りたかったのです」

恥ずかしそうに頬を染めながら、視線をそらすロザリンダはとても可愛らしかった。

「いっ……、射止めた？」

フランは信じられないような言葉を聞き、問い返す。

「すこし話が長くなりますが、いいですか？」

フランはうなずいて先を促《うなが》した。

「トニオ兄様は、父が侍女に産ませた子どもなのです。幼い頃から私たちは兄妹として育てられましたが、いつもトニオ兄様は私たちに遠慮していました。実力はラウロ兄様に劣《おと》らないのに、父の跡を継ぐのは兄様だと言って、目立たぬように過ごしていたのです」

フランは、どうりでアントーニオが兄弟と似ていないわけだと納得した。

「トニオ兄様は十五歳になり、一人前と認められると国を飛び出していきました。ずっと外国を旅して、ラウロ兄様のために間諜の真似事までして……。でも、二年ほど前に急に国に戻られたのです。トニオ兄様はすっかり変わっていました。幼い頃に定められたカミーラ様との婚約を破棄したかと思うと、お父様に願い出て、戦場にばかり行くようになりました。大切なものを手に入れるためには、力が必要だと……そうおっしゃって」

「ふうん？」

（トニオにとって大切なもの……なんだろうか？）

彼が生き方を変えてしまうほどに大切な存在がいると考えると、胸が締《し》めつけられたように切なくなる。顔をくもらせるフランに、ロザリンダが呆《あき》れたような声を上げた。

「……妃殿下！」

ロザリンダはじっとフランの目を見つめた。灰色の瞳には、懇願《こんがん》するような光が宿《やど》っている。

「……え？　まさか……私のことなのですか⁉」

無言でうなずくロザリンダに、フランは目を瞠《みは》った。

（そんなことを、急に言われても……。それに大切なものだとか、言われたこともないのに信じられない）

　しかし、思い返してみればフランがオルランド王国でアントーニオに初めて会ったのは、二年前だ。半信半疑で、フランはロザリンダの話の続きに聞き入った。

「けがをして帰ってきても、傷が治ればすぐに戦場に行ってしまう。そうしていつの間にか、お兄様は黒将軍と畏怖《いふ》をこめて呼ばれるようになっていたのですわ」

　ロザリンダは遠い目をして話す。

　確かに、戦場で戦うアントーニオは黒将軍と呼ばれるにふさわしい武勇を備《そな》えていた。

「オルランド王国からいらしたあなたへの警戒と、お兄様を変えた方に対する嫉妬《しっと》もあったのだと思います。先日からの失礼を許していただけますか？」

　懇願《こんがん》されたら、意地を張り続けることはできない。

「殿下が望むのでしたら……。私も、仲よくしていただけると嬉しい」

「よかった……ありがとうございます。これからは、なにかありましたら、遠慮なく相談なさってくださいね」

　ロザリンダは花のように可憐に笑った。

　ロザリンダが去った部屋で、フランは大きく息を吐いた。

　フランはこの国には自分の味方などいないと思っていたのだが、どうやら間違いだったらしい。よく思い出してみれば、リーザは言葉にすることはなくても、ずっとフランの様子を気にかけてくれていた。

ティーセットを片付けるリーザに、フランは声をかける。

「リーザ、いつもありがとう」

突然の発言にリーザは虚を衝《つ》かれたようにフランを見た。

「いいえ……これが私の仕事ですから」

「ああ、わかっている。でも、リーザが私の世話をしてくれて、無理な願いにも協力してくれたことが、私はとても嬉しかった」

リーザは戸惑《とまど》いながら口を開く。

「……私は、アントーニオ様の言いつけに従っていただけです。しかし、いまは妃殿下のお人柄を知り、お仕《つか》えできることを嬉しく思っております」

普段あまり話をすることがないリーザがそんなふうに思っていてくれたことは、嬉しい驚きだった。フランは気になっていたことを思い出して尋《たず》ねる。

「毎朝、枕元に薔薇《ばら》を飾ってくれたのもリーザなのだろう？」

「いいえ、あの薔薇は殿下が妃殿下のために毎朝手折られているものです」

「え？」

フランは思わず聞き返した。

毎朝、寝台の脇に置かれていた薔薇《ばら》が、まさかアントーニオからの贈り物だったとは。

フランの胸に、くすぐったいような気持ちがこみ上げる。

言われてみれば、アントーニオが戦《いくさ》に出ていた間、薔薇は置かれていなかった。

「そうだったのか……」

(ロザリンダ様の言っていたことは本当だと、うぬぼれてもいいのだろうか？)

フランはほのかな期待を抱きはじめていた——

十四　黒将軍の告白

「……殿下、妃殿下？」

アントーニオの気持ちに思いをはせているうちに、ぼうっとしてしまったらしい。リーザに何度も呼ばれ、フランはようやく我に返った。

「あ、すまない」

「もうすぐアントーニオ様が戻られるそうです。お着替えになりますか？」

リーザに問われて、フランはうなずく。ぼんやりと過ごして、気付けば部屋に差しこむ光は赤みを帯《お》びていた。

リーザが用意した寝間着《ねまき》に着替え終えた頃、執務《しつむ》を終えたアントーニオが居室に戻ってきた。

「お勤め、お疲れさまでした」

フランが声をかけると、アントーニオは表情をゆるめる。

「急ぎの仕事はすべて終わらせてきた。今夜はゆっくり寝台の中で過ごせるぞ？」

ベルベットの上着をリーザにあずけたアントーニオが、青い瞳を欲望できらめかせてフランに近づく。

フランはどくりと鼓動《こどう》を高鳴らせた。かっと顔に熱が生まれるのがわかる。

(トニオと一緒にゆっくり過ごせるのは嬉しいが、なんだか恥ずかしい……)

制御できない感情をもてあまし、フランはアントーニオから視線をそらす。

「どうした、照れているのか？　……まるで私を好きだと言っているようだぞ？」

「……っ」

自分の気持ちをずばりと言い当てられ、フランはひどく動揺《どうよう》した。

(この男が私のことをどう思っているのかわからないのに。薔薇の花一輪で舞《ま》い上がっ

て……私ばかりが好きなのだろう。ばかみたいだ）

先ほどまで上気していた顔から血の気が引く。愛されない痛みに耐えられなくなったフランは、後ずさりしていた。

顔をそむけ逃げようとするフランを、アントーニオは獰猛《どうもう》さをむき出しにして捕《と》らえる。

「逃げるな。……逃げられると、優しくできなくなる」

彼の低い声がフランの耳をくすぐる。

「そんなつもりは……っ」

強く抱きしめられ、そのまま寝台に連れこまれそうになって、フランは助けを求め、あたりを見回した。しかし、先ほどまでいたリーザの姿はない。

「リーザなら下がらせた」

冷酷《れいこく》な宣告が下される。フランはこの先に待つことを予想して体を震《ふる》わせた。彼の腕の中にいる喜びと叶わぬ想いの切なさが、フランを苦しめる。

「私の目を見ろ」

フランはしぶしぶ顔を上げる。

アントーニオの顔は、いつもの余裕《よゆう》のある表情とは違っていた。彼はフランの髪を撫《な》でながら言う。

「あなたの胸に矢が刺さったのを見て、想いを言葉にしなかったことを後悔した。だから聞いてほしい……一度しか言わない。――私はあなたを愛している。こんなに欲しいと思った女性はあなただけだ。一目見たときから、あなたに惹《ひ》かれた。強い意思を宿《やど》した瞳から、目が離せなくなったのだ。いまは私に気持ちが向いていなくてもいい。しかし、すこしでも好意を持ってくれているのなら、あなたを手放す気はない」

苦しそうに、こちらの胸が痛くなるような表情で、アントーニオは思いのたけを告げる。青い瞳に射すくめられ、フランは身動きひとつできずに、彼の言葉を茫然《ぼうぜん》と聞いた。

「うそ……」

「信じてもらいたいが、これ以上は言わぬ」

アントーニオはふいとフランから視線をそらした。彼はかすかに頬を染めている。

（もしかして、照れているのだろうか？）

フランの胸のうちにふつふつと喜びがこみ上げる。

（あのアントーニオが、私に愛を囁《ささや》いた……！）

こちらの意思などおかまいなしに体を奪《うば》い、強引に振《ふ》る舞《ま》っていた男が、いまフランに愛を乞うている。もう、愛《いと》しい気持ちを隠したり、自分をごまかしたりしなくていい。

フランはこみ上げる喜びのままにアントーニオに抱きついた。

「私も……トニオが好きだ」

「……本当に？　いいのか？　そんなことを言ったら、私は二度とあなたを離さない」

自らの想いが受け入れられるとは思わなかったのだろう、アントーニオは、目を大きく見開いてフランに確認する。

「……うん、かまわない。取り引きを言い訳にして逃げることも、もうしない」

フランはゆっくりとアントーニオに近き、彼の唇を奪った。

「……ふ」

アントーニオも応えて深い口づけになり、それは長く続いた。唇を離して目を潤《うる》ませたフランは、大きく息を吐く。

「フラン……」

アントーニオは笑《え》みを浮かべ、とろけるような甘い声で彼女の名を呼ぶ。

フランはずっと義務で心を縛りつけて、なにも考えないようにして生きてきた。けれど、アントーニオの前でだけはフランは侯爵家の当主ではなく、ただひとりの女性に戻ることができる。反発を覚えながらも、守られて過ごすことは恐ろしいほど心地よいと知ってしまった。そして、自分を手に入れるためにアントーニオがしたことを知れば、屈辱や怒《いか》りは薄れてしまう。

こうなってしまったら、フランは認めるしかない。

いつの間にか彼に心を囚《とら》われていたのだ。

フランは自らの想いを素直に言葉にする。

「トニオ、愛している」

アントーニオは彼女を強く抱きしめる。熱い唇で想いを伝えようと、たくさんのキスをフランの顔に落とす。

「……体さえ、手に入ればいいと思っていた。だが、それだけではもう我慢《がまん》できない」

フランは背伸びして、アントーニオにキスを返す。それから、ロザリンダの話を聞いて気になっていたことを尋《たず》ねる。

「いつから私を好きだったの？」

「言わなければ……だめか？」

大きな男が居心地悪そうに困っている姿が可愛くて、フランはこくりとうなずく。

「どちらが先に好きになったかは、恋愛における一大争点だと思っているのだが？」

フランは悪戯《いたずら》っぽい笑みを浮かべた。アントーニオは観念した様子で答える。

「……二年前にオルランドの宮廷であなたを見かけてから、ずっとだ」

言うや否《いな》や、アントーニオはフランを寝台に押し倒す。唇を塞《ふさ》いでそれ以上の追及を封じた。

無理やり体を奪《うば》われ、さんざんに心をかき乱したトニオに、フランはもうすこし意地悪をしたいと思った。けれど、アントーニオの下がった眉を目にすれば、彼が後悔していることはわかった。

（まあ……いいか。時間はたっぷりあるし……）

「あぁ……んっ」

軽く肌の上を撫《な》でられただけなのに、全身が心地よさに震《ふる》える。

「……トニオ」

手で、唇で、全身で触《ふ》れられて、フランの心はどこまでも舞《ま》い上がる。情熱に浮かされた青い目が、フランを欲しいと訴《うった》えていた。

「フラン……」

「ちゃんと……私に触れて……」

フランは自らの意思で寝間着《ねまき》を脱《ぬ》ぎ、一糸《いっし》まとわぬ姿となる。フランの白い裸体から目を離すことなく、アントーニオも服を脱いだ。

アントーニオはフランの足元に跪《ひざまず》き、片方の足をつかみ上げると甲に口づけを落とした。アントーニオの手は、ゆっくりと足を撫で上げていく。手を追うようにして唇が肌の上を這《は》い、フランは熱い吐息《といき》をこぼした。

触れ合う場所からアントーニオの気持ちが伝わってくる。

「あぁ……んっ……」

アントーニオは、フランの胸の先を口に含んだ。熱い舌が胸を這いゆっくりと舐《な》めるたびに、ぞわぞわと腰のあたりに熱が溜まっていく。

「ん……っぁあ」

背骨からぐずぐずと溶けてしまいそうな快楽に、フランは溺《おぼ》れた。何度も追い上げられ、それでも決定的な快楽を与えられず、フランは涙をにじませて懇願《こんがん》する。

「もう、だめっ……」

「まだだ。もっと気持ちよくしてやりたい」

意地悪い笑《え》みを浮かべるアントーニオは、簡単には許してくれそうにない。

「あぁッ……」

唇を重ねながら、アントーニオの手が胸の先端をつまんだ。フランのつま先がきゅっと丸まる。フランは与えられた快楽に背筋をそらして耐える。

「トニオっ……、まだだめっ」

絶頂《ぜっちょう》に導《みちび》こうと激しく動きはじめたアントーニオの手を止めようとフランは腕を伸ばした。だが、反対に腕をつかまれて、頭の上で押さえこまれてしまう。

（ただ気持ちよくなりたいんじゃない。トニオに愛されていることを感じたいだけなのに……）

フランは抗議をこめてアントーニオの目を見上げる。

「わかったから、すこしおとなしくしていろ」

アントーニオは小さく笑って、フランの視線をあしらった。

彼の指がフランの茂《しげ》みに伸び、快楽の芽に触《ふ》れる。蜜《みつ》に濡《ぬ》れた芽を、節《ふし》くれ立った指が繊細な動きで追いつめていく。

「っや、だめだっ……てば……」

涙のにじむ瞳でにらみつけても、アントーニオはひるむことなくフランの体を攻め続ける。

「すまない。あなたが私のものだと信じられるまで……な」

「っん、あああぁー」

指に芽を押しつぶされ、フランは耐えきれずに絶頂に身をゆだねた。

フランは大きく息を吐き、火照《ほて》った体から力を抜く。体を震《ふる》わせながら目を潤《うる》ませるフランの姿を、アントーニオは嬉しそうに見つめた。

「おとなしくなったな」

いつの間にか、つかまれていた両手は自由になっていた。体だけでなく、心も満たしてほしくて、フランはアントーニオの首に腕を回す。

「はあっ……、あっ、……あなたのものに……して」

「ああ、あなたの望むままに」

蜜をたたえて待ち焦《こ》がれた場所に、アントーニオがゆっくりと楔《くさび》を突き立てる。

「っふ、……ああっ」

時間をかけて解《ほぐ》されたフランの蜜壷はやわらかく、アントーニオを受け止めた。深く繋《つな》がりあうと、フランの体はあっけなく絶頂をむかえる。

「あっ……あぁぁ」

これまでに感じたことのない快楽がフランを襲《おそ》う。フランの意識は白く埋め尽くされ、なにも考えることができなくなった。かすれた声が喉《のど》の奥から漏《も》れて、止められない。

アントーニオの引《ひ》き締《し》まった体にしがみつき、フランは何度も体を震わせた。

「フラン……」

アントーニオはフランの艶《つや》めいた姿に息を呑んだ。

きゅうきゅうと彼に絡《から》むフランの蜜壷《みつつぼ》から与えられる情熱をやり過ごし、アントーニオは大きく腰を動かす。

じれったいほどゆっくりと内部をこすり上げるように動かされ、つかの間、意識を失っていたフランは快楽に引き戻された。

「はあぁっ……、ん……」

アントーニオはフランの首筋に顔を埋《うず》め、寝台の上に散らばるフランの赤い髪を愛《いと》おしげに撫《な》でる。

フランは、強くつぶっていた目を開けてうっとりとアントーニオの顔を見つめた。青い瞳と視線が絡まるとアントーニオはにやりと笑《え》みを浮かべて激しく腰を突き動かした。

「ひゃぁあっ……！　つやぁ、まっ……て……」

極めたばかりの体は感じやすく、わずかな動きでも強く感じてしまう。フランの懇願《こんがん》にアントーニオは低い声で言う。

「充分に待った。これ以上は、待てぬ」

彼はフランの内部がうごめき、ふたたび頂点をむかえようとしていることを感じ取っていた。腰を動かすたび、フランは甲高い嬌声《きょうせい》を上げる。

「あっ……あんっ……」

フランの視線は、うつろに宙をさまよっている。強すぎる快楽が彼女の意識を奪《うば》いかけているのだ。アントーニオが大きく腰を打ちつけた瞬間、フランの体が大きくわななく。同時にアントーニオも我慢《がまん》していた欲望を解放し、ともに果てをむかえた。

§

アントーニオは生命の源をフランの内部に注《そそ》ぐ。愛《いと》しさが胸にこみ上げ、彼はそっと指を伸ばし、フランの眦《まなじり》ににじんだ涙をぬぐった。すべてを注《そそ》ぎ終えると、アントーニオはゆっくりと繋《つな》がりを解く。

（あなたが愛しくて仕方がない）

アントーニオは二度とフランを手放せる気がしなかった。フランの顔を見下ろすと、彼女は目を閉じてしまっている。

「フラン……？」

名前を呼んでも反応がない。どうやら彼女は眠ってしまったらしい。無理に起こすのは忍《しの》びなく、アントーニオはそっと掛布をかけると彼女を抱きしめた。

ふと、これまで常に身の内で暴れていた焦燥感が消えていることに気づく。自分とは違う柔《やわ》らかな体を抱いて、アントーニオは生まれて初めて愛されている充足を感じていた。

自分を産んだ母親は、アントーニオが物心つく前にこの世を去っていた。引きとってくれた実の父は捕《と》らえどころがなく、父の妃《きさき》は子育てに興味がない人だった。

元侍女の母親を持つ身としては、大公家の一員として育てられても引け目しか感じられなかった。有能な兄は、家臣として身を捧げることになんの違和感も抱かせないひとだ。兄のために力を尽くすことは、自分が周囲に認められることでもあり、喜びだった。

けれどフランに出会って、アントーニオの運命は大きく変わってしまった。

彼女に出会うまで、アントーニオは自分の心は凍っているのだと思っていた。自分は長兄になにかが起こったときの予備でしかなく、だれからも愛を示された記憶がない。求められる役割さえ果《は》たせば、自分はそれでいいと――

けれどフランに出会った瞬間、自分の心は眠っていただけなのだと気づいた。

琥珀色《こはくいろ》の瞳に見つめられ、身の内に巣食っていた野獣が目を覚ます。

この女がほしい。

瞬時にわき上がった情熱に、自分でも戸惑《とまど》った。

奪《うば》いつくして、自分のことだけを考えさせたい。

しかし、優しく包《つつ》んで、守ってやりたい。

相反する思いが同時に湧き起こる。

彼女を捕らえて彼女の体を手に入れたとき、心まではそうはいかないと気がつき、ようやくアントーニオは自分がフランに愛を求めていることを知った。

欲望のままにふるまう野獣の心と、愛されることを知らない氷のような心。それはどちらも確かにアントーニオの中にある。ふとした瞬間、彼女を失うのではないかという思いが胸をよぎる。もしもそんなことが起きれば、野獣はたちまち牙を剥《む》き、自分はおかしくなってしまうだろう。

無意識に体をすり寄せてくるフランを抱きしめると、安らぎに満ちた笑《え》みがこぼれる。ようやく、愛する人の身も心も手に入れることができた。

フランを手に入れるために、アントーニオは手段を選ばなかった。責任感の強い彼女を手に入れようと、国さえも駒として動かし、卑怯な手段で体を奪った。

そんな自分なのに、フランは愛してくれている。

こうして彼女を抱いて眠れば、野獣は安らかな眠りについていられる。もう、二度とこの温もりを手放すことなどできない。

アントーニオは眠るフランの唇に、起こさぬようにそっと己《おのれ》のそれを重ねた。そのまま、アントーニオは彼女を抱きしめる力をやんわりと強めた。

結　囚《とら》われたのはどちら？

フランは温かなアントーニオの腕の中で目を覚ました。向かい合った彼が目覚めるのを、じっと息をひそめて待つ。

どれくらいそうしていただろう。長いまつげが震《ふる》え、青い瞳が大きく開かれた。

「フラン……」

アントーニオは愛《いと》しげに目を細め、これ以上はないほどとろけきった顔で唇を重ねる。

ゆっくりと唇を離し、フランは彼の目を見つめた。

「……おはよう」

「おはよう」

ぴったりと触《ふ》れあった下半身から、彼の昂《たかぶ》りが伝わる。フランは気恥ずかしくて頬を染めた。

「あの、トニオ？　その……当たってるんだけど……」

「ああ、そうだな」

アントーニオは恥ずかしがるそぶりも見せず、フランの胸に顔をうずめた。

「もう……」

ひとしきり彼女の体の柔《やわ》らかさを堪能して、アントーニオは名残惜《なごりお》しそうにフランを抱きしめる腕を解いた。

「私としてはこのままあなたを抱いてもいいのだが……」

「もう、無理だっ！」

明け方まで離してもらえなかったフランは、悲鳴《ひめい》を上げる。体も軋《きし》んでいた。

「ははっ、わかっている。無理をさせるつもりはない」

穏やかな光を瞳にたたえて、アントーニオは笑った。

フランは彼の気が変わらないうちにと、寝台を抜け出す。それにアントーニオも続き、身支度《みじたく》をととのえた。

常になく仲睦まじい様子で朝食の食卓についたふたりを、リーザは温かな目で見守る。

パンをちぎって口に運びながら、フランはアントーニオに予定を尋《たず》ねた。

「今日も忙しいのか？」

「残念ながら……。私としては、一日中寝台の上で過ごしたいのだがな」

しれっと恥ずかしいセリフを口にするアントーニオに、フランは顔を真っ赤にする。

「それはちょっと……。だが、書類を扱う仕事なら私も手伝えると思うんだが」

フランが王国の騎士隊でそういう仕事を多くこなしていたことを告げると、アントーニオはすぐに彼女を執務室《しつむしつ》に連れこんだ。

国防に関することを一手に引き受けているアントーニオの仕事は多い。書類にひと通り目を通したフランは、騎士隊でやっていた仕事と大きな違いはなさそうだと伝える。

そして、すこしでも彼の助けになればと、手伝いを申し出た。アントーニオは喜んでそれを承諾する。

その日から、ふたりは机を並べて協力し、フェデーレ公国の発展に力を注《そそ》ぐようになったのだった。


「あ、義姉上《あねうえ》からの手紙だ」

数日後、届いた手紙の束を整理していたフランは、見覚えのある筆跡に目を細めた。

イニエスタとの小競《こぜ》り合いから帰ってすぐ、フランはモレッティ領に手紙を出していた。

その返事がようやく届いたのだ。封《ふう》を開けて取り出した手紙に、フランは目を走らせる。

お手紙ありがとうございました。

フラン様がご無事であること、まずはほっといたしました。そちらでもモレッティにいたときと同じように、剣を振り回して過ごしているフラン様の姿が思い浮かびます。

マウロのことは心配なさらないでください。

アレックスも、あなたがふさわしい伴侶《はんりょ》を見つけたことを喜んでいるはずです。あのひとは死の直前まで、フラン様が侯爵位を継ぐことになったことを嘆《なげ》いていました。爵位を継ぐために、フラン様が女性の喜びを諦《あきら》めてしまうことを恐れていたのです。

お手紙からあなたの幸せそうな様子が伝わってきて、私はとても嬉しく思います。

マウロはフラン様が嫁《とつ》がれて、ずいぶん落ちこんでいましたが、あなたのお手紙を受け取ってからは次期侯爵としての自覚が出てきたようです。最近は、騎士見習いとして王宮に上がる準備のために忙しくしております。

どうか、末永く旦那様と仲よくお過ごしくださいませ。

けれどももし、旦那様と喧嘩をしたときには、遠慮なくモレッティに帰ってきてください。いつでも歓迎いたします。

もっとも、そんな心配は必要なさそうですね。

キアーラ

フランから手紙を受け取って目を通したアントーニオは、読み進めるにつれて顔色を変えた。

「……もう、離縁したいとは言わないだろう？」

手紙の中にあったいつでも歓迎するという言葉に動揺《どうよう》したらしい。フランは無邪気な笑《え》みを浮かべた。

「もちろん、ずっとトニオのそばにいる。侯爵位をマウロにゆずるときには、一度戻りたいと思うけれど……」

「そうだな……」

アントーニオはほっとした表情を浮かべている。ふいに自信を失うことがあるのか、彼はいまだに不安そうな顔を見せる。

そんなとき、フランは彼に優しくほほえみかけるのだ。

「愛しているわ」

「……私もだ」

アントーニオが椅子から立ち上がり、机を挟《はさ》んだままフランに体を寄せた。ふたりの距離がゆっくりと縮まり、ふたりの唇が重なる。

囚《とら》われた女侯爵は自らの意思で彼のもとに留まることを選んだ。

――黒将軍の隣に紅《くれない》の妃将軍あり。

いつしかフェデーレでは、畏怖《いふ》ではなく尊敬の念をもってそう噂《うわさ》されるようになる。

番外編　騎士マウロの受難

「叙任《じょにん》？」

フランの言葉を繰《く》り返し、アントーニオはかすかに眉間にしわを寄せた。

「そう！　やっとマウロが侯爵位を継げることになったらしい」

大公宮《たいこうきゅう》の執務室《しつむしつ》で、フランはアントーニオといつものように仕事をしていた。

フランが故郷を離れて、早いもので六年が経とうとしていた。アントーニオとともにフェデーレ国内の平定に駆《か》けまわっていた間、フランは一度も故郷に里帰りせず忙しく毎日を過ごしてきたのだ。

国防に関する才能を発揮し実力を認められたフランは、副将軍の地位を与えられるまでになっていた。この六年は、それまで侵略一辺倒だったフェデーレの戦略が、防御へと変わる転換期だった。そこで、フランの能力が充分に生かされ、諸国との関係は良好になった。

フランは上機嫌で手紙を振り回し、喜びを表現する。甥《おい》が騎士として叙任され、モレッティ侯爵となる資格を得たと知らせる手紙だ。

「ふうん」

フランはアントーニオの機嫌が次第《しだい》に悪くなっていくことに、まったく気づかない。甥を思い、誇らしげな笑《え》みを浮かべている。

フェデーレに嫁《とつ》いでからは、キアーラから定期的に届く手紙が故郷の様子を知らせてくれた。しかし、マウロが騎士となるほど成長したのならば、この目で確かめたい。

フランは期待をこめてアントーニオを見つめた。

「……故郷に帰りたいか？」

アントーニオは物憂《ものう》げな様子でフランの頬に手を寄せた。

「私の帰る場所はあなたのそばだよ。でも、マウロがどれほど大きくなったのか、気になる」

フランは、遠くを見るように目を細める。そんな表情を見て、アントーニオは提案する。

「モレッティに行こうか？」

「いいのか⁉」

フランは目を輝かせる。

「甥《おい》の晴れ姿を見たいのだろう?」

「ああ!　トニオ、ありがとう!」

喜びのあまり、フランはアントーニオに抱きついた。

フランがフェデーレに嫁《とつ》いだとき、王国に対する人質としての存在意義をもつ自分は、二度と故郷の地を踏むことはないと覚悟した。心を通じ合わせてからは、アントーニオとの仲はこれ以上ないほど良好だ。フランに、自分が人質だという認識はもうない。大公家の人々もフランに優しく接してくれるので、たまにこんなに幸せでいいのだろうかと首をかしげるときさえある。

毎日が仕事で忙しく充実していて、寂《さみ》しさを感じる暇《ひま》もなかった。

だが、六年という年月は決して短い時間ではない。

(ああ、マウロも立派な騎士になったんだろうな……。きっと兄上に似た青年になっているに違いない!)

ひとり目を輝かせ、故郷に思いをはせるフラン。彼女の隣で、フェデーレの黒将軍ことアントーニオの機嫌は急降下をたどっていた。

「そうと決まれば、なにか祝いにふさわしい品を探さなければ……!」

フランは上機嫌で、書類の山を次々と処理していく。

そんな彼女の様子がアントーニオは気に入らない。内心いらついていたが、表面上は穏やかにフランを見守っていた。甥のことで頭がいっぱいになっているフランは、彼の様子に気づいていない。

フランの願いならば、アントーニオは喜んで叶えてやりたいと思う。彼女の甥は、普段の会話の中にもよく登場するので、よく知っているような気さえしている。ずっとかわいがってきたその甥が一人前として認められることは、単純に喜ばしいことだ。それに、マウロが爵位を継ぐのであればずっと我慢《がまん》していたことが許されるだろう。

フランは甥が爵位を継ぐまでは、子を産みたくないとアントーニオに願った。確かにフェデーレの公子とモレッティ侯爵の血を引く子が生まれてしまえば、余計な争いが起こらないとは断言できない。これからはそんな心配もなくなる。避妊を気にせず、隔《へだ》てるものなくフランと繋《つな》がりあえるようになることは、喜ばしい。

とはいえ、この喜びようは少々大げさではないだろうか。そんな思いがアントーニオの胸をよぎる。

「ほら、トニオも仕事を片付けて。旅行の準備に取りかかろう？」

「……そうだな」

自分から言い出したことだが、腑《ふ》に落ちない気持ちのまま、アントーニオは書類に目を通した。

§

マウリシオ・モレッティ――マウロは、王宮の窓から降り注《そそ》ぐ光のまぶしさに目を細めた。

マウロは数日前、騎士として叙任《じょにん》されることになった。それまで騎士見習いとして仕《つか》えていたベッティネッリ侯爵のもとを離れ、一人前の騎士として認められるときが来たのだ。

準備に費《つい》やす時間はほとんどなく、マウロは叙任式に臨《のぞ》むことになった。

大勢の貴族たちが見守る中、マウロは王の前に進み出る。マウロは黒色に染められた上着とズボンを身にまとい、太ももまである革のブーツを履《は》いていた。上着と同じ色のマントを肩につけたマウロの姿は凜々《りり》しく、その場にいた貴族たちの目をくぎづけにした。

成長期をむかえたが、マウロにはどこか少女めいた美しさがある。その容姿は、美しさと謙虚な人柄で宮廷の人気を集めていた叔母《おば》のフランにも劣《おと》らない、と周囲は噂《うわさ》していた。

マウロはここ数年でずいぶんと身長が伸びていた。幼少期は燃えるように赤かった髪の色は、母の金髪に近い色になり、肩のあたりではねている。幼さの残っていた顔は縦に伸び、大人のものへと変化していた。唯一変わらないのは、母ゆずりの大きな緑色の瞳のみ。

青いマントを身につけ、立派なあごひげを蓄《たくわ》えたオルランド王は、マウロを慈愛の目で見つめた。

マウロは王の前に膝をつくと、亡き父の愛用していた剣を鞘《さや》ごと王に差し出した。それは父アレックスからフランへ、そして彼女がフェデーレに嫁《とつ》ぐ前にマウロに渡されたものだった。

王はマウロの差し出した剣を抜き放《はな》つと、鈍《にぶ》く輝く刀身を彼の肩に乗せた。

一般的に、この儀式を行う騎士は見習い騎士が仕えていた主人であることが多い。マウロもまた、主《あるじ》であるベッティネッリ侯爵のクリオにやってもらうのだと思っていた。

しかし、マウロは王国でも重要なモレッティ領の相続人であること、また叙任すると同時に侯爵位を継承するため、王が儀式を行うことになった。フランが爵位を授けられたときもそうだったらしい。

マウロは、式を見守る人々の中にクリオの姿を見つけ、顔をほころばせた。薔薇《ばら》の騎士と呼ばれるクリオは、マウロにとってフランの次に尊敬する師だ。

「マウリシオ・モレッティ。そなたの信じるものを貫《つらぬ》き、常に堂々と振《ふ》る舞《ま》え」

王の言葉が、静まり返った王宮の大広間に響く。

それは、かつてフランの叙任《じょにん》に際して王がかけた言葉とまったく同じだった。

「御意。マウリシオ・モレッティは信じるもののために、王の剣と楯になることを誓います」

「そなたを我の騎士と認める」

王は宣言すると、マウロの肩に置いた剣で軽く肩をたたき、鞘《さや》に戻す。小姓が白鳥《はくちょう》の形を模《も》したブローチを王に差し出した。王はゆっくりとブローチを取り上げ、マウロに授ける。

マウロはブローチをうやうやしく手にして、自らが白鳥隊に配属されたと知った。

「そなたの騎士としての活躍を期待している」

叙任式は王の宣言で終わりを告げた。

§

朝の太陽がモレッティの堅牢《けんろう》な石造りの居城にまんべんなく降り注《そそ》ぐ。すがすがしい朝の空気の中、小鳥たちのさえずりがあちらこちらで響いていた。

階下から、朝の準備に追われるようなざわめきが聞こえる。

マウロは寝台の上でまどろみ、二度寝を試《こころ》みたが、目がさえてきてしまった。諦《あきら》めを含んだため息を漏《も》らし、マウロはゆっくりとした足取りで寝台を抜け出した。いつもより上等な上着とズボンの騎士服を選び、着替える。

大きな姿見の前で手早く身なりを整え、大広間へ向かった。

朝食の準備で忙しくしている侍女が、通りかかったマウロに礼をとる。

「おはようございます。領主様」

「おはよう」

マウロは領主という呼び名を、感慨《かんがい》深く噛《か》みしめる。

長い間、領主の代理を務《つと》めてくれた母を安心させたいという思いから、王宮で儀式を終えると、マウロはすぐに領地に帰ってきた。騎士であっても、爵位を持つ者は領地に留まることが許されるのだ。

久しぶりに戻ったマウロを、城で働く人々は喜びとともにむかえてくれた。マウロが生まれた頃から城に勤めている侍従たちは彼の成長を喜び、涙ぐむ者さえいた。マウロの胸に、戻ってきてよかったという思いがこみ上げる。

叔母《おば》に似てにぶいところのあるマウロは、侍女たちが彼の整った容貌《ようぼう》に頬を染め、色めき立っていることにはまったく気づいていなかった。

ずっと亡き父の代理を務《つと》めてくれたフランからモレッティ侯爵位を継ぎ、彼女を解放することができた。そのことに喜びを感じるとともに、これからは領民の生活が自分の肩にかかっているのだという重圧を感じずにはいられない。

そして、それとは別にもたらされた知らせが、マウロを落ち着かなくさせていた。マウロが侯爵位を継いだ祝いに、フランとその夫であるフェデーレ公子がモレッティを訪れるというのだ。

久しぶりにフランに会える喜びで、マウロの胸は高鳴った。彼女がフェデーレに嫁《とつ》いで以来、もう六年も顔を合わせていないのだ。

幼い頃から、フランはマウロの憧れだった。

母や侍女、家令たちから亡き父がいかにすばらしい騎士であったかを聞かされても、いまいち実感がわかない。それよりも、剣の稽古《けいこ》の相手をしてくれ、なにかと面倒を見てくれるフランのほうがよほど尊敬できる存在だった。

けれどフランが嫁いでしまってからは、時折送られてくる手紙でしか近況を知ることができない。幼いながらに、マウロはずっと心配していた。

(フランの便りで元気だということはわかったけれど、幸せなんだろうか？)

長く抱いていた疑念を、マウロはようやく直《じか》に確かめることができる。

(俺はもう守られるだけの存在じゃない。もしフランが幸せじゃないなら、俺は……)

マウロが領地を継いだいま、フランの人質としての価値は下がった。フランが望むのならば、マウロはなんでもするつもりだった。


数日後、久しぶりに会ったフランは、マウロの記憶にあったよりもずいぶんと小さく見えた。

(いや、俺が大きくなったのか……)

かつては自分の頭上にあったフランの顔を見下ろし、時の経過を感じずにはいられなかった。

「マウロ、大きくなったな……」

「フラン……。久しぶり」

マウロはフランの雰囲気の変化に戸惑《とまど》った。

見慣れていた騎士の服装ではなく、女性らしいドレスをまとった姿は、記憶にあるどんな彼女とも違う。シンプルなドレスは、フランの美しい立ち姿を引き立てていた。以前は硬質な雰囲気を漂《ただよ》わせていたが、いま目の前にいる彼女は、咲き誇る薔薇《ばら》のような艶《あで》やかな空気をまとう。ゆるやかに波打つ赤毛は、ふんわりとうしろに垂《た》らされ、結《ゆ》い残された髪が小さな顔を縁取っている。

うるんだ瞳で見つめられて、マウロの胸はドクリと高鳴った。

「あぁ、マウロ……。兄上にますます似てきたな」

フランの唇の赤さにくぎづけになっていたマウロは、彼女の背後の人影に気づくのが遅れた。

「はじめまして……だな。君のことはよくフランから聞いているよ」

フランとの間に割って入るように現れた男は、マウロよりも背が高い。

(この男が……フェデーレの黒将軍)

無表情に自分を見つめてくる青い瞳に、マウロはすべてを見透かされているような気分になった。彼の黒い髪は短く整えられ、端整《たんせい》な顔つきを引き立てていた。まるで彫刻のごとく整った顔立ちは、人形のようになんの感情も映していない。

いまだ成長途中の自分とは違い、完成された男性の体はたくましい。武人として憧れてやまない体躯《たいく》と隙《すき》のない気配は、自分との違いを見せつけられるようだ。

彼のことが気に入らず、マウロの胸はむかむかしていた。それをどうにか抑えこみ、ともすればにらみつけそうになる緑の瞳を伏せて手を差し出した。

「マウロです、殿下」

節《ふし》くれだった大きな手が、マウロの手を強く握《にぎ》り返す。

「アントーニオと呼んでくれ」

「はい」

マウロは強い力で握手に応えた。底知れない光をたたえた青い目に、射抜くように見つめられる。マウロはゆっくりと、表面上は穏やかに手を離した。

ふっ、とアントーニオが唇をゆがめる。

マウロは馬鹿にされたような気がして、かっと頭に血が上《のぼ》る。

「マウロ、そんなところで立っていないで、ちゃんとお部屋に案内して差し上げて」

母のたしなめる声に、マウロはこわばらせていた全身から力を抜く。

（これじゃ、だめだ……）

騎士見習いとして過ごす間、仕《つか》えていたクリオにさんざん注意された言葉を思い出す。

『すぐに頭に血が上り、かっとして周囲が見えなくなるのが、マウロの悪い癖だ』

何度も言われていたのに、マウロはアントーニオの態度に思わず我を忘れてしまった。

「……フラン、アントーニオ様。こちらへどうぞ」

フランにとっては住み慣れた城を、マウロはふたりの先に立って案内する。

らせん階段を上《のぼ》り、城主の部屋に近い一番上等な客室にふたりを案内する。部屋に入ると、すでに侍女や召使いの手によって荷が解かれ、居心地がよいようにととのえられていた。

マウロは満足して笑《え》みを浮かべる。領主となって初めての客人がフランなのは嬉しいけれど、アントーニオというおまけがいるのは気に入らない。

「モレッティ城へようこそ。お疲れでしょうから、今日はゆるりとお過ごしください」

城主の務《つと》めを思い出して、マウロはことさら丁寧に振《ふ》る舞《ま》った。

「マウロ……、本当に立派になった」

フランが感激で声を震《ふる》わせていることに気づき、マウロは思わず彼女に抱きつく。

「おかえりなさい、フラン」

「マ、マウロ、苦しいっ！」

思ったよりも力を入れすぎてしまったらしい。焦ったようなフランの声に、マウロは慌てて腕の力をゆるめる。見下ろしたフランは、顔を赤くしていた。

「そうだ。マウロとゆっくり話がしたいな」

「俺も……。聞いてほしいことがいっぱいあるんだ」

数年前にフランに抱きついたときはぶら下がっていたのに、いまは彼女をすっぽりと抱きこめられるようになっている。同時に、騎士として憧れていた存在が自分の腕の中に収まるほど小さく柔《やわ》らかだと知り、彼女が女性であることを意識してしまう。

マウロは背筋をゾクリと駆《か》け上がった感覚を打ち消そうと首を振り、抱擁《ほうよう》を解いた。

ふたりの様子を見守っていたアントーニオの鋭《するど》い視線を感じて、マウロは彼を見返す。

たったいま自分の心によぎった思いを揶揄《やゆ》するかのごとく、アントーニオの目は物言いたげに細められている。

「明日にでもゆっくりと話そう。今日は休んで」

「それほどやわじゃないけれど、お言葉に甘えよう」

にっこりと笑みを浮かべたフランに笑みを返して、マウロは客室を辞した。

フランたちはしばらく城に滞在すると聞いている。ゆっくり話をする時間はまだまだあるのだ。

就《つ》いたばかりの領主としての仕事が山積みとなっている部屋に向かうマウロの足取りは軽く、いつの間にかステップを踏んでいた。

§

ところが、ゆっくりと過ごせると思っていたマウロは、仕事に追われていた。慣れない仕事に時間を取られ、なかなかフランと過ごせない。マウロは苛立《いらだ》ち、唇をとがらせてキアーラに抗議した。

「すこしくらい、休ませてよ」

「だーめ。もうちょっとだから、片付けてしまいましょう？」

仕事の采配では一日《いちじつ》の長《ちょう》がある母にそう言われてしまえば、マウロは強く反論できない。仕方なく手紙の束に向かいなおした領主の部屋に、軽やかな笑い声が響いた。

「ずいぶんと苦戦しているようだな」

「フラン！」

部屋の入り口でたたずむフランの姿に、マウロの気分は急上昇する。マウロは書類を放り出し、フランに駆《か》け寄った。

「こら、いいのか？　領主様が仕事を放り出して？」

咎《とが》める言葉とは裏腹に、フランの声は弾《はず》んでいる。

「よくないのだけれど……」

うしろでキアーラの呆《あき》れたような声が聞こえたが、マウロは無視した。フランも構《かま》わずマウロを誘う。

「狩猟に行かないか？」

馬に乗り、猟犬と共に獲物《えもの》を追い詰める狩猟《ハンティング》。戦いの訓練であると同時に、モレッティでは新鮮な食料を得るための手段だ。

「行く！」

刺激的な提案に、マウロは勢いよくうなずいた。フランは嬉しそうにキアーラに言う。

「義姉上《あねうえ》、狩猟も領主の務《つと》めです。トニオも一緒に行くと言っているから、かまわないでしょう？」

「そう、……それなら仕方ないわね」

フランの擁護《ようご》に、キアーラはしぶしぶ同意する。

保護対象の森林での密猟者や狩《か》り場のルールを守らない者を取り締《し》まるのは、領主の役目だった。

「やったあ！」

歓声を上げるマウロだったが、アントーニオが同行すると聞き内心ではすこしがっかりしていた。どうしてアントーニオがこれほど気に入らないのか、マウロは自分でも戸《と》惑《まど》っていた。彼の名前を聞くだけで、胸のあたりがもやもやする。

「さあ、そうと決まれば急ぐぞ！」

無邪気な笑《え》みを見せるフランにつられて、マウロも自然に笑っていた。

準備をととのえたマウロたちは、馬に乗って城を飛び出した。

フランは馬に乗るためのドレスを纏《まと》い、片鞍にもかかわらず、巧《たく》みに馬を操っている。深い青色で刺繡《ししゅう》がところどころに施《ほどこ》されたドレスは、フランによく似合っていた。矢を射るため、革の弓籠手《ゆごて》を左手首に巻きつけている。

森を管理している猟師が、数頭の犬を森に放《はな》つ。解《と》き放たれる瞬間を待ちかまえていた犬たちは、いっせいに駆《か》けだした。

モレッティでは、弓を使って狩りをすることが多い。フランの教えを受けているマウロも、剣と弓を手にしていた。

森を興味深げに眺《なが》めながら馬を進めるアントーニオは、槍を手に落ち着いた様子だ。

マウロはフランと馬を並べて、森の入り口に差しかかった。フランはどこか懐《なつ》かしげに言う。

「狩猟は久しぶりだな」

「そういえば俺もだ……」

騎士見習いとしてメルクリオの手伝いに明け暮れていたマウロにとっても、狩猟は本当に久しぶりだった。こうしてフランと一緒に馬を進めていると、幼い頃に狩りの仕方を教えてもらったことを思い出す。

あの頃見上げていたフランの頭を見下ろすようになり、こうしているとようやく彼女に追いついたという誇らしい気持ちがこみ上げてくる。

「このあたりはなにが捕《と》れるんだ？」

隙《すき》なくあたりに目を配りつつ、アントーニオがフランに問いかけた。

「シカ、オオカミ、イノシシが多いかな」

「ウサギやキジなんかもよく捕れます」

マウロがフランの言葉を補足すると同時に、遠くから犬の吼《ほ》えたてる声が聞こえた。

「見つかったようですね」

「ああ、そのようだ」

アントーニオはにやりと男らしい笑みを浮かべた。

マウロは犬の声が聞こえた方へ馬を進める。ふたりの前を先導するように馬を進めながら、マウロは内心アントーニオの馬術に舌を巻いていた。

アントーニオがこの森に入るのは初めてのはずなのに、足取りに迷いがない。

やがて犬の声が大きくなり、猟師の姿が見えてくる。猟師たちは興奮した様子で、マウロたちに近づいた。

「領主様、犬は二手《ふたて》に分かれております」

どうやら獲物《えもの》は二頭いるようだ。マウロは浮かんだ笑《え》みを深くする。

「フラン、こっちも二手に分かれよう」

「そうだな」

フランはうなずくと、アントーニオとともに猟師のあとに続く。

マウロももうひとりの猟師につき、森の奥に向かって馬を走らせた。

先行している犬たちが鋭《するど》い鳴き声を放《はな》っている。獲物はすぐそこだ。

マウロは興奮して駆《か》け出しそうになる馬を抑えつつ、両膝で馬の腹をしっかりと挟《はさ》んで弓をかまえた。身長ほどもある大きな弓をかまえるには、非常に力がいる。

（成長し、立派な騎士になったことをフランに証明したい）

モレッティでは獲物をひとりで捕《と》らえることができるようになれば、一人前と認められる。

マウロは、じっとりと汗ばむ手を服に撫《な》でつけてぬぐった。弓を引いたまま、息を押し殺して、獲物が現れる瞬間をじっと待つ。

茶色い毛並みの小さな塊《かたまり》が、懸命《けんめい》に犬から逃《のが》れようと地面を蹴《け》ってこちらへ向かってくる。

（ウサギだ！）

マウロは大きく跳躍したウサギが着地する瞬間を狙《ねら》い、矢を放つ。矢は狙い通り、ウサギの首に突き刺さった。

興奮した犬が大きく吠え、逃れようともがく獲物に飛びかかる。

笑みを浮かべて振り返ると、猟師が満足そうな表情でマウロを見つめていた。

「やりましたね！」

「ありがとう」

（ようやくこれで俺も一人前……かな）

マウロの胸に満足感がこみ上げた。馬から下り、ウサギに群がる犬を下がらせる。マウロは地面の上でもがくウサギのうしろ足をつかむと、猟師に手渡した。

「久しぶりでちょっと狙いが甘かったな……。もっと訓練しないと」

「充分ですよ」

そんな会話を交わしながら、猟師は手早くナイフをひらめかせて血を抜いていく。ウサギの処理を終えると、彼はマウロに獲物《えもの》を返した。

ウサギを手に、マウロはフランたちが向かった方に馬を向かわせる。

獲物をフランに見せ、自分が一人前の騎士であると認めてほしくて、速度を上げる。

マウロがふたりに追いつくと、彼女もまたウサギを仕留めたところだった。

「フラン！」

地面の上でもがくウサギを押さえつけていたフランは、マウロの声に顔を上げる。獲物を手にしているマウロに気づくと、破顔した。

「マウロ、やったな！」

「ありがとう！」

マウロの顔に誇らしげな表情が浮かぶ。

フランにほめられたことがなにより嬉しくて、マウロは子どものように叫びだしそうになる。

「なかなかの腕だ」

しかし、フランの隣に余裕《よゆう》の笑み《え》を浮かべながら立っているアントーニオの姿を目にし、その喜びはすぐに消えうせてしまった。なんとなく含みのある物言いに、マウロはむっとする。

「さあ、ゲームはこれからですよ。殿下？」

マウロはいささか挑戦的にアントーニオをにらみつけた。

「……そうだな。フランのためにがんばるとしようか」

マウロの視線をものともせずに、アントーニオはフランにほほえみかける。そんなアントーニオに、フランもまたまぶしいほど屈託のない笑みを浮かべている。

マウロに胸に、鈍《にぶ》い痛みが走った。

（なんだろう……、胸が痛い）

マウロは首をかしげつつ馬にまたがった。そのとき、猟師の吹く笛の音がかすかに聞こえる。

マウロが顔を上げると、フランも同様に気づいたようで笑みを返した。

「トニオ、出番だぞ！」

「よし、行こう」

アントーニオとフランがすばやく馬を走らせる。すでに獲物を仕留めていたマウロは、特に急ぐ必要もない。ふたりのうしろをゆっくりとした足取りで駆《か》けた。

マウロがふたりに追いついた頃には、アントーニオは大きなシカと向き合っていた。

シカは特別な獲物で、領主や選ばれた者しか狩《か》ることを許されない。フェデーレの公子であるアントーニオには、充分にその資格がある。

アントーニオは馬をシカに近付けると、ほとんど穂先が見えないほどの速さで槍を振るった。その姿はまさに黒将軍の名にふさわしく、無慈悲で迷いがない。

アントーニオがシカを追いたてた先には、猟師たちが仕掛けた網が待っている。犬とアントーニオに追われ、シカは自ら網の中へ飛びこんだ。

「やったぞ!」

立派な角をもつシカをほとんど傷つけずに仕留めた鮮《あざ》やかな手腕に、マウロも賞賛の声を送らずにはいられなかった。

「素晴《すば》らしい!」

アントーニオが鋭《するど》い突きでとどめをさすと、シカの大きな体がどうっと地面に倒れる。猟師たちからも歓声が上がった。思いもよらない大きな獲物《えもの》に、猟師はふたりがかりで嬉々として解体にかかる。

「こんなものか?」

アントーニオは槍の先についた血を振り払いながら、首をかしげている。今日の狩《か》りの成果としては充分すぎるほどなのに、喜ぶ様子はない。

(気に入らないな……)

彼の言動のひとつひとつが、自分が彼に敵《かな》わないことを突きつけられるようでイライラしてくる。

(俺だってあんな風に獲物を仕留めたいのに……)

内心で歯噛《はが》みしていると、馬を下りたフランとアントーニオがそろって猟師たちの間を抜け出すのに、気がついた。

(どこへ行くんだろう?)

マウロは自分も馬から下りると、ふたりを追った。アントーニオがフランの手を引き、どんどん森の奥へ向かう。

ふたりの間に流れる張りつめた雰囲気に、マウロは声をかけるのをためらう。何度か迷ったものの、結局すこし距離を置いて無言であとに続いた。

猟師たちの声が聞こえなくなった頃、ふたりはようやく足を止めた。

待ち切れなかったように、アントーニオはフランを強引に引き寄せると、その唇を塞《ふさ》ぐ。

マウロはふたりが唇を重ねる姿に目を奪《うば》われる。

咄嗟《とっさ》に近くの茂《しげ》みに身をひそめた。心臓がばくばくとうるさく鳴り響いている。きっと顔も真っ赤になっているに違いない。マウロは火照《ほて》る頬を手で押さえながら、そうっとふたりの様子をうかがった。

水音を立てて舌を絡《から》めあう姿は淫《みだ》らで、マウロには刺激が強すぎる。

慌ててふたたび茂《しげ》みに体を隠したマウロは、力の入らない体を無理に動かした。必死に、這《は》うようにその場を離れる。

（あれはっ……）

足元がおぼつかないまま、ふらふらと猟師たちのもとへむかう。

脳裏《のうり》にキスを交わすフランの横顔が焼きついて離れない。

マウロは、男女が仲睦まじくしている姿に免疫がなかった。騎士見習いとして仕《つか》えていたクリオは付き合ってる女性はいなかったし、マウロ自身も騎士の鍛錬《たんれん》に夢中だった。女性と付き合うことに興味も薄く、そんな暇《ひま》があるくらいなら、剣の腕を磨いている方が楽しかったのだ。

そのとき、マウロは女性と付き合わなかったことを初めて後悔した。

垣間見たフランの姿は、マウロの思いこみを打ち砕《くだ》いてしまった。

（俺にとってフランは師であり、叔母《おば》であり、尊敬する人のはずなのに……）

頬を染め、恥じらいながらもアントーニオのキスに応えているフランは、紛《まぎ》れもなく女性だった。力の入らなくなった体をぐったりと彼に預けていた姿がよみがえる。無理強いされたわけではなく、フランがアントーニオを完全に信頼し、想いを寄せていることが伝わってきた。

（俺では、あんな風にフランが身を寄せてくれることはないだろう……）

そう思った瞬間、マウロは自分がフランを女性として見ていることに気づき、愕然《がくぜん》とする。

（俺は……フランが好きなんだ）

久しぶりにフランに会ってから、ずっともやもやした感情が渦巻いていた。

それが恋だとようやく知る。

（馬鹿な……。フランとは血がつながっている……叔母《おば》なんだぞ！）

マウロは首を振って否定する。

けれどフランの顔がよぎるたびに胸にこみ上げる想いは、否定できないほど大きい。

（俺は……フランを抱きたいんだ）

自分の欲望に気づいてしまったマウロは、その場に立ち尽くした。

§

フランとアントーニオがフェデーレを発《た》ち、モレッティにつくまでの道のりは順調だった。すこしは公子妃らしくしようと、普段あまり着ないドレスを身につけてみたが、動きにくくて仕方がない。ドレスを着たまま馬にまたがることはできないので、仕方なく馬車でモレッティに向かう。幸いにも天候に恵まれ、予定よりすこし早くモレッティに到着することができた。

久しぶりに会ったマウロは、見違えるほど大きくなっていた。幼い頃の面影《おもかげ》は残っているが、すっかり大人の男の顔だ。きっと、宮廷でご婦人方に騒がれているに違いない。

だが、フランにとってマウロはあくまで甥《おい》のマウロだった。

「マウロ……。本当に立派になった」

マウロに不意に抱きつかれ、フランはそのたくましい体つきに戸惑《とまど》った。

（あんなに小さかったマウロが、こんなに大きくなったのだな……）

「おかえりなさい、フラン」

「マ、マウロ、苦しいっ！」

フランは思わぬ抱擁《ほうよう》の強さに悲鳴《ひめい》を上げる。すぐにゆるめられ、マウロも力を入れすぎたと顔を真っ赤にしている。

（大きくなっても、素直なところは変わっていないな……）

フランの胸にふつふつと喜びがこみ上げてくるが、ふと鋭《するど》い視線を感じて、顔を上げる。

アントーニオの目がかすかに細められている。彼が感情をあらわにすることは多くないが、機嫌がよくないのはこの数年の付き合いでわかるようになっていた。

（どうしたんだろう、トニオ？）

フランは自分がなにかをしでかしてしまったのだろうかと、記憶を探《さぐ》ってみる。だが、アントーニオが不機嫌になる原因は思い当たらない。フランはなんとなく引っかかりを覚えながらも、その違和感に目をつぶってしまった。

フランが楽しみにしていたマウロと話す機会は、なかなか訪れなかった。キアーラによると、侯爵になったばかりで仕事がたくさん溜まっているらしい。

フランはマウロとの交流を後回しにして、アントーニオと領内を回ることにした。

顔なじみの村を回ったり、幼い頃に遊んだ森をアントーニオに案内したりしているうちに、あっという間に時間が過ぎていく。アントーニオはフランの過ごした場所を訪れることを楽しんでいるようだった。

しかし、フランは気にかかっていることがあった。

モレッティに来てから、アントーニオの愛の行為がいつもより激しいのだ。夜を経るにしたがい、フランの体に鬱血《うっけつ》の数が増えていく。フランがもう限界だと訴《うった》えても許してもらえず、気を失うように眠りにつくまで求められることもしばしばだった。

故郷での日々はあっという間に過ぎていく。フェデーレに帰る日は、すぐそこに迫っていた。

「今日はマウロと狩《か》りに行こうと思うんだが、いいかな？」

その日の朝、なんとか寝台から出たフランは、身なりをととのえていたアントーニオに切り出した。

「……かまわない。私も一緒に行っていいか？」

「もちろん！」

フランは一瞬間があったことに違和感を覚えたが、マウロと久しぶりに狩りができるのが嬉しくてすぐに忘れてしまう。ようやく慣れてきたシンプルなドレスを着て、フランはマウロを狩猟に誘った。

マウロとアントーニオの間には微妙に緊張感があったが、狩りは順調そのものだ。マウロを皮切りにフランも無事、ウサギを仕留めた。アントーニオは大きなシカを追いこんで捕《と》らえた。彼の腕はさすがとしか言いようがない。

我が事のように喜んでいると、急にアントーニオがフランの腕をつかんで歩きだした。

「トニオ、どうしたんだ？」

フランの問いには答えず、アントーニオは森の奥へ進む。マウロや猟師たちから充分に離れると、アントーニオはフランを強く抱きしめた。

フランはいつになく強引に口づけてくるアントーニオに戸惑《とまど》った。

背中にまわされた腕がゆっくりと下りなだらかな双丘にたどり着くと、強く揉《も》みしだかれる。彼の反対の手はフランのあごを捕らえたまま口づけを続け、フランの口内を翻弄《ほんろう》していた。

「っふ、あ……ん」

狩りの最中にも上がることのなかった息が、アントーニオに触《ふ》れられただけでいともたやすく上がってしまう。体から力が抜け、ぐったりとしてひとりでは立っていられない。フランはアントーニオにしがみついた。

「フラン……」

アントーニオの様子がいつもと違うような気がして、フランは彼の目を見つめた。狂《くる》おしげな——思いつめた光を見つけたフランは、思わず問うていた。

「どうしたの？」

「……なんでもない」

アントーニオは目を伏せ、素早く感情を隠してしまう。

（いったいどうしたというのだろう？　こんなに不安そうなアントーニオは久しぶりに見る……）

フランの疑問をごまかすかのように、アントーニオのキスは執拗《しつよう》で、激しかった。

「……ん、っふ」

アントーニオの舌に誘われ、フランも舌を絡《から》めて応じる。

思考がぼんやりしてくる頃、ようやくアントーニオは唇を離した。

「もう、だめ……」

狩猟の最中だと思い出したフランは、皆のところに戻ろうとアントーニオの胸を押しやる。

「……すまない。我慢《がまん》できそうにない」

苦しそうに言葉を発したアントーニオは、フランの体を背後にあった木に押しつける。

「トニオ!?」

「血の匂《にお》いを嗅《か》いだせいで、興奮している」

アントーニオはこともなげにそう言い放《はな》つと、フランの股の間に体を押しこんでくる。

ここが寝台の中ではなく、誰に見られるかもわからない場所であることを思い出し、フランは慌てる。

（本当にこのまま……？）

「ちょっと、トニオ！　ここじゃ……！」

「誰も来ない」

アントーニオはフランのベルトに手をかけた。

行為をやめさせようと上げたフランの手は、頭上で木に押さえつけられ、抵抗できなくなる。

「トニオ！　や……だ」

「やめない。フランの体は正直だぞ？」

そう言いながらにやりと唇をゆがめたアントーニオは、服の上からでもはっきりと形を変えている胸の頂《いただき》に触《ふ》れた。

「あっ！」

アントーニオの顔が首元に近づき、ちりりとかすかな痛みが走る。きつく吸い上げられ、痕《あと》を残されたのだと気づいたが、アントーニオの触れる胸からびりびりと全身を貫《つらぬ》く鋭《するど》い快楽に、フランの体はおななき、抗議するどころではない。

「ふふっ……」

アントーニオのこらえるような笑い声に、フランの頬がかっと熱くなる。

「トニオっ！　だめだって……ば」

アントーニオは捕《と》らえていたフランの腕を解放した。

フランはアントーニオの体を押しやって逃《のが》れようとしたが、彼の体はびくともしない。

それどころか、彼女の長いスカートの裾をたくしあげて、硬くなった欲望を押しつけてくる。

「ほら……、私の首に手を回して」

ここまできてしまえば、アントーニオが思いとどまることはないだろう。フランは抵抗を諦《あきら》めて、アントーニオの首にしがみつく。

アントーニオはフランの片方の足を抱《かか》えあげるように持ち上げた。そのまま自分の肩にフランの足をかけさせると、あらわになった秘部に指を這《は》わせる。同時に彼は抱えあげた足に舌を這わせていく。

「んぅ……、は……あっ……」

フランは思わず漏《も》れそうになった声を、口を塞《ふさ》いでどうにかこらえる。

「すごく濡《ぬ》れている」

嬉しそうな声でアントーニオが耳元で囁《ささや》く。

「しら……ないっ」

フランは顔を真っ赤に染め、首を振って否定する。

アントーニオの太い指が、その見かけとは裏腹に繊細な動きでゆっくりとフランの内部に押し入る。くちゅりと水音を響かせながら、彼の指が蜜壷《みつつぼ》をかき回した。

「……ん、っくぅ……」

アントーニオは指で内部をこすり上げると同時に足を食《は》む。

（っや、っもう、おかしくなるっ！）

どうにかなってしまいそうな意識を、息を止めてなんとかやり過ごす。

「ああ、……やわらかい。このままでも大丈夫そうだな。どうする？」

アントーニオはフランの内部に埋めた指を、じらすように動かす。巧《たく》みな指遣《ゆびづか》いで、フランの感じる場所をわざと避けるように刺激する。

生まれた熱が行き場を求め、荒れ狂《くる》っていた。いつもより荒々しいアントーニオに、いつの間にか呑みこまれている。フランは膨《ふく》れ上がる欲望の前に、降伏の旗を上げた。

「……っも、おね……がいっ」

フランがねだると、アントーニオはにやりと笑《え》みを浮かべる。

手早く下肢《かし》をくつろげて、彼は立ったまま彼女の内部を貫《つらぬ》いた。ほとんど肌を晒《さら》すことなく、ふたりは荒々しく繋《つな》がり合う。

「んーっ！」

フランは灼熱の楔《くさび》に貫かれた瞬間、体を震《ふる》わせ一気に絶頂《ぜっちょう》に駆《か》け上《のぼ》った。

「あっ、あぁぁ……」

視界が真っ白に染まり、なにもかもわからなくなる。フランは襲《おそ》いくる快楽の波に意識をさらわれた。

フランの体がこわばり、ぶるぶると震えたあと、ぐったりと力が抜けて崩《くず》れ落ちそうになる。

アントーニオはフランが達したことを知り、彼女の力の抜けた体をしっかりと抱《かか》え直した。ぼんやりする彼女とは対照的に、アントーニオの欲望はいまだ硬く張りつめている。

「フラン……、愛している。そなたをあのような若造に渡すものか」

アントーニオは苦しそうに眉根を寄せながら、本音を漏《も》らす。

こうしてフランが意識を飛ばしてしまった状態ならば、ためらうことなく言葉にすることができるのに。そう思い、アントーニオは苦笑する。

フランの意識が戻るまではと我慢《がまん》していたが、うねるような内部の動きにじっとしていられなくなる。アントーニオは、フランの体から楔を引き抜くと、すぐさま突き立てた。

「ふぁっ……あぁ、ん……ぁ」

何度も下から突き上げ、欲望のままに彼女の体を貪《むさぼ》る。フランは意識がないまま、子猫が鳴くようにか細い声を上げた。

「ん……、あ……ぁ」

意識を取り戻したフランは、体を揺《ゆ》さぶられる感覚に目を見開く。目を瞬《また》かせ、一瞬後に状況を把握した彼女は、アントーニオにしがみついた。

「トニ……オ！」

「自分だけさっさとイッてしまうなんて、ずるいんじゃないか？」

意地の悪い笑《え》みを浮かべながら激しく突き上げてくるアントーニオを、フランは涙のにじんだ目でにらみつけた。

「……っや、あっ。だって……」

アントーニオはフランの反論を、腰を動かして封じた。激しく動くアントーニオの汗が飛び散り、フランの体を濡《ぬ》らしていく。

「だめぇ、もうっ……」

フランは自重によって、いつもより深く、奥までアントーニオの楔《くさび》をむかえ入れてしまう。

「ん……っぁああ！」

背をしならせ全身を震《ふる》わせながら、フランは再び絶頂《ぜっちょう》に押し上げられた。白い喉《のど》をさらけだし、目を閉じて全身を赤く染めるフランの姿は、たとえようもなく美しかった。喉元には、アントーニオによって吸い痕《あと》が点々とちりばめられている。中を穿《うが》つアントーニオの楔をフランが小刻みに締《し》めつけ、彼の欲望が急激に高まる。

「フラン……、たまらないっ……！」

アントーニオは促《うなが》されるままに欲望を放《はな》った。断続的に精を吐き出すたびに、強くフランを抱きしめて、放出の余韻をやり過ごす。

眉根を寄せてこらえるようなアントーニオの表情に、フランは見とれた。フランは抱《かか》えあげられていた足がゆっくりと下ろされるのを、ぼうっと眺《なが》める。

アントーニオが勢いを失った楔をずるりと抜くと、放った欲望がぬるりと股の間を伝《つた》って落ちる。

「ん……」

その感触にすら快楽を極めた体が敏感に反応し、再び欲望の炎が灯《とも》る。

「愛してる……」

フランはアントーニオの体にしがみついた。

「っ！」

フランの言葉にアントーニオは息を呑む。

意識がないと思って彼が漏《も》らした本音を、フランの耳はかすかに捉《とら》えていた。

久しぶりに会ったマウロが熱っぽい目で自分を見つめていることには、気づいていた。

けれどそれは成長過程でかかる熱病のような、一時の思いでしかないとフランは思う。

マウロはいくつになろうと可愛い甥《おい》で、その成長は純粋に喜ばしい。マウロがどのような想いを抱こうとも、それはこの先ずっと変わらないだろう。

アントーニオに対して抱く気持ちとは、まったく違うのだ。自分でも制御できない熱くて強い想いは、決して美しいだけではない。彼の視線を捕《と》らえる女性がいれば、心穏やかではいられないだろう。

アントーニオがマウロに嫉妬《しっと》することを嬉しいと、フランは思ってしまう。彼がほかの誰にも心を移さないように願いをこめて、フランはつぶやく。

あなたを愛している、と。

「……私も、愛している。誰にも渡すものか」

アントーニオはフランの体を強く抱きしめる。フランはアントーニオの肩に顔をうずめた。

「これだけじゃ、足りない」

耳元で囁《ささや》かれた低い声に、フランは体を震《ふる》わせる。どうやら今夜も寝かせてもらえないようだ。

「あとは、夜まで待って……」

「ん……」

アントーニオはうなずくと、もう一度唇を重ねた。

§

その夜の晩餐《ばんさん》は、盛大だった。

大広間には城で働く者たちと、フェデーレからの客人たちが集い、食事を楽しんでいる。アントーニオが仕留めたシカは、パイとなってテーブルをにぎわせた。

大広間の長いテーブルには、主人であるマウロを中心に、両脇にフランとアントーニオが座る。キアーラや家令が、その横に続く。

マウロは主人の役目である肉を取り分ける作業を、苦労しながらもなんとか終えて席に戻った。肉の切り分け方を教えてくれたのは、もちろんフランだ。

「ナイフの使い方が上手になったな」

隣の席に座るフランは、かつて彼女が務《つと》めていた役割をきちんとマウロがこなしていることを無邪気に喜んでいる。

昼間、ふたりが口づけを交わす姿を目撃してから、まともにフランと顔を合わせるのはこれが初めてだった。

あのあとすぐに場を離れたが、しばらくして猟師たちと合流したフランの首元には小さな赤い鬱血《うっけつ》の痕《あと》があって、なにがあったのかを雄弁に物語っていた。なによりフランの目は潤《うる》み、唇は赤くはれ上がっていた。

マウロはフランを直視できず、用事を思い出したと、ひとり先に城に戻った。

（この唇が……）

フランの赤い唇をじっと見つめていたことに気づき、マウロは慌てて目をそらす。

昼間のキスを思い出し、マウロの胸は早鐘《はやがね》を打っていた。フランがあんな風に、自分の腕の中でとろけてくれたらと考えてしまい、想像しただけで頭に熱が上がる。

「ほんとうにマウロはもう、……立派な領主様だな。安心してフェデーレに帰ることができる」

（帰る？）

マウロはフランの言葉に衝撃《しょうげき》を受けた。上気していた頬から血の気が引いていく。

フランたちは自分の爵位継承の祝いのために訪れただけであり、いずれ去ってしまうことはわかっているつもりだった。

それ以上に、マウロを打ちのめしたのはフランの『帰る』という言葉だった。フランにとって、モレッティはもう帰る場所ではないのだ、と思い知らされる。

（もう……会えない？）

マウロは、完全に顔色を失った。

「マウロ、どうした？　顔色が悪いぞ」

「ちょっと酔《よ》った……かな。外の風に当たってくる」

マウロは上の空でフランに答えると、席を立って大広間を抜け出した。らせん階段を上《のぼ》り、塔の一番上から屋上に出る。

マウロは屋上の中央あたりまで進むと、仰向《あおむ》けに寝転がった。

空は晴れ渡り、多くの星が瞬《またた》いている。

幼い頃にフランと夜空を見上げた思い出がよみがえる。森の中でも星の配置から方位を知る方法を教えてくれたのは、フランだった。肉の切り分け方、弓の使い方も、なにもかも。騎士としての基本的な知識をマウロに教えてくれたのは、フランだ。

（俺のフランだったのに……。もう……あの人の妻なんだ。それ以前に、俺とは血が繋《つな》がっているから結婚は無理だけど……）

垣間見た口づけや普段の公子夫妻のちょっとした仕草から、ふたりの心が繋《つな》がっていることはマウロにもわかっていた。

（でも、俺はフランが好きだ）

思い出してみれば、マウロの初恋はフランだ。

王宮でどんなに美しい女性を見ても、常にフランと比べてしまっていた。誰にも心を動かされることがなかった自分は、恋愛に興味を持てないのだと思いこんでいた。けれど、すでに心に想う人がいたから興味を持てなかっただけなのだと、今ならわかる。

（うわ～、気づいた時点で失恋確定って、不幸なんじゃ……）

「……っちっくしょ」

マウロは目ににじんだものを左腕で覆《おお》い隠した。

（どうして、俺とフランの血は繋がっているんだろう。しかも俺は、騎士になったばかりのただの若造だ。あの人と比べたら頼りにならないことなんて、わかってるさ！　でも、フランが好きなんだ！）

みっともなく泣きわめいてどうにかなるものならば、とっくに行動に移している。

フランがマウロを見つめる目つきと、アントーニオを見つめる目つきでは、あまりに違いすぎている。勝負にならないことなど、明白だった。

そのとき、カツリと足音がして、マウロは素早く体を起こした。

屋上の入り口に、背の高い人影が立っている。内部を照らす灯《あか》りのせいで逆光になっていて、顔はよく見えないが、大きな体躯《たいく》はマウロが予想した通りの人物だった。

マウロは慌ててにじんだ涙を腕でぬぐう。

アントーニオは静かにマウロに近づいてくる。マウロは彼が来た意図を察していた。

「なんの用だよ？」

もう、口調を取りつくろう必要を感じず、マウロはぞんざいに問いかける。彼からときおり向けられていた鋭《するど》い視線は、自分を牽制《けんせい》するものだったのだとマウロは気づいた。

マウロがフランへの想いを自覚する前に、彼はその想いを察していたのだろう。

昼間に、茂《しげ》みの中からにらまれたと思ったのも、勘違《かんちが》いではなかったのだと確信する。

「フランは渡さない」

押し殺した低い声がアントーニオから発せられた。彼の鋭い目を、マウロはまっすぐに見返す。

「へえ、あんたでもそんなことを言うんだな」

アントーニオはマウロの挑発《ちょうはつ》には乗らず、落ち着いて続ける。

「お前は、フランにとって目に入れても痛くないほど可愛い甥《おい》だ」

「そんなこと……っ、言われなくてもわかってるさ！　フランが俺のことをただの甥としてしか見ていないことなんて、知ってる！」

マウロは思わず叫んでいた。

「俺の想いを伝えても、フランを困らせるだけだ……」

自らの口から発せられた真実に、マウロはがっくりと肩を落とす。その様子に、アントーニオは大きくうなずいた。

「わかっているのならばいい。私は、お前を排除して彼女に嫌われるつもりはない」

「うわ、ずりぃ！」

大人のずるさを目《ま》の当たりにした気分で、マウロは彼を非難する。

「そうだな。私はずるいんだ。本当はフランを閉じこめて誰にも見せたくないし、触らせたくない」

マウロの素直な言葉に触発されたのか、アントーニオは本音を漏《も》らす。

「つげ、ちょっとそれ鬼畜すぎ……」

さすがに閉じこめたいとまでは、マウロは思わない。ふと、脳裏《のうり》に過去の記憶がよみがえる。

フランはかつて、フェデーレの城に囚《とら》われたのではなかったか……？

「まさか、六年前の……」

信じられない思いでつぶやいたマウロに、冷静な肯定が返ってくる。

「ああ。フランを捕《と》らえて無理やり抱いたのは、私だ」

「ちょっ、お前……！」

マウロは目の前が真っ赤に染まった気がした。衝動《しょうどう》のままに拳《こぶし》を振り上げ、アントーニオに襲《おそ》いかかる。頬に命中するはずだった拳は、アントーニオが避けたことで肩に当たった。

「逃げるんじゃねえ！」

再び殴りかかろうとするマウロの拳を、アントーニオがつかむ。

「離せ！」

「これ以上はだめだ。フランに気づかれる」

どこまでも冷静なアントーニオの声で我に返ったマウロは、力なく拳を下ろす。もうマウロに攻撃の意思がないことを悟《さと》り、アントーニオは捕らえていた腕を離した。

「……どうしてっ、フランはお前なんかを！」

マウロはフランが味わったであろう苦痛を思い、唇を噛《か》みしめた。

（もし、俺だったら耐えられない……）

「フランは私を許してくれた。そして愛してくれている」

アントーニオの言葉にマウロは黙《だま》って引き下がるほかない。

いまのフランがアントーニオを愛していることは、誰の目にも明らかだ。フランがすでに許していることを、周りがどうこう言えるはずもない。

「……やっぱり、あんたのことは好きになれそうにない」

「ふっ……。そんな顔をしていると、フランにそっくりだ」

ずっと無表情だったアントーニオの顔にわずかに笑《え》みが浮かんでいた。

この男を好きにはなれそうもないが、フランが惹《ひ》かれた気持ちはなんとなくわかる気がする。

彼はとても不器用なのだ。

わざわざ殴られる必要もないのに、それではマウロの気持ちがおさまらないことを察して殴られる。かと思えば、フランにばれるからこれ以上は殴られたくないなど、馬鹿にするにもほどがある。

狩猟の腕は素晴《すば》らしく、剣の腕も相当だとすぐにわかった。おまけに公子という地位もあり、女性の憧れの的《まと》なのだろう。

（やっぱり、気にくわない。俺のフランを奪《うば》っていくんだ。ここにいる間は、せいぜいフランといちゃついて邪魔《じゃま》してやる）

マウロは心の中でアントーニオに舌を突き出した。

気づくと、席を立ってからずいぶん時間が経っていた。そろそろ、大広間に戻ったほうがいいだろう。主人がこれ以上不在でいるわけにはいかない。

マウロはアントーニオの横を通り抜ける。

そのまま城の中に入ろうとして、心配そうな顔のフランが屋上の扉のすぐわきに立っていることに気づいた。

（まさか、聞かれた？）

マウロの顔がさっと青ざめる。

（どこから聞いてたんだろう？　俺の気持ちがばれたってことは、ないよな？）

「あ、マウロ。トニオを見なかったか？」

マウロの心配は、どうやら杞憂《きゆう》のようだ。フランは、マウロの背後にいるアントーニオには、気づいていないらしい。

「あそこにいるよ」

マウロは体を横にずらして、屋上に突っ立っているアントーニオの姿をフランに示した。

「ありがとう。ここにいたのか……」

フランは吸い寄せられるようにアントーニオに近づいていく。

（やっぱり、勝てそうもないや……）

フランの視界には、もうアントーニオしか映っていないのだ。

マウロはアントーニオに駆《か》け寄るフランのうしろ姿を見たくなくて、足早に階段を下りた。

大広間に近づくと、大きな笑い声が響いてくる。そこでは、使用人たちが大騒ぎしていた。だいぶできあがっているようだ。

「俺にも飲ませてくれ」

席についてグラスを差し出すと、すかさず侍女がワインをなみなみと注《つ》いでくれる。

（もう、飲むしかないだろう？）

マウロは泣きたい気分をこらえて、カップの中身を一気に飲み干した。

§

翌朝、二日酔《よ》いに痛む頭を押さえながら、マウロは執務《しつむ》をこなしていた。

「あれだけ飲めば当然ね」

キアーラが二日酔いに効く薬湯《やくとう》をマウロに差し出し、呆《あき》れたようにつぶやく。

（仕方ないだろう。あれだけ見せつけられちゃ、飲むしかないじゃないか……）

マウロは口をとがらせたが、ヤケ酒の理由を母に告げられるはずもない。

（フランに失恋した……なんて言えるわけないし）

「でも、はっきりしてよかったんじゃない？　先のない恋は忘れて、新しい恋をすべきよ」

苦い薬湯をゆっくりと含んでいたマウロは、キアーラの言葉に危うく噴き出しそうになる。

「っ……っ！　ちょ……っと！」

（知ってたの？　俺がフランを好きだってこと！）

キアーラは大きく目を瞠《みは》り、マウロが口にしなかった疑問にうなずいた。

「あら、気づかれてないと思っていたの？　周りにはバレバレだったわよ？　肝心のあなたが自覚したのは、最近みたいだけど……」

「う～わ～」

マウロは頭を抱《かか》えたくなった。

（母さんはすべてお見通しだったのか……）

「フランはちょっとにぶいところがあるから、気づいていなかったみたいだけどね。あなたも似たところがあるから、お母さんは心配だわ」

「そんな心配は無用です！　当分結婚するつもりもないし」

マウロはふてくされた様子を隠さずに、残りの薬湯《やくとう》を呑み下す。

「なにを言ってるの！　爵位を継いだだけで、自分の役目を果《は》たし終えたわけじゃないことぐらいわかってるでしょう？」

「それは……」

確かに、次代の侯爵をもうけることは、自分にとって大きな義務だ。これまで無意識に避けてきたことから、もう逃《のが》れられない。

だが、失恋したばかりで次の相手を考えるなんて、難しい。

「まあ、すぐにとは言わないわ。でも、モレッティ侯爵の名は軽々しく絶《た》やしていいものじゃないのよ……」

失恋したばかりの息子にかけるにはいささか酷とは知りつつも、キアーラは言わずにはいられなかった。これまで、どれほどの思いでフランや亡き夫、自分たちがこの領地を守ってきたのかを、マウロが知るべき時が来たのだ。キアーラは胸の痛みをこらえて告げた。

「……わかってるよ」

マウロは聞き取れないほど小さな声で答えた。

キアーラはそれ以上はなにも言わずに、静かに執務室《しつむしつ》を出ていく。

この気持ちに整理をつけるには、もうすこしだけ時間が必要だった。

§

フランとアントーニオがモレッティに別れを告げ、フェデーレへ旅立つ日がやってきた。

忙しいフランたちが次にこの地を訪れるのは、ずっと先のことになるだろう。

騎士服をまとい、馬を引くフランは、マウロにもなじみの深い姿だ。フランらしい出《い》で立ちに、自然に笑うことができた。

「フラン、元気でね」

「ああ、マウロも体に気をつけて」

マウロは想いをこめてフランを抱きしめた。

(ずっと好きだったよ……俺のフラン。もう、会えないかもしれないけど、フランを好きだったことは忘れないから)

マウロが鋭《するど》い視線と重圧を感じて顔を上げると、アントーニオの青い瞳とぶつかる。

(もう、この男は……。最後くらい、いいじゃないか!)

ため息をつきながら、視線にこめられた意図をくみ取ってフランの体を解放する。途《と》端《たん》に、彼の目から重圧が消える。

「フラン……、本当にこんな男でいいの?」

目の前のフランをじっと見つめて、彼女の答えを待つ。

フランは困り顔でかすかに顔を染めつつ、しかししっかりとうなずいた。

(やっぱり可愛い! こんな心の狭い男にくれてやるのは、もったいないけど……。フランがいいって言うんだから、仕方ない)

マウロはどうにか自分の心に折り合いをつけると、フランをアントーニオの方へ押し出した。

「フランを幸せにしなかったら、許さないよ?」

「当然だ。心配はいらない」

フランの体を抱きしめながら、アントーニオは神妙な顔でうなずく。

「だってさ。よかったね、フラン」

「マウロ……、ありがとう」

頬を染めながらアントーニオの腕の中ではにかむフランが本当に幸せそうなので、マウロはこれでよかったのだと思えた。

「さあ、そろそろ行こうか」

アントーニオがフランの手を引く。

「フラン様、お元気で！」

「気をつけて！」

見送りに出ていた城で働く者たちが、いっせいに声をかける。フランは笑顔で手を振り、その言葉に応えた。

馬にまたがったフランはしばし名残惜《なごりお》しそうに一同を見つめる。しかし、アントーニオに促《うなが》されてゆっくりと馬を歩かせた。

「フラーン！　いつでも帰ってきていいからねー！」

「そんな日は来ない！」

フランのうしろ姿に向かってマウロがかけた声は、アントーニオの即答であっさり切り捨てられる。フランの肩は小刻みに揺《ゆ》れている。どうやら笑いをこらえているらしい。

マウロは、ふたりの姿が見えなくなるまで見送っていた。

「マウロが甥《おい》じゃなくても、あの方が相手じゃ勝ち目はなかったわね……」

ぼそりとつぶやいた母の声が聞こえて、マウロはむっとする。

「ひどいよ！　母さん！」

キアーラはしまったという顔をしたが、開き直ることにしたようだ。

「あら、だってあの方のフランに対する執着はすごいのよ。フランの着替えを手伝ったときにちらっと見えたんだけど、服の下にこれでもかっていうほどキスマークがついていてね？　前は早起きだったフランがお寝坊さんになったのも、仕方がないのかもね……」

「それは……」

母が語るフランの姿に、マウロは絶句した。

「これくらいで恥ずかしがってちゃ、この先が思いやられるわ……」

いたずらっぽく言うキアーラに、マウロは肩をすくめる。

「さあ、仕事が溜まってるわよ。ちゃっちゃと片づけちゃいましょ」

「はいはい。わかりましたよ、お母様」

マウロはキアーラの背中を押し、執務室《しつむしつ》に向かって歩き出した。その顔には、晴れ晴れとした笑《え》みが浮かんでいた。

§

フランはアントーニオと馬の首を並べ、足取り軽くフェデーレへの道のりをたどっていた。ずっとアントーニオを包《つつ》んでいた不機嫌な空気は、一掃されている。

「やはり、こちらの方があなたに似合っている」

アントーニオは馬にまたがるフランの騎士服の姿を、熱っぽい目で見つめていた。

「そうかな？」

「もちろんドレス姿も素敵だが、こちらの方があなたらしい」

「ありがとう。きっとそんなことを言ってくれるのは、トニオくらいだと思うけど……」

フランは頬を染めつつ、アントーニオのほめ言葉を受け取った。

「だが、ひとつだけ問題点がある」

「なんだろう？」

急にまじめな顔つきになったアントーニオに、フランは身構《みがま》えた。

「脱《ぬ》がしにくい」

「……トニオ！」

思いがけない言葉に、フランは真っ赤になって抗議する。しかし、アントーニオは気にした風もなく笑い流してしまう。

「あはは！　さあ、フェデーレに早く帰ろう！」

「もう！」

こうして、フランたちは朗《ほが》らかな雰囲気で帰途を進む。旅の四日目、日が沈む前になんとか首府ルアルディに着くことができた。時間が遅いので、大公への報告は明日にする。

フランが部屋に戻ると、侍女のリーザとエルサが待っていた。

「おかえりなさいませ、殿下。妃殿下」

「ただいま」

フランは旅の汚れを侍女たちの手を借りて落とし、さっぱりとして寝室に足を踏み入れた。仕事熱心なアントーニオは執務室《しつむしつ》に向かったのか、姿はなかった。

フランはなんとなく寝台に入るのがためらわれて、窓に近づく。

窓の外の大公宮《たいこうきゅう》を目にすると、帰ってきたという実感がわいてくる。日は完全に沈み、空には星がきらめきを放《はな》っていた。大公宮のそこかしこでたいまつが灯《とも》され、白い壁を照らす。

（ああ……、帰ってきたんだ）

フランは窓辺にたたずみ、ぼうっと空を見上げた。

留守にしていたのは、二十日にも満たない間。それなのに、大げさなほどごてごてと飾り立てられた大公宮でさえ、懐《なつ》かしく感じてしまう。

フランは第二の故郷といってもいいほど、フェデーレに愛着を感じていることに気づいた。

しばらくして扉の開く音がして、アントーニオが近づいてくる気配を感じた。しかし、フランは窓辺で空を眺《なが》めたままだ。

「あなたの居場所はここだ」

背後からアントーニオに抱きしめられる。彼の腕に手を添え、フランは聞く。

「仕事はもういいのか？」

「ああ、片付けてきた」

アントーニオも汗を流してきたのだろう。石鹸《せっけん》の香りが心地よい。フランはゆっくりと、アントーニオに体重を預けた。

「あなたは兄上との約束を果《は》たした。これからは私だけに、あなたの時間をくれないか？」

「うん……」

フランは頬を真っ赤に染め、うなずいた。

モレッティ侯爵位を無事マウロにゆずり渡したいま、フランとアントーニオにはなんの障害もない。フランはアントーニオの腕の中で体をよじると、ゆっくりと顔を寄せて彼の唇に近づいた。

「トニオ……愛してる。全部、あなたのものにして」

アントーニオの答えは、激しいキスだった。

「う……ん、っふ、あ……」

アントーニオの熱い舌がゆっくりと歯列《しれつ》を割り、フランの口内に侵入する。強く舌を吸われると力が抜けて、フランはひとりでは立っていられなくなった。

「ん……、だ……めっ……」

崩《くず》れ落ちそうになるフランの体を、アントーニオが抱きとめる。彼はそのまま膝裏に手を回し、すくい上げるようにして抱きかかえると、フランを寝台へ運んだ。

「このやわらかな唇……」

アントーニオは低くかすれた声で言うと、フランの唇に口づけを落とす。

「燃えるような目……」

柔《やわ》らかな唇の感触が目元に触《ふ》れる。

「感じやすい胸……」

アントーニオの手がナイトドレスの上から胸をそっと持ち上げた。

「そして、すらりとした足も」

言葉と同時に足に触れられ、フランは体を震《ふる》わせる。

「すべて私のものだ」

フランはアントーニオの言葉と手と口で愛撫《あいぶ》されて、くらくらとめまいを感じた。意識が薄れ、彼に溺《おぼ》れていく。

「トニオ、もっと……」

体が熱くてたまらなかった。早くアントーニオに触れてほしくて、フランは我慢《がまん》できない。フランは本能が求めるままにアントーニオの服に手をかけた。

アントーニオもまたフランのナイトドレスを脱《ぬ》がせはじめる。前で結ばれた紐《ひも》をするりとほどけば、ドレスはあっという間に肌を滑り落ちていく。真っ白な肌に、燃えるような赤い髪がこぼれた。

逆にフランは思うように指が動かず、なかなかアントーニオの服を脱がすことができない。

「……っもう！」

焦《じ》れて下唇を噛《か》みしめるフランの頬を、アントーニオがなだめるように撫《な》で上げる。

「唇が、切れてしまう」

「だって……」

アントーニオはフランを手伝いながら自分の服を脱ぎ捨て、一糸《いっし》まとわぬ姿となった。待ち切れないとばかりに、フランは勢いよくアントーニオの首に抱きつく。

「フラン……愛《いと》しくてたまらない」

アントーニオはフランの体中に口づけを降らす。胸を持ち上げ、その先端を口に含んで強く吸い上げる。

「……ぁあッ！」

フランは、ただアントーニオにしがみついていることしかできない。つま先にきゅっと力が入り、体は次第《しだい》に張りつめていく。

「トニオ……、どうにかなってしまうッ」

熱に浮かされ、フランはアントーニオの名を呼んだ。

「いいよ、もっとおかしくなって。私の手の下で乱れて」

「ひあっ……」

アントーニオは片方の足を抱《かか》え、膝の裏をぺろりと舐《な》めた。フランは思いもかけないところを刺激され、びくりと体を震《ふる》わせた。

アントーニオの唇はそのままゆっくりと太ももの内側を這《は》っていく。ときおり肌を強く吸い上げ、赤い花びらを白い肌に刻むことも忘れない。フランはそのたびに全身をわななかせた。

しかし、ようやく欲望に濡《ぬ》れた蜜壷《みつつぼ》に唇がたどり着い瞬間、彼は顔を離してしまう。

「どう……してっ」

その先にある快楽を知るフランは、与えられるはずだったものを得られずに涙をにじませた。

「こんなにフランが熱くなっているのに、もったいないだろう?」

アントーニオは意地悪な笑《え》みを浮かべ、フランの目じりににじんだ涙を拭《ぬぐ》う。

「やだっ。いじわる……しないでッ」

フランは幼子のように首を振って抗議するが、アントーニオは許さなかった。

「可愛らしい……ことだ」

アントーニオは目を細め、柔《やわ》らかく顔をゆるませた。

「もうすこしだから……。フランが忘れられないように、刻みつけたい」

フランを翻弄《ほんろう》するアントーニオの欲望もまた張りつめている。立ち上がった剛直の先端から、露《つゆ》がにじむ。それでも己《おのれ》の欲望を抑え、アントーニオはフランの体を高めていく。

それからようやく、彼の指が蜜《みつ》をたたえた花びらに触《ふ》れた。

「あっ、……ぁああっ」

こらえきれずに上げた声が、アントーニオの舌に絡《から》め取られる。待ち望んでいた刺激を得て、フランは一気に上《のぼ》りつめそうになる。

だが、無情にもアントーニオは指を離した。

「やだぁ……」

(苦しいっ。もう、どうにかしてほしい)

体は熱くほてり、頭がぼうっとしてなにも考えられない。

差し迫ったフランの声に、アントーニオはようやく応えた。花びらをかき分け、節《ふし》くれだった指が花芽をこする。

「トニオ！　トニオ！」

「ぁあああ！」

フランは全身を震《ふる》わせて達した。蜜壷からどっと蜜があふれ、花びらを伝《つた》ってシーツをしとどに濡《ぬ》らす。フランの目はきつくつぶられ、全身が上気して赤く色づいていた。

アントーニオは、ぐったりと力を失ったフランの腰を抱《かか》え上げた。昂《たかぶ》った欲望を花びらにあてがい、ゆっくりと沈めていく。楔《くさび》を呑みこみながら、フランの蜜壷がときおりきゅうっと剛直を締《し》めつける。

「……っは」

根元まで蜜壷に包《つつ》まれたアントーニオは、堪らずため息をこぼす。

「……あぁ……すごく気持ちがいい……」

彼のかすれた声を耳にして、フランは目を見開いた。欲望の熱を帯《お》びたアントーニオの青色の瞳が、じっとフランを見つめている。

「私……も」

琥珀色《こはくいろ》の潤《うる》んだ瞳で見つめられ、アントーニオはそれまでの焦らすような動きから一転し、腰を強く動かした。

「ぁあッ」

内部を強く擦られたフランは、耐えられずにふたたび目をつぶる。瞼《まぶた》の裏で火花が散り、呑みこんだ楔を締めつけながら、また達した。

苦しそうに喘《あえ》ぐフランにかまわず、アントーニオは腰の律動を速めていく。

「っや、もう。くる……し」

フランは強すぎる刺激に涙をにじませる。強い酒に酔《よ》ったように、意識が朦朧《もうろう》としていく。

「ああ……、フラン！」

アントーニオは腰をいっそう強く押しつけると、ずっと抑えつけていた欲望を解《と》き放《はな》った。

「ひゃぁああぁあっ……！」

体の最奥にほとばしる熱を感じた瞬間、フランの意識は真っ白に塗りつぶされる。

アントーニオは落ち着くと、フランを強く抱きしめながら荒い呼吸をととのえた。

「フラン、大丈夫か？」

そろそろと目を開くと、心配そうに彼女の顔を覗《のぞ》きこむアントーニオの顔が映る。

「大丈夫じゃ……ない」

（よすぎて、頭がおかしくなりそう）

涙をにじませた目でにらみつけると、決まり悪げにアントーニオは視線をそらした。

「……すまない。嬉しくて我慢《がまん》できなかった」

目元を赤く染めて白状したアントーニオに、フランはそれ以上なにも言えなくなってしまう。

「もう……」

フランの胸に愛《いと》おしさがこみ上げ、思わず彼を抱きしめた。彼の引《ひ》き締《し》まった体はしっとりと汗で濡《ぬ》れている。たくましい背中に手をまわしてその感触を楽しんでいると、体の奥がドクンと波打つのがわかった。

(まさか……)

「トニオ?」

うずめられたままの楔《くさび》が、硬さを取り戻していく。

「すまない。お願いだから、もうすこし付き合ってくれ」

「もう、むりぃ……!」

ふたりの寝室にフランの甘い悲鳴《ひめい》が響く。

「愛してる」

フランの悲鳴をアントーニオは唇で塞《ふさ》ぐと、今度はゆっくりと腰を動かす。

「あぁ……、もうっ!」

(仕方がない)

アントーニオのお願いに抵抗できるはずもなく、フランはふたたび幸せな熱い奔流《ほんりゅう》に呑みこまれていったのだった。

書き下ろし番外編

異国からの贈り物

無数のかがり火が焚《た》かれた舞台の中央に、ベールをまとった女性がひとり、上半身を伏せ、微動だにせず座っている。

野外の舞台があるのは大公宮《たいこうきゅう》の裏庭に当たる場所で、宮殿の二階からは舞台が一望できる。

裏庭には多くの兵士たちが集まり、観覧を許されている。これからはじまる踊りに期待しているのだろう。がやがやと興奮した声でざわついていた。

フランは、宮殿の二階の席から舞台を見下ろす。

彼女の隣にはアントーニオが座り、更にはフェデーレ大公シルヴァーノと、公子ラウロも列席している。そして、東の大国イニエスタの王弟イサークも。

今宵《こよい》は両国の親交を深めるために、フェデーレを来訪中のイサークが引き連れてきた踊り子の一団が、イニエスタの伝統舞踊を披露《ひろう》することになっていた。

長らく続いた隣国イニエスタとの小競《こ》り《ぜ》合いだが、数年前に和平を結んで以来、平和な日々が続いている。

ふいに太鼓の低い音が響き渡った。続いて加わったリュートの響きに、ざわめきが一気に静まる。

甘い音色が夜空にとけはじめた頃、それまで動かなかった踊り子がゆっくりとした動きで上半身を起こした。踊り子は独特な動きで手首を回し、全身をくねらせる。座したまま、腰をゆるりと円を描くように動かす。その動きはひどく官能的で、男性の欲望をかきたてた。舞台を鑑賞していた兵士たちが息を呑み、彼らの視線が一気に踊り子に集中する。

フランが隣に座るアントーニオに視線を向けると、彼もまた踊り子を熱心に見つめていた。

踊り子は頭からベールをまとい、顔を隠しているのに、その身を包む衣装はところどころに切れ込みが入り、体を翻《ひるがえ》すたびに素肌が覗く。

貞淑《ていしゅく》でいるようで、その実、ひどく挑発的な衣装に身を包んだ踊り子は、楽器の音色に合わせ、ゆるりと立ち上がる。ゆっくりとした動きから、踊り子が一気に飛び上がると、足首につけた鈴の軽やかな音色が、舞台に響き渡った。

リリン、リリンと鈴を打ち鳴らし、踊りは一気に激しさを増した。

フランも引き込まれるように踊り子に視線を戻す。

舞台の脇から、ふたりの踊り子が現れた。客席からはわっと歓声が上がる。

三人に増えた踊り子たちは、腰をくねらせ、腕をしならせ、くるくると舞台の上を舞う。舞台の上に寝そべって腰を揺《ゆ》らし、閨《ねや》へと誘うような仕草を見せたかと思えば、立ち上がり、激しく腰を振る。

太鼓とリュートの音は次第に大きくなり、速度を増していく。

観客たちは彼女らの踊りに夢中だった。

夢の中にいるような濃密な時間はあっという間に過ぎ、舞台の上の踊り子たちがポーズを決めたところで、刺激的な舞台は幕を下ろした。

観客たちは手を打ち鳴らし、口笛を吹いて踊り子たちを誉めそやす。

観客たちの興奮が冷めやらぬうちに、じっと舞台に見入っていた大公が口を開いた。

「とても素晴らしかった。このような舞台を用意してくださったイサーク殿には、お礼を申し上げるべきだな」

大公が満面の笑《え》みを浮かべ、イサーク殿下に向けて手を差し出す。

イサークもまた得意げな笑みを浮かべ大公の手を握り返した。

「芸術に造詣《ぞうけい》の深いフェデーレの大公様にそう言っていただけると、私としても踊り子を連れてきた甲斐《かい》があるというもの。ありがたく存ずる」

イサークはイニエスタ訛《なま》りが少々残るオルランド語で礼を述べた。

「しかし、私にはいささか刺激的過ぎるようだ」

ラウロは少し険のある表情でイサークを見つめた。

「あれくらいで刺激的とは、フェデーレはかなり保守的なお国柄ですかな？」

イサークはラウロの言葉を鼻で笑う。

「さすがに後宮に多くの女性を侍《はべ》らせる国の方は、おっしゃることが違いますね」

「文化の違いと言ってほしいものです」

冷たく言い放《はな》ったラウロと余裕を崩さないイサークがにらみ合う。

「ラウロ、あまり他国の文化をないがしろにする発言をするな。それからイサーク殿もわざと煽《あお》るような物言いは避けていただけますかな」

大公が間に入ってとりなしたことで、それ以上険悪な雰囲気が続くことはなかった。

「女性の目から見て、いかがでしたかな？」

黙《だま》ってやり取りを眺めていたフランは、急にイサークに話しかけられて戸惑《とまど》う。

「とても美しい舞でした。非常によく鍛錬《たんれん》されているのでしょうね。全身の筋肉を制御できていなければ、あれほどの動きはできないでしょう」

とりあえずは失礼にならないようにと、フランは踊り子たちの動きについて感想を述べた。

あご先から指の先、足の先まで、隅々まで神経の行き届いた踊りは、彼女たちの訓練の賜物《たまもの》だろう。

素直に賞賛の言葉を口にすると、イサークは目を瞠《みは》り、くしゃりと破顔した。

「彼女らもそう言っていただけると喜ぶでしょう。黒将軍殿はいかがでしたかな？」

イサークはアントーニオにも感想を求めた。

「美しかった。だが……彼女たちの誘惑は、私には少しばかりあからさま過ぎるように思う」

アントーニオがさほど心動かされた様子がないことに、フランは少しほっとしていた。

フランは、とても彼女たちのように上手く誘惑できそうにない。

「黒将軍殿にはあまりお気に召していただけなかったようで、残念です……」

「トニオはフランに夢中だからな。ほかの女性は目に入っていないのだろう」

ラウロがその場をとりなすように口を挟《はさ》む。

「なるほど。妃殿下の美しさは確かに私の踊り子たちとは種類が違うようです。例えるならば、そう、薔薇《ばら》と芍薬《しゃくやく》のような……」

　どちらも花の中の女王とも、宰相とも例えられる花だ。

「我が妻を薔薇に例えるのは正しいな。その棘《とげ》で、たやすく手折らせてはくれなかったから」

　アントーニオはそう言いながら、フランの結《ゆ》われた髪をひと房《ふさ》すくい上げ、口づけた。

彼の青い瞳が、かがり火に照らされてきらりと光る。

　フランは結婚して数年が過ぎた今でも、彼の仕草に胸が高鳴った。

瞳にいたずらっぽい光をたたえて、アントーニオがフランに笑いかける。

　フランはかつて彼が求愛のために、毎朝摘んだ薔薇を寝台の脇に届けてくれていたことを思い出した。

「噂《うわさ》に違わぬ熱愛ぶりですな」

　あてられたとばかりに、イサークは芝居がかった仕草で顔をあおいだ。

「本当に。我が弟のことながら、仲がよすぎて困る」

「殿下も奥方をお迎えになればよろしい」

　唐突なイサークの発言に、ラウロの表情はさっと冷たく変わる。

「残念ながら、これと思う女性が見つからないのだ」

「こればかりは、私も強くは言えぬ。アントーニオもラウロも一途でな」

それまで黙《だま》って会話の行方《ゆくえ》を見守っていた大公が口を開いた。

ラウロは、愛する人以外を妻に迎えるつもりはないらしい。

「運命の女性にめぐり合うのを待っているというのも、なかなか夢があっていいですな」

イサークの意外な評価に空気が和み、そのあとは音楽に関する話題で会話が弾んだのだった。


舞台の熱気をどこか引きずったまま、フランはアントーニオと共に自室に戻ってきた。

ふたりを待ち構えていた侍女のリーザとエルサは、慣れた手つきでフランのドレスを脱がせる。

寝間着《ねまき》に着替えたフランは、侍女たちに休むようにと言いつけて寝室に移動する。

寝室では、すでにガウンに着替えたアントーニオが、くつろいだ様子で寝台の上に横になっていた。彼はなにかを手にしている。

寝台に近づいたフランは、その手の中を覗きこむ。

アントーニオは金色の細い足環を、くるくると手の中で回した。その動きに合わせて、リリンと足環についた鈴が音を立てる。

「それは……」

フランには、踊り子たちが舞台で身に着けていたもののように見えた。

「イサーク殿下がよこしてきた。貢物《こうもつ》の一部だ」

アントーニオは、感情をうかがわせない表情で机の上に置かれた布の塊《かたまり》を指し示す。

フランは机に近づき、示された布を手に取る。

深紅に染められた透けるように薄い布は、滑《なめ》らかな手触りをしていた。

「トニオも、やはりああいった女性には、そそられるか？」

フランは布をそっと撫《な》でながらアントーニオに視線を向けた。

自分には女性らしい魅力が足りないことは、フランが一番よくわかっていた。イサーク殿下の前では、ああ言っていたけれど、彼女たちの艶《なま》めかしい姿を思い出すと、フランの胸に不安がこみ上げる。彼女たちのように腰をくねらせ、彼を閨《ねや》に誘うような真似は自分にはできそうもない。

「おいで」

アントーニオが手招きをした。

「うん」

フランは触《ふ》れていた布を手にしたまま、ふらふらと誘われるように彼に近寄った。差し出された手を取って、彼の横に腰を下ろす。

「イサーク殿下のように、ああいった誘惑を好む者もいるだろう。だが……」

アントーニオはフランを背中から抱き寄せた。

「私の好みではない」

耳元で囁《ささや》く声に、フランはほっとしながらも胸の辺りがきゅっと疼《うず》く。

彼の手がフランの手に重ねられた。

「私の好みは、フランただひとり」

アントーニオは彼女の首筋に顔を埋め、熱い吐息《といき》をこぼす。

「けれど、あなたの情熱的な姿を見てみたい気もする……。少し、煽《あお》られたのかもしれない」

彼の言葉に胸の奥がじりじりと焦げつくような気がした。フランは振り向き、彼の首のうしろに手を回す。

「確かに、あの踊りは美しかった……」

しぶしぶながらフランは認めた。

アントーニオの吐息が唇に触《ふ》れるほど近づく。

「でも、よそ見しないでほしい。トニオ……」

フランはゆっくりと彼の唇に己《おのれ》のそれを重ねた。彼女にはそれが精いっぱいの誘惑だった。

いつになく積極的な彼女に、アントーニオは一瞬目を瞠《みは》る。けれど、すぐに目元を緩ませ、愛《いと》し気に彼女の頬を撫《な》でた。

「心配しなくても、あなたのことしか見えていない」

アントーニオはわずかに唇を離し、そう告げると、今度は彼がフランの唇を塞《ふさ》いだ。

彼の舌がフランの舌に絡《から》んでくる。

そろりと舌の付け根を舐《ねぶ》られて、フランの背筋をゾクリと興奮が駆《か》け上がった。彼女もまた彼の愛撫《あいぶ》に応えて、舌を絡める。フランの意識は次第にぼんやりと霞《かすみ》がかっていく。剣の稽古《けいこ》でも容易には上がらない息が、彼と口づけを交わすだけであっさりと乱れてしまう。フランは力の抜けた体を、彼に預けた。

「嫉妬しているあなたも愛《いと》おしい。私を愛してくれているという、実感が湧く」

アントーニオは笑《え》みを湛《たた》え、彼女の体を寝台に横たえた。胸元で結ばれていた紐に手を伸ばし、彼女の寝間着《ねまき》をたやすく脱がせてしまう。

口づけに上気したフランの裸身《らしん》が彼の目にさらされた。

アントーニオは嬉々とした表情を浮かべ、彼女の鎖骨に手を伸ばした。

「……っは」

触《ふ》れるか触れないかという、ぎりぎりの力で肌を撫《な》でられ、フランの体はかすかに震《ふる》える。

彼女の体は撫でられただけでそれを快楽として受け取るように、アントーニオによって作り変えられてしまった。

鎖骨から肩をたどり、腕、そして指先へと彼の節くれだった指が這《は》う。

「っく、……は、あ」

アントーニオの唇が彼女の指先をたどった。

羽のような口づけに、フランの胃のあたりがざわめく。

フランは力の入らない腕を伸ばし、彼の頭を引き寄せた。

優しくなだめるような愛撫《あいぶ》は、じりじりと彼女の体を昂《たかぶ》らせていく。けれど、今日のフランは、そんな気分ではなかった。

「トニオ……」

「そう焦るな。今宵《こよい》はゆっくりと楽しませてくれ」

アントーニオは彼女をなだめるように唇を重ねた。

「ん……。いやだ、もっと」

フランは与えられた口づけの主導権を奪い、彼の舌を追った。

「今日はずいぶんと情熱的だな」

アントーニオは小さく笑って、主導権をあっさりと奪い返す。それまであえて触れられなかった胸の膨《ふく》らみに、彼の手が伸びた。

フランの胸は彼の手の下で形を変え、たちまち芯を持って立ち上がる。

アントーニオは鍛《きた》えられた筋肉に支えられた形の美しい胸を、手触りを楽しみながら揉《も》みしだく。

「っは、あ、う……、トニオっ…」

彼女の背中は弧を描いて反り返った。胸の先で生まれた疼《うず》きが、お腹の奥に溜まり、渦巻く。頭の先からつま先まで、すべてをアントーニオに支配されるような感覚を、フランはシーツを掴んで耐える。

彼の手はただ一箇所を残し、フランの全身にくまなく触れる。蜜《みつ》をあふれさせた両足の奥にだけ、アントーニオは触れていなかった。

フランは熱くてどうにかなってしまいそうだった。

「トニオ、お願い……」

全身を紅潮させ、潤《うる》んだ瞳でアントーニオを見つめる彼女の姿に、彼はたまらなく煽《あお》られているようだった。

「あと少しだけ、待て」

アントーニオはそう言って、フランの右足を掴んだ。

ひんやりとした感覚がしたかと思うと、リリンと音が鳴った。

顔を上げて足元を見下ろすと、足首には金色の環がはめられている。先ほどアントーニオが手にしていた、イニエスタからの贈り物だ。

「なにを……？」

戸惑《とまど》いながら見上げたフランは、少し苛立たしげな表情で足環を見下ろすアントーニオに、首を傾げた。

「よく似合っている。が、やはりほかの男から贈られたものというのは、気に食わない」

フランを見つめる彼の瞳が、ぎらりと光った。

「足枷《あしかせ》をつけようだなんて、趣味が、悪い」

フランは、思わずつぶやく。彼女には足環がまるで足枷のように思えた。かつて彼に囚《とら》われていたときでさえ、足枷めいたものをつけられたことはなかった。

フランは足環をはずそうと手を伸ばしたが、アントーニオに押しとどめられる。

「つけるのは今だけでいい。ちょっとした好奇心に付き合ってくれ」

「……もう」

結局のところ、アントーニオの願いを断れるはずがないのだ。フランは小さくため息をこぼして、彼の好きなようにさせることにした。

アントーニオはにやりと満足げな笑《え》みを浮かべ、唇を重ねる。

舌を絡《から》ませあい、あふれた唾液を交わして、彼と自分の境界があいまいになりかけた頃、ようやく彼の手が待ち望んでいた場所に触《ふ》れた。しとどに濡《ぬ》れた叢《くさむら》をかき分けて、彼の指が花弁をそっと撫《な》でる。

その瞬間、フランの体はひくりと震《ふる》えた。

足環についた鈴が、高く澄んだ音色を響かせる。

「あ……、っふ、んぁぁぁぁ」

自分でも恐ろしいほど、あっさりと快楽に押し流され、フランは絶頂《ぜっちょう》に追いやられた。ぴんと張り詰めていたつま先がシーツの上を泳ぐ。その動きに合わせて、鈴が鳴った。

「……トニオ」

「これだけでイったのか？」

快楽の余韻に体を震わせ、フランはアントーニオの首にすがりついた。首筋に顔を押しつけ、むずかりつつ首を振る。

達したばかりで荒い息を繰《く》り返しながらも、とぎれとぎれに抗議した。

「そんなっ、意地悪を、言うな」

「好きな女を泣かせたいと思うのは、男の性《さが》だな」

アントーニオは彼女をなだめるように、額《ひたい》に口づけを落とした。

「ぁあ、っや、それっ……」

再び彼の指が花弁の間を動きはじめた。蜜《みつ》をまとった指がゆるゆると動き、くちゅりと濡《ぬ》れた音を立てる。

フランは自らの秘所が立てる音に、目を強くつぶり、シーツを掴んで羞恥《しゅうち》に耐えた。

「っく、あぁん、っふ、んぁぁあ」

「気持ちよくないか?」

ぎらぎらと獣のように瞳をぎらつかせて、アントーニオは彼女の中に指を沈めた。

「っあ、っきもち、い、い」

つい先ほど達したばかりだというのに、彼女の体は再び頂点へと押しやられようとしていた。

あまりの快楽に、涙がにじむ。あと少し、というところで彼の指が動きを止めた。

「っや、あ、トニ、オ」

焦らされたフランの腰が揺《ゆ》れる。

「すまん。意地悪が、過ぎた」

「本当、だっ」

フランは、精一杯の抗議を込めてアントーニオをにらみつけた。けれど、快楽に潤《うる》む瞳ではまるで説得力がない。

「少しだけ、触《ふ》れてくれるか？」

彼は十分に熱くなっている剛直を彼女の腰に押しつけた。

「ん……」

フランは軽くうなずき、ガウンをはだけさせて昂《たかぶ》りに手を伸ばす。竿の裏側を撫《な》で、張りだした傘の部分をひっかくようにそっと撫でると、彼が息をつめた。

彼もまた自分の愛撫《あいぶ》に感じてくれているのだと知って、フランの唇が笑《え》みを刻む。剛直を握り、熱く滑《なめ》らかな感触を楽しみつつ、ゆるゆると扱いた。

「く、ぁあ、上手だ」

アントーニオが彼女の耳元で声を押し殺し、囁《ささや》く。

彼の艶《つや》めいた声に、フランは自信を得て更に激しく手を動かした。

「ひぁっ」

　今度は仕返しとばかりに、彼もまた彼女の中に埋めたままだった人差し指を激しく動かしはじめる。フランが気づいた時には、いつの間にか中指も加わっていた。あふれた蜜《みつ》がかき混ぜられて、ぐちゅりと音を立てる。

　フランの体が張り詰め、達しそうになると、アントーニオはその手を止めてしまう。何度もそれを繰《く》り返されて、焦《じ》れた彼女はついに陥落《かんらく》した。

「っも、ほし……い」

　恥ずかしさを堪えて、懇願《こんがん》する。

　アントーニオは彼女の願いをすぐに叶えた。

「私も、限界だ」

　フランの足首を掴んで足を広げると、その間に体を割り込ませる。腰を抱え、昂《たかぶ》って先走りを流している切っ先を彼女の入り口にあてがう。

「……っうああ、ん、んぅ」

　受け入れた圧倒的な質感に、フランは息が詰まる。

　アントーニオは彼女を傷つけないように、ゆっくりと腰を進める。

　焦らされてばかりだったフランの欲望は限界まで高まっていた。じれったい動きに我《が》慢《まん》できず、その先を求めた。

「だいじょ、ぶ、だから、もうっ」

「ふ、その言葉、後悔するなよ？」

アントーニオはにやりと笑い、一気に最奥へと突き進む。

「っは、あああぁっん」

フランの目の奥で火花が散った。あごを反らし、腰から広がる甘いしびれに、彼女は体を震《ふる》わせた。

アントーニオが腰を揺《ゆ》らすたびに、彼女の足環がリリンと鳴る。

激しく突き上げられて、フランの喉から嬌声《きょうせい》がこぼれた。

「あぁん、っふ、あ、あ」

アントーニオは彼女が奏でる鈴の音に目を細めた。

彼女の足首を掴み、そこに口づけを落としたかと思うと、再び激しく腰を突き上げる。

「ああっ！　や、いっちゃう、やぁ」

フランはひときわ高い声を上げた。

「イけ」

耳元で囁《ささや》かれた声に、フランは一気に上《のぼ》りつめた。

「っひゃうっ、や、あ、あああぁーっ」

宙をかく彼女のつま先が揺《ゆ》れて、鈴が鳴る。

びくびくとのたうつ体を押さえこんで、アントーニオが腰を打ちつける。

「っや、だめ、いってる、のにぃ」

感じすぎて辛くなってしまうのだと伝えるように、フランは涙目でアントーニオをにらむ。

「だから、よいのだろう？」

そう告げる彼の声は上擦《うわず》っていて、彼の限界もまた近いことを示していた。

「フランっ、イく」

アントーニオがうめくように彼女の名を呼び、最奥に白濁《はくだく》を注《そそ》ぎこんだ。

「ん……、っふ、あ、も、」

内部ではじける熱い感触に、フランは体を震《ふる》わせる。

「フラン……」

アントーニオは上《のぼ》りつめた彼女が落ち着くまで、何度も頭を撫《な》でる。

しばらくして落ち着いたフランは、彼の腕の中でぽつりと不満をつぶやいた。

「なんだか、今夜は、意地悪だった……」

「そうかもしれない」

アントーニオが苦笑しつつ、足首につけていた足環をはずし、くるくると手の中でもてあそぶ。

「フランの舞も、美しかった。今度、私が足環を作らせたら、身につけてくれるか？」

「あなたがくれるのならば、なんでも……」

愛された体は、心地よい疲労感に包まれている。フランはうとうとと押し寄せる眠気に目をつぶる。

「フラン……、あなたは無意識に私を喜ばせるのがうまいな……」

彼の唇が瞼《まぶた》の上に降ってくる。小鳥がついばむようなくすぐったい感触に、フランの唇は弧を描いていた。

「好きだ……」

フランの唇から思いがけず気持ちがあふれた。

彼女に負けないほど、アントーニオの唇も弧を描く。

「愛しているよ……」

ふたりはひたひたと押し寄せるまどろみに身を任せた。

本書は、2015年2月当社より単行本「囚われの女侯爵」として刊行されたものに書き下ろしを加えて文庫化したものです。

ノーチェ文庫

囚《とら》われの男装令嬢《だんそうれいじょう》

文月蓮《ふみづきれん》

2017年11月2日初版発行

文庫編集－宮田可南子
編集長－塙綾子
発行者－梶本雄介
発行所－株式会社アルファポリス
〒150-6005 東京都渋谷区恵比寿4-20-3 恵比寿ガーデンプレイスタワー5階
TEL 03-6277-1601（営業） 03-6277-1602（編集）
URL http://www.alphapolis.co.jp/
発売元－株式会社星雲社
〒112-0005 東京都文京区水道1-3-30
TEL 03-3868-3275
装丁・本文イラスト－瀧順子
装丁デザイン－ansyyqdesign
印刷－株式会社暁印刷

価格はカバーに表示されてあります。
落丁乱丁の場合はアルファポリスまでご連絡ください。
送料は小社負担でお取り替えします。

ISBN978-4-434-23793-5 C0193